中国古代文学的发展

ZHONGGUO GUDAI WENXUE DE FAZHAN

师帅 著

中国大地出版社
·北 京·

图书在版编目（CIP）数据

中国古代文学的发展 / 师帅著 .--北京：中国大地出版社，2018. 8

ISBN 978-7-5200-0255-4

Ⅰ. ①中… Ⅱ. ①师… Ⅲ. ①中国文学—古代文学史—文学史研究 Ⅳ. ①I209. 2

中国版本图书馆 CIP 数据核字（2018）第 193890 号

责任编辑： 刘雯芳　龚法忠
责任校对： 顾　伟
出版发行： 中国大地出版社
社址邮编： 北京市海淀区学院路 31 号，100083
电　　话： 010—66554649（邮购部）；010—66554605（编辑部）
网　　址： www. chinalandpress. com
印　　刷： 北京亚吉飞数码科技有限公司
开　　本： 787mm×1194mm 1/16
印　　张： 16
字　　数： 207 千字
版　　次： 2019 年 9 月北京第 1 版
印　　次： 2024 年 9 月北京第 2 次印刷
书　　号： ISBN 978-7-5200-0255-4
定　　价： 76. 80 元

前　言

在世界民族文化之林，中国古代文化以其独特的风貌、无比辉煌的成就占据着重要的地位。而在光辉灿烂的中国古代文化中，保存最完整且至今仍能为我们所欣赏的，当属中国古代文学。中国古代文学是中华文明的重要组成部分，它不仅有着悠久的历史，而且在漫长的历史进程中产生了一代又一代的杰出作家和数不胜数的优秀作品，形成了多样化的文学潮流和文学现象。

中国古代文学在发展过程中，不论是诗歌、散文、戏曲还是小说，都在理论和创作上不断丰富、日臻完善，使中国古代文学在内涵上得到了极大的丰富。为了更好地阐述中国古代文学的发展，特撰写了《中国古代文学的发展》一书。

本书共包括七章：第一章对先秦时期的文学进行了详细研究；第二章深入分析了秦汉时期的文学；第三章对魏晋南北朝时期的文学进行了具体分析；第四章对唐代的文学进行了深入探究；第五章对宋元时期的文学进行了系统阐述；第六章详细分析了明代的文学；第七章对清代的文学进行了解析。全书的逻辑清晰，结构完整，内容翔实，语言通俗易懂，力求系统地对中国古代文学进行总结与梳理。

相信本书的出版，能够为广大中国古代文学爱好者和研究者提供一些新的思考方向。

本书在撰写过程中，参考了大量中国古代文学方面的作品，也引用了许多专家和学者的研究成果，在此表示衷心的感谢。

由于时间仓促，作者水平有限，书中错误和不当之处在所难免，恳请广大读者多提宝贵意见，以便本书日后的修改与完善。

作　者

2018 年 6 月

目　录

第一章 自然野性，源远流长：先秦时期的文学

先秦是我国古代文学发生发展的最早阶段，它包括西周、春秋、战国三个时期。在这一阶段里产生了很多经典作品，有标志着我国文学光辉起点的《诗经》，有充满了楚地浪漫主义气息的《楚辞》，有成为后来的历史小说、戏剧题材来源的历史散文，有体现战国时代百家争鸣局面的诸子散文，等等。这些经典之作，表现出很强的自然野性审美特征，是中国古代文学的发端，也为我国两千多年文学发展奠定了坚实基础。

第一节 诗的产生：原始歌谣及其他

中国诗史长河，向上可以追溯到原始歌谣。原始歌谣是先民表达思想、抒发感情、促进生产的重要工具，是在生产力极为低下的原始时代产生的。原始歌谣这种原始艺术最初的形态，还不是纯粹的文学作品，而是以歌、乐、舞合一的形式出现的；在出现文字之前，原始歌谣是原始人类口耳相传的口头创作。因为口头集体创作，没有文字记录，绝大部分原始歌谣失传，古籍中偶有记载，也多为后人伪托。比较可信的原始歌谣有《弹歌》（《吴越春秋》）、《伊耆氏蜡辞》（《礼记·郊特牲》）、《候人歌》（《吕氏春秋·音初》）及甲骨卜辞和《周易》中卦、爻辞所保存的歌谣等。

一、原始歌谣与劳动节奏

一般认为，语言和语言艺术起源于人类最早的实践活动，首

先是劳动。一般的情况是，由劳动节奏而产生了音乐，由音乐产生了歌词，《广雅》说："声比于琴瑟曰歌。"《尔雅》说："徒歌谓之谣。"歌谣一词，也反映了诗与乐同源的关系。

古代劳动者即有"举重劝力之歌"（《淮南子·道应训》），用来协调节奏、统一步伐、减轻劳动强度，这就是较早的歌谣。鲁迅在《且介亭杂文·门外文谈》中曾说："我们的祖先原始人，原是连话也不会说的，为了共同劳作，必须发表意见，才渐渐地练出复杂的声音来。假如那时大家抬木头，都觉得吃力了，却想不到发表。其中有一个叫道'杭育杭育'，那么这就是创作。"

诗歌的构成因素之一是节奏。劳动歌谣节奏来源于劳动的动作步调及劳动工具所发出的声音，所以简洁明快，大体上两音一顿或一音一顿。这可以用来说明最早的诗歌句式何以是二言、三言的缘故。

原始宗教活动也是人类较早的实践活动。原始人渴望通过语言的力量来克服自然灾异和敌害，有一些歌谣即出自原始人的咒语：

土反其宅！水归其壑！昆虫毋作！草木归其泽！（《礼记·郊特牲》）

神北行！先除水道，决通沟渎。（《山海经·大荒北经》）

"土反其宅"一首是一位叫伊耆氏的部落长举行蜡（诈音）祭的祝辞；"神北行"一首是驱除旱魃的咒语。诗与原始宗教的渊源关系，在《诗经》如《大雅·生民》《商颂·玄鸟》一类反映先民部族远祖崇拜的作品中，也有一定程度的反映。

《诗经》以前的原始歌谣，大多收集在杨慎《风雅逸篇》、冯惟讷《风雅广逸》及《诗纪前集》10卷《古逸》里。《易经》每卦的爻辞也都引用了几句古歌的歌词。在以上文献中，载有一些以二言或二言为主的句式构成的歌谣，如《吴越春秋·弹歌》：

断竹，续竹，飞土，逐宍。

《吴越春秋》虽成书于东汉，但它引用的这首《弹歌》，从语言和内容上看，很可能是从原始时代流传下来，文本是由后人写定的，诗中反映了原始社会的狩猎生活。至于《易经》，其中征引的古歌谣，二言句更多。例如，《屯卦》：

屯如，邅如。乘马，班如。匪寇，婚媾。

乘马，班如。泣血，涟如。

《屯卦》爻辞引用的歌谣，其生活内容当是原始部落"抢婚"的古老风俗。以上原始歌谣，大体二言一句，句自为顿，音调短促，节奏明快。以后，歌谣句式以二言为基础，发展成每句两顿，即四言句式，乃是一种自然的趋势。

三言句式，在古歌谣中也很习见。从逻辑上讲，它的产生应当是后于二言句式。例如，《易经・讼卦》：

不克讼，归而逋。其邑人，三百户。

不克讼，复即命。

《易经・讼卦》爻辞引用的歌谣当出自一首古老的诉讼之歌。这里值得注意的是，三言句式虽然只多出一字，其韵味与二言句式却完全不同。因为它不但每句由两顿构成，形成上二下一或上一下二的节奏，即派生出一个单音的顿，其时值却与双音的顿相当，所以读来较为抑扬好听。总之，二言、三言句式是韵味不同的两种简单句式，因为太简单，单由这两种句式构成的诗体未能为后世普遍采用，然而它们是四言句式和汉语诗歌更为重要的五言、七言句式的基础。

二、诗与乐及舞的联体共生

诗歌产生之初，与音乐和舞蹈密切结合，《尚书・尧典》记载："帝（舜）曰：'夔，命女典乐，教胄子……诗言志，歌永言，声依永，律和声，八音克谐，无相夺伦，神人以和。'夔曰：'於，予击石拊石，百兽率舞。'"《吕氏春秋・古乐》记载："昔葛天氏之乐，三人操牛尾,投足以歌八阕。”而将诗、舞、乐这三种古老艺术紧密结合在一起的纽带,便是节奏。诗、舞、乐因节奏而协调,而互补。

从《尚书·尧典》可知,诗与乐很早就发挥着抒情言志和教育人的作用。在尚未发明文字的时代,诗依靠乐而得到广泛传播,那时,诗就是歌,即声诗。产生于民间的声诗,不但合乐演唱,而且配合舞蹈,以集体歌唱为主。为了易唱易记,一般篇幅较短,以反复歌唱为常。

在中国古代,从原始歌谣、《诗经》、汉乐府到词曲,声诗的发展源远流长。而随着文字的发明,诗可以被记录,供识字和阅读,便逐渐发展出脱离音乐而独成部类的诗。

第二节　《诗经》与诗歌比兴传统的确立

商至西周时期的诗歌主要用于祭祀、宴饮等仪式性活动。它们产生于不同地域的各个社会阶层,表现了社会生活各个方面的内容。这些诗歌经官方收集后,再加上春秋前期的一部分诗,以诗集的形式流传下来。至春秋后期,只剩下三百余篇,故被称为“诗”,或称“诗三百”。其中大雅、小雅和颂类诗大部分属于西周时期的作品,部分《国风》也作于此时。后来儒家将这些诗奉为经典,称为《诗经》。

一、《诗经》的采集和整理

《诗经》中的诗歌来自社会各个阶层,能将这些诗歌汇集为一部总集,也必然经过了一个有目的的收集整理过程。关于这一收集整理过程,古人有“献诗”“采诗”“删诗”三种说法。

献诗之说源于《国语·周语上》:“天子听政,使公卿至于列士献诗。”《左传·襄公十四年》论王廷政事,包括“史为书,瞽为诗,工诵箴谏,大夫规诲”等内容。而献诗的目的,从天子的角度来说，是“观民风”（《礼记·王制》）；从臣子的角度来说，则为讽谏。

采诗之说出自汉人班固，他在《汉书·艺文志》中说：“古有采诗之官，王者所以观风俗，知得失，自考正也。”又在《汉书·食货志》中说：“孟春之月，群居者将散，行人振木铎徇于路，以采诗，献之大师，比其音律，以闻于天子。”一般来说，诗歌在庙堂上的运用，都与瞽或太师有关，这些人收集诗歌的目的，最初应该是用于祭祀或宴享等礼仪活动，后来可能也用于一般娱乐或政治目的。公卿列士献诗应该是较后的事情，其中自己创作的可能性大一些。

删诗是指现存《诗经》的编辑过程。汉人认为，《诗经》是经过孔子删定的。《史记·孔子世家》说：“古者《诗》三千余篇，及至孔子，去其重，取可施于礼义，上采契、后稷，中述殷、周之盛，至幽、厉之缺……三百五篇孔子皆弦歌之，以求合《韶》《武》《雅》《颂》之音。”也就是说，孔子从周王廷原所存备的三千多首诗歌中挑选出三百零五篇，并经过音乐整理后成为现在的样子。孔子时代，“诗三百”应该已经基本成型，孔子所能做的事情，大约只是在音乐或文字方面对“诗三百”进行加工整理。

《诗经》的编纂体制，最早见于《左传·襄公二十九年》：

> 吴公子札来聘……请观于周乐。使工为之歌《周南》《召南》……为之歌《邶》《鄘》《卫》……为之歌《王》……《郑》……《齐》……《豳》……《秦》……《魏》……《唐》……《陈》……《郐》……《小雅》……《大雅》……《颂》……

对照今存《诗经》来看，吴公子季札在鲁国所看到的诗的分类，大体是与今天相同的。《诗经》包括十五《国风》，以及《小雅》《大雅》和“三颂”。“风”“雅”“颂”在形式上表现为音乐类型的差异，而在所用场合上又表现为乡土、朝廷、宗庙的差异。

二、《诗经》关注现实的精神

《国风》中不少诗歌与礼俗活动有着密切的关系，不但它的抒情方式受到原始宗教的影响，而且有很多诗即产生于民间集体祭祀活动。而在这种集体祭祀活动中，有着丰富的男女感情活动。

《郑风·溱洧》记载的就是季节祭中男女相约的场面：

> 溱与洧，方涣涣兮。士与女，方秉蕳兮。女曰："观乎？"士曰："既且。""且往观乎！洧之外，洵訏乐。"维士与女，伊其相谑，赠之以芍药。

《韩诗》注此诗曰："三月桃花水下之时……当此盛流之时，众士与众女方执兰而拂除。"诗中生动地记载了一个融融春日中，男女相邀而至于相悦的情景，极富情趣。

爱情生活中也充满了挫折，《诗经》中颇有一些隽永哀婉的伤情之作。其中最有代表性的当数《秦风·蒹葭》：

> 蒹葭苍苍，白露为霜。所谓伊人，在水一方。
> 溯洄从之，道阻且长。溯游从之，宛在水中央。
> 蒹葭萋萋，白露未晞。所谓伊人，在水之湄。
> 溯洄从之，道阻且跻。溯游从之，宛在水中坻。
> 蒹葭采采，白露未已。所谓伊人，在水之涘。
> 溯洄从之，道阻且右。溯游从之，宛在水中沚。

这首诗表达了一个年轻人对情人刻骨铭心的眷念，以及艰苦而无望的追求。苍茫而萧瑟的蒹葭暗示了这一段感情渺茫的前景。

《诗经》中也有爱情成功的诗，《诗经》的第一首《周南·关雎》就是一首爱情和婚姻的颂辞。其诗云：

> 关关雎鸠，在河之洲；窈窕淑女，君子好逑。
> 参差荇菜，左右流之；窈窕淑女，寤寐求之。
> 求之不得，寤寐思服；悠哉悠哉，辗转反侧。
> 参差荇菜，左右采之；窈窕淑女，琴瑟友之。
> 参差荇菜，左右芼之；窈窕淑女，钟鼓乐之。

其中"寤寐思服""辗转反侧"两句非常形象地写出了青年人

恋爱初期的焦急向往的心态。而“琴瑟友之”“钟鼓乐之”不但将传统婚姻那种欢天喜地，以及上昭神明、下告父母的庄严气氛写了出来，而且写出了夫妇之间琴瑟友好的伦理之情。

《国风》中还有不少反映社会生活的诗篇，真实地再现了当时的社会状况和精神风貌。《魏风·伐檀》对统治者不劳而获进行了尖锐的质询，揭露了当时社会的阶级对立。而《魏风·硕鼠》也表达了对剥削者同样的愤慨，表达了作者离开这个苦难现实、寻找新生活的强烈愿望。《豳风·七月》则较为详尽地描述了四季农事的进展过程，以及农人的生活方式，表现了中国文化传统中极为重要的农业精神。诗歌在描写由冬至春的节候演变之时，通过“无衣无褐，何以卒岁”这样一个深沉的发问，揭示了中国农业精神一个最为朴素、最为深厚的道理，那就是为了生存而劳动。所以，诗中有条不紊地记述了农民的四季生活：迁居田间、采桑、织布、打猎、收获、回迁、修缮房屋、岁末会饮等。而这些农事实践，又是和自然的节候变化紧紧联系在一起的，充满了对衣食所安的自然的亲切感。

此外，“雅”“颂”中的《噫嘻》《载芟》《良耜》《臣工》《丰年》等，都是用于农事祭礼活动中的乐歌，表达周人春祈秋报，对天地生民的期望和感戴之情，从中也可以看到周朝贵族阶层对农事的倚重，反映了周人对农事精神的独特理解。

《诗经》中的《小雅》和《大雅》主要反映了贵族臣僚及下层官吏的生活场景。在这些生活场景中，较常出现的有燕飨、战争和仕宦生涯等。

《小雅·伐木》就是一首“燕朋友故旧”的诗，这首诗的第二章和第三章既描述了“於粲洒埽，陈馈八簋”的丰盛场面，也表达了主人对朋友的殷切召唤，以及朋友聚饮的欢乐心情。

《小雅·鹿鸣》是一首天子宴群臣嘉宾的诗，后被广泛运用于贵族宴会宾客之时。其第一章云：

> 呦呦鹿鸣，食野之苹。我有嘉宾，鼓瑟吹笙。吹笙鼓簧，承筐是将。人之好我，示我周行。

诗歌通过歌乐演奏、赐赏及主人对客人的殷勤赞颂，展现了一个热烈祥和的宴饮场面。诗歌最后一句说："我有旨酒，以燕乐嘉宾之心。"燕飨的真正目的，是敦实君臣之间或贵族大臣之间的政治联盟。宗法制度下的政治关系也是血缘宗亲关系，而燕飨作为一种家族象征性行为，能有效地敦实这种血缘宗亲关系。

"雅"中还有一些怨刺诗，如《生民之什》中的《民劳》《板》和《荡之什》中的《荡》《桑柔》《瞻印》，《小雅》中的《节南山》《正月》《十月之交》《雨无正》《小曼》《巧言》《巷伯》等。这些诗中，有些揭露、批评了政治黑暗，也有一些通过诗人的身世之感抨击了社会的不公正，都较为真实地反映了当时周室衰微、社会动荡不宁的现实。

《小雅·正月》一诗的作者通过自己的痛苦感受，沉痛反思了宗周王朝崩溃的过程。而"赫赫宗周"的崩颓隳灭，却没能引起当时统治者的警惧，统治者依然过着"旨酒""嘉觳"的昏乱日子，诗人呼告无应，反而常常遭到他人的侵侮，又遁世无所，只能在无限的忧伤中陷入深深的绝望。诗歌开头两节说：

> 正月繁霜，我心忧伤。民之讹言，亦孔之将。念我独兮，忧心京京。哀我小心，癙忧以痒。
>
> 父母生我，胡俾我瘉？不自我先，不自我后。好言自口，莠言自口。忧心愈愈，是以有侮。

积聚在诗人心中无以排解的忧伤，使诗人感受到无限的痛苦和绝望，一种强烈的生不逢时之感油然而生。

有些诗歌揭示了社会的不公，从另一个角度暴露了社会的黑暗。《小雅·北山》诗云：

> 陟彼北山，言采其杞。偕偕士子，朝夕从事。王事靡盬，忧我父母。
>
> 溥天之下，莫非王土。率土之滨，莫非王臣。大夫不均，我从事独贤。

四牡彭彭，王事傍傍。嘉我未老，鲜我方将。旅力方刚，经营四方。

或燕燕居息，或尽瘁事国。或息偃在床，或不已于行。

或不知叫号，或惨惨劬劳。或栖迟偃仰，或王事鞅掌。

或湛乐饮酒，或惨惨畏咎。或出入风议，或靡事不为。

诗人在描述了自己四处奔波、劳顿不息、无以将养父母之后，用很多篇幅揭露了“役使不均”的社会现象。这一现象是如此普遍，使得诗人深感不平和忧虑。

《诗经·大雅》和“三颂”中还包括一些宗庙祭祀的诗。这些诗在形式上显得庄重、华丽，内容主要是颂扬祖先的文武功德，记叙本族的发展历史，甚至包括一些神话传说。

《生民之什·生民》所颂扬的是周族的始祖后稷。后稷约生活在虞夏之际，曾做过夏时的农官，作为周人的男性始祖，他的出生和成长都被赋予了神奇的天命色彩。

后稷的曾孙公刘，在夏朝末年为避夏乱，带领周族人由邰（今陕西武功）迁徙至豳（今陕西彬县、旬邑一带），并能修复后稷之业，从而带领周人重新走向振兴。《公刘》一诗完整地记述了迁豳的过程，表达了对公刘的崇敬之情。《绵》诗所祭颂的古公亶父，是文王的祖父，后被尊称为太王。古公亶父率领周人再次迁徙至岐（今陕西岐山）之周原，诗中着重记述了古公营建周原和设立官职的过程，尤其是在渲染建筑场面时极为精彩。

总体来看，《诗经》广泛地反映了周朝社会生活的各个方面，自天子诸侯、公卿大夫到士卒百姓，自家庭生活、风气习俗到政治状况；既有规模盛大的庙堂典礼，也有隐于墙隅的男女倾诉；既有雄壮悲凉的战争场面，也有倚门而待的怨妇形象。现实生活中所能发生的事，都可以通过诗歌得到反映。《诗经》在情感上又以淳朴的现实感受为主，既没有情感的放纵和泛滥，也很少有那种充满恐惧、卑微、惊奇等的宗教激情。所有的感情都是对现实生活的反映，相比其他民族的早期诗歌，《诗经》显得真实而醇厚。在《诗经》所抒发的诸多现实情感中，士大夫的忧患意识最为后人所称道，这种忧患意识基本奠定了中国政治抒情诗的美学风格，使得其社会功能远远超出抒情言志的范围，而成为士子干预政治的一种重要手段。

三、诗歌比兴的方法

《诗经》的创作手法中最有代表性的应该是赋比兴。

“赋”，即朱熹在《诗集传》卷一中说的“敷陈其事而直言之也”，也就是对事物或行为作直接的铺陈描述，通过再现的方式表述思想感情。例如，《豳风·七月》按月对农夫生活的记录和描述就是平铺直叙。

赋诗也有用于抒情的。《王风·君子于役》全诗记述了思妇对远行服役的丈夫的担忧和思念，质朴率直。诗中所插入的“鸡栖于埘，日之夕矣，羊牛下来”数句，所铺写的是农家傍晚的情景，那种牛羊归圈的温馨和谐的场景，更加衬托了思妇的孤独，也表达了对和谐安宁的团聚生活的向往。

“比”即比喻，朱熹在《诗集传》卷一中说是“以彼物比此物也”。比喻是《诗经》中最常用的修辞手法，也具有明显的民歌特色。在《诗经》中，有整首诗都比喻某一事物，称为比体诗。例如，《魏风·硕鼠》表达了对剥削者的厌恶之情，全诗只是用贪婪的老鼠来做比喻，所指责的剥削者并未出现。《诗经》中更多的是部分采用比喻的方法。最值得称道的是《卫风·硕人》中对庄姜美貌的描写。其诗曰：“手如柔荑，肤如凝脂，领如蝤蛴，齿如瓠犀，螓首蛾眉。”所取的喻体都是日常生活中常见的事物，而诗中或取其质地，或取其颜色，或取其外形，分别描写了庄姜的手指、肌肤、脖颈、牙齿、额头和眉毛。这一连串的比喻不仅生动形象，而且充分地表达了诗人的景仰之情，表现了诗人丰富的想象力。

《诗经》中的“兴”是一个较为独特而复杂的艺术手法。通常，兴是指这样一些意象：它们往往用于诗歌或诗歌中某一章的开头,这些意象本身与诗歌的主题现在看来并无直接的关联。比如同是以“黄鸟”起兴,《秦风·黄鸟》表达秦人对“三良”的哀悼之情,《小雅·黄鸟》抒发身在他乡的艰难之感,而《小雅·绵蛮》所表达的是对教养自己的人的感戴之情。当然,读者也能从一些印象中感受到它和诗歌主题有着某种内在的联系,这种联系可能表现为一种隐约的象征关系。例如,《周南·关雎》以“关关雎鸠,在河之洲”起兴,其中雎鸠被古人认为是相互忠诚的鸟,可以象征男女的爱情。

中国是诗的国度,而《诗经》是中国诗歌的源头,对后世有着十分重大的影响。后人常以“风雅”二字概括《诗经》的传统。“风雅”既是指委婉迂曲、温柔敦厚的诗歌风格,也是指关怀人生、关心政治的诗歌内容。诗人立足现实而又执着不懈的精神,与儒家所提倡的积极进取的伦理风范相吻合,《诗经》因此被儒家奉为经典。司马迁在《史记·屈原贾生列传》中说:“国风好色而不淫,小雅怨诽而不乱。”这些诗歌观念首先就表现在即事抒情、诗以言志等方面。诗歌在很大程度上成为中国传统文人发泄社会情感的一种主要途径,尤其是在自己的理想受到现实政治的阻碍时,文人就很自然地通过诗歌创作、通过抒情言志的方式宣泄愤懑,表达自己的现实态度。这就是孔子所谓“诗,可以兴,可以观,可以群,可以怨”的主旨。这一观点,使得中国传统文人在本质上都成为诗人,使得诗歌成为文人生活中不可缺少的一部分,使得诗歌成为一种个人抒情的手段,从而极大地促进了诗歌的发展,也引导了诗歌对现实人生的深刻关注。比兴作为《诗经》最为突出的艺术手段,在经儒家的强调后,与寄托连为一体。此外,由于关注诗歌中所表现的现实精神,后世文人常在理论和实际中自觉抵制个人趣味,抵制诗歌中的形式主义倾向。自唐以后,历朝历代都有以“风雅”为旨趣的诗歌革新运动,并产生较大的社会影响。以上种种原因,使得“风雅”在传统文化里成为评价诗歌的最高标准。

第三节 百家争鸣格局下的史传作品与诸子散文

春秋时期天子及各诸侯国皆有史官，史官的主要工作是载录本国大事，并将载录结果向他国通报。春秋史官面对着的是礼崩乐坏的社会现实，为了维护礼乐制度，他们利用一些极为微妙的书法规则，表达自己对事件的态度，这就是后世所谓的“春秋笔法”。春秋战国时代的史传作品不但在文化思想方面具有重要的意义，而且基本奠定了中国叙事文学的基础。此外，宣传哲学或政治主张的称诸子散文，也在先秦理性精神觉醒的背景下和百家争鸣的学术氛围中形成并繁荣起来。

一、史传作品

先秦时期，史传作品的发展大体上可分为三个阶段。

第一阶段以《尚书》和《春秋》为代表。

《尚书》是我国最早的一部具有奠基意义的历史文献汇编，自殷盘庚始，至秦穆公止。《汉书·艺文志》云：“左史记言，右史记事；事为《春秋》，言为《尚书》。”说《尚书》是古代史官记录帝王或执政大臣的誓辞、讲话、文告等，今《尚书》中不难找到例证，如《盘庚》《大诰》《皋陶谟》等，这些篇章主要记载君王的言论。不过，也有篇章重在记事，如《禹贡》。还有记言和记事兼及的篇章，如《顾命》《金縢》等。《尚书》所记内容，上起虞舜（公元前22—前21世纪前后），下至秦穆公（前659—前620），共1600年左右的历史。从文学角度来看，《尚书》记录的虽然主要是一些官方文告，但也有不少记叙文和论说文，为我国古代第一部记叙文和论说文的集子。

《尚书》文章篇幅已经很长，论说已经开始注意条理和层次，讲求结构艺术。在具体的论说过程中，又善于用譬喻，加强描写，注意形象性和生动性，如《商书》中的《盘庚》，记载商王盘庚欲自黄河以北迁于殷，百姓不愿迁徙，一些大臣还在背后使坏，煽动百姓闹事，盘庚便告诫大臣和庶民，要服从王命。其中有很多精彩的段落和句子，如：

> 非予自荒兹德，惟汝含德，不惕于一人。予若观火，予亦拙谋，作乃逸。若网在纲，有条而不紊；若农服田力穑，乃亦有秋……

这几句话的大概意思是，不是我（盘庚）自己抛弃了先王的德政，而是你们（群臣）在百姓中掩盖了我的美德，并且对我毫无畏惧。然而，我就像热火一样有着旺盛的威严，只是一时没有谋划好，才使得你们大为放纵起来。你们应该知道，就好像网结在纲绳上方能顺乎条理而不乱，就好像农夫努力耕作方能指望秋天有个好收成（你们也只有听从我的命令，辛苦迁徙，才能够一劳永逸）。在这里，盘庚的语气和决心表现得非常逼真：前六句显出威严，后四句又规以训导。

此外，《周书》中的许多文章，更是写得流畅、生动。例如，《无逸》是周公劝诫成王要勤于国事，而不能贪图享乐。为此，周公先说了"君子"和"小人"对待"劳"与"逸"的不同态度，再列举可作为榜样的勤于国事的先王的事迹，以及可引为鉴戒的荒淫耽乐的昏君的例子，最终告诫"嗣王"（成王）谨记。文章层次分明，叙事清楚，且人物口吻毕肖，既表现出一位老臣（周公为摄政王，辅佐成王）对天子（成王）的忠心耿耿，又摹写出长者（周公是成王的叔父）对晚辈（成王）的谆谆教诲之意。

《尚书》作为早期的经典"记言"之作，许多篇章的内容均由"言"构成，有上对下之言，如《盘庚》《梓材》《多士》《吕刑》等篇；有下对上之言，如《皋陶谟》《高宗肜日》《洛诰》《立政》《无逸》篇；还有夹杂二者的，如《微子》《君奭》等。这些篇章充分展示了《尚书》的记言技巧。

自汉以来，《尚书》一直被视为中国封建社会的政治哲学经典，既是帝王的教科书，又是贵族子弟及士大夫必修的"大经大法”，在历史上很有影响。从《尚书》的“记言”分类看，《尚书》对后世文学的影响主要体现在文体上。从文体分类，《尚书》可细分成典类、诰类、誓类、命类。典类如《虞书》中的《尧典》。《尚书》中的“典”是经典的意思，意谓《尧典》中记载的关于尧、舜及禹、稷等诸大臣的言行具有经典的意义。从“典”这个字的使用来看，《尧典》之“典”或是后来者追加。诰类如《大诰》《洛诰》《康诰》《盘庚》等。“诰”，既有上对下的发话，也有下对上的陈辞。誓类如《汤誓》等。“誓”通常指帝王出兵征伐时对臣下的誓师辞。“誓”在《尚书》中较为多见。“誓”的文气有很强的命令色彩，如《甘誓》。命类如《顾命》。“命”有赐命之义。《尚书》中的“命”是一种命辞，即君王奖励或赏赐臣子之命，或者是君王之意的传达。

《春秋》据传为孔子编著的，是我国第一部编年体断代史，记载了自鲁隐公元年（前 722）至鲁哀公十四年（前 481）间的大事，以鲁为本位。从文学角度而言，《春秋》突出的地方在于其记事的特点，具体表现为完整性、时序性，具有劝诫君王的政治功能。先秦典籍大多数没被完整传于后世，而《春秋》不仅被完整传下来，且在当时诸侯国的史书中有特殊性，表现为记事完整和强调记事时间，有着劝诫君王的功能。关于《春秋》记事的完整性，可从《史记》中间接求证，并概括于表 1-1 中。

表 1-1 《春秋》记事时间

诸侯国	所记年代
鲁国	公元前 722—前 481 年
秦国	公元前 857—前 848 年
齐国	公元前 826—前 791 年
燕国	公元前 859—前 851 年
蔡国	公元前 837—前 810 年
陈国	公元前 853—前 831 年

续表

诸侯国	所记年代
杞国	武公以下有年数，但有脱误
卫国	公元前 866—前 855 年
宋国	公元前 858—前 831 年
晋国	公元前 858—前 841 年
楚国	公元前 847—前 838 年
郑国	至公元前 806 年，桓公始封以下，皆有年数
吴国	公元前 585—前 561 年
越国	除勾践外，皆无年数

（谭佳，2010）

春秋时期的其他诸侯国也有纲要大事记，但只有《春秋》格外注重历史时间。试举魏国史书《竹书纪年》与《春秋》所记的相同史实，两相对照便可看出《春秋》在时间记录上较为详细，体现出其对时序的关注。例如，《竹书纪年》中有这样的记录：鲁桓公、纪侯、莒子盟于区蛇。而《春秋·桓公十二年》则记载为：夏，六月，壬寅，公会纪侯、莒子盟于曲池。《竹书纪年》有这样的记录：惠公见获。《春秋·僖公十五年》则记载为：十有一月，壬戌，晋侯及秦伯战于韩。获晋侯。《竹书纪年》有这样的记录：周襄王会诸侯于河阳。《春秋·僖公二十八年》则记载为：（冬），天王狩于河阳。《尚书》和《诗经》虽有些时间记载，但日、月、时、年皆被记录的情况鲜有。显然，《春秋》格外重视时间记录。

相对其他"四经"，《春秋》的特点可概括为有"义"、能"道名分"，用特殊的属辞比事方式来耸善抑恶，劝诫君王。《礼记·经解》中记录了孔子关于诸经的教育效果的评论：

> 其为人也温柔敦厚，《诗》教也；……属辞比事，《春秋》教也。故《诗》之失愚；……《春秋》之失乱。……属辞比事而不乱，则深于《春秋》者也。

《春秋》用特殊的编年记事方式既可以巩固王权，又可以监督王权。

《春秋》从儒家思想出发，以定名等级为评论标准，而又欲为尊者讳，因此往往以曲笔表明自己的爱憎，这就是“春秋笔法”“微言大意”。《春秋》因其“春秋笔法”的写作特点，而被看作一部具有“微言大义”的作品，并为后世“定名分”“制法度”提供了参照的范本。另外，《春秋》在写作上的这一特点，也对后世史家治史影响颇大。

《春秋》叙事简洁，不少篇章酷似今天的新闻标题或者导语。如《春秋》有这样的记载：“夏五月，郑伯克段于鄢。”这短短的几个字，就包括了新闻导语所需的时间、人物、事件、地点等要素，可谓直接孕育了后代的新闻写作。

第二阶段以《左传》和《国语》为代表。

《左传》是解释《春秋》的著作，传说为春秋史官左丘明所撰。《左传》以记言为主，最吸引人的篇章是对战争的描写，如秦晋郩之战、晋楚城濮之战等。《左传》的内容极为丰富，它不仅记载了春秋列国的政治、外交、军事各方面的活动及有关言论，较为真实、具体地展现了那一时期的历史面貌。同时连天道、鬼神、灾祥、卜筮、占梦之事，也予记载，在某些方面保存了当时社会人们的思想观念、宗教活动、风俗文化等方面的资料。《左传》从多方面暴露了统治集团的内部矛盾，如《隐公元年》所记述的郑国国君母子之间、兄弟之间、君臣之间所发生的各种错综复杂的矛盾和斗争，极其详尽。《左传》通过历史记载，还表彰了许多有识见、对国家有贡献的人物，如郑国商人弦高在经商途中，偶遇正要偷袭郑国的秦国军队。弦高知郑国没有准备，于是假托国君之命，将自己的商品（车、皮革、牛）献给秦军，声言国君命他前来“慰劳”秦军。秦军见郑国已有准备，便班师回去了。弦高犒赏秦师，从而解救了郑国的一场兵难（《左传·僖公三十三年》）。

《左传》内容宏富，思想也是相当复杂的。就其主要思想倾向来说，主要表现为以下三点。第一，体现了鲜明的民本思想。作者通过许多历史事实的记叙，强调国君应该“养民如子”（《左传·襄公十四年》)，“国之兴也，视民如伤(唯恐惊动)，是其福也；其亡也，以民为土芥，是其祸也”(《左传·哀公元年》)。作者还通过一些著名政治家的事迹，如郑子产不毁乡校、广泛听取民众对执政者的批评一类事例的描写，从另一个角度突出了这一思想。表现在人与神的关系上，更重视人，书中贯穿着“重人事，轻天命”的观念。书中多处讲过“天道远，人道迩”(《左传·昭公十八年》)、“夫民，神之主也，是以圣王先成民而后致力于神”(《左传·桓公六年》)一类的话。第二，批判统治阶级的罪恶。作者常以嫌恶的心情揭露统治者凶残暴虐、荒淫无耻等丑恶本性。例如，《左传·宣公二年》记载了晋灵公“厚敛以雕墙”，“从台上弹人而观其辟丸也”，“宰夫胹熊蹯不熟，杀之，置诸畚，使妇人载以过朝”这样三件事，斥责他“不君”。第三，对于社会变革，阶级关系的调整，已经能用历史发展的观点来看待。例如，昭公时，鲁国新兴势力的代表季氏掌握了政权，而旧贵族利益的代表昭公由于失掉民心而被季氏驱逐出境，最后死在境外。《左传》如实地记录了这件史实，并没有指责季氏，还评论说：“鲁君世从其失，季氏世修其勤，民忘君矣。虽死于外，其谁矜之？社稷无常奉，君臣无常位，自古以然。故《诗》曰：‘高岸为谷，深谷为陵’，三后之姓，于今为庶。”(《左传·昭公三十二年》)

从古奥艰涩、佶屈聱牙的《尚书》和新闻标题式的《春秋》，到文笔优美、引人入胜的《左传》，是一个长足的进步。《左传》叙事详密完整、脉络分明，富于故事性、戏剧性，有紧张、动人的情节，有首尾完整的结构。如僖公二十三年、二十四年所记晋公子重耳出亡及返国的故事，时间跨度长达19年。在此期间，重耳出亡历经狄、卫、齐、曹、宋、郑、楚、秦诸国，牵涉事件繁杂琐碎。此外，《左传》在描写战争方面尤具特色。与《左传》同时或略早的史书，虽然也有关于战争的记述，但与《左传》比较，都是简单的笔墨。中国史书到了《左传》，才出现了描述战争的优秀之作。书中记录的战争多达几百起，很多写得十分生动。《左传》写战争时还把战斗的过程交代清楚，生动吸引人。例如，历史上著名的战例“秦晋殽之战”（僖公三十二年、三十三年），“晋楚邲之战”（宣公十二年），“齐晋鞍之战”（成公二年），“晋楚鄢陵之战”（成公十六年）等。以鞍之战为例，《国语·晋语》中只有“靡笄之役”的几个各不相属的片段，《左传》则已构成首尾完具的篇章。作者不仅清楚地叙述了战斗的过程，而且具体地写出了战争中人物的各种情态。

《左传》又可以说是中国文学史上第一部注意写“人”的作品。作者善于在矛盾冲突中刻画和描写人物形象，同时又从人物的一系列活动中展示历史的发展变化。例如，在揭露统治阶级内部相互倾轧的篇章“郑伯克段于鄢”中，作者主要刻画了郑庄公阴险、虚伪的形象，而这是通过他与母亲、弟弟矛盾冲突的发展逐步加以揭示的。《左传》还善于通过细节刻画人物形象，写出不同人物的不同个性特征。殽之战中，蹇叔哭师表现出他的料事如神，王孙满观师显示了他的眼光敏锐，弦高犒师刻画出他的爱国、机智，穆公迎师则体现了他的知错能改。同一个大事件中写出了不同人物的个性。

《左传》不仅是一部内容丰富的历史文献，也是一部非常优秀的文学作品。它上承《尚书》《春秋》的传统，下开《战国策》《史记》之先河，在历史散文的发展过程中起着重要的桥梁作用。

《国语》是我国第一部国别体史书，是由各国的史料汇集而成的。《国语》记叙了治国安邦之道、称霸诸侯之术、克敌制胜之策、罗致贤才之法、发展经济之路、凝聚民心之教、天时人事之应、明辨尊卑之礼、修身律己之事。柳宗元在《非国语》中曾评价说：“深闳杰异，固世之所耽嗜而不已。”然《国语》虽记事广博，但其通篇所表现的天人观、礼治观、兴亡观、君主观、重民、通变等思想内容都与国家政治教化紧密相连，其所选材料始终围绕“道训典，献善败”的主旨，盖编著此书的目的在于供君主垂鉴咨政，因而《国语》中劝诫内容远多于颂美之词。

第三阶段以《战国策》为代表。

《战国策》也是一部国别体史书，主要记叙的是战国时期谋臣策士们的言行及其活动。该书杂记东周、西周、秦、齐、楚、赵、魏、韩、燕、宋、卫、中山12国之事，其记事时代上接春秋，下至秦并六国，约240年（前460—前220）。相传此书为战国末至秦汉间史官和策士辑录，原有《国策》《国事》《事语》《短长》《长书》等异名。西汉刘向进行了整理，编定为33卷，定名为《战国策》。《汉书·艺文志》说《战国策》有33篇，今也分为33篇。《战国策》的内容，主要是战国时代纵横家的言论与活动。在诸侯争霸的背景下，一些谋臣策士揣摩局势特点，辨析各国利害关系，奔走于各诸侯之间，献计献策，开展政治和外交的活动。这些人当时被称为纵横家。这些纵横家的人生观和政治态度虽然形形色色，但是其精神状态有着一致性，无不高度自信，个性张扬，显示出"平视王侯"的气概。他们有些人以博取功名富贵为人生目标，政治上推崇权谋谲诈，不大讲政治原则，所以常常是朝秦暮楚、反复无常。但也有的人品高洁，为人排难解纷而无所取；有的坚持正义，为反抗强暴而甘愿赴汤蹈火；有的固守信念，视个人自由高于一切。其间有传记，有故事，有论辩，有书信，反映了那一时期尖锐而复杂的政治斗争。《战国策》主要保存了纵横家的著作和言论，但也杂取了各家的观点，其中有道家（如《齐策四》《秦策三》《楚策四》）、儒家（如《齐策四》）、墨家（如《赵策三》）、法家（如《赵策五》）的观点，思想是复杂的。

二、诸子散文

先秦时期，诸子散文的发展大体上经历了三个阶段。

第一阶段以《论语》《墨子》《老子》为代表。

《论语》以语录体的形式记述了孔子及其弟子的言行，比较集中地反映了早期儒家的思想和活动。全书语言浅显，接近当时口语。例如，其所云"己所不欲，勿施于人"（《颜渊》）、"岁寒，然后知松柏之后凋也"（《子罕》）、"三人行，必有我师焉"（《述而》）等，皆能以极为简练而通俗的语句，表达出丰富而耐人寻味的生活经验和人格理想，显示了高超纯熟的语言技巧。这些语言在当时是一种通俗晓畅的日常口语，毫无雕琢之处，读起来使人感到亲切、自然，却含有无尽的意味。例如，“逝者如斯夫，不舍昼夜”（《子罕》）一句，语气极平易，却蕴藏着深沉的人生感喟，既有人生苦短的悲凉，又有自强不息、逆流勇进的决心，可谓言浅意深。总的说来，《论语》文辞简约、意蕴丰厚，语言上表现出深厚隽永的特征。《论语》中也有少量描写。《先进》中“子路、曾皙、冉有、公西华侍坐”一节，详细记载了师生之间的一场谈话，除了师生的对白外，还有表情、动作和场面的描写。例如，“子路率尔而对”“夫子哂之”等，颇能表达人物的性格、态度；而“鼓瑟希，铿尔，舍瑟而作”一句写出了曾皙的洒脱和从容不迫；“暮春者，春服既成，冠者五六人，童子六七人，浴乎沂，风乎舞雩，咏而归”，不但描摹出一幅生机盎然的春趣图，更营造出一种自由放逸的精神境界，充满了抒情意味。

《墨子》是一部墨子及其后学的著作的汇编，反映的是墨家学派所代表的小生产者的思想。墨子主张“兼相爱，交相利”，提倡平均主义的社会大同。墨子反对侵略战争，反对兼并土地，但支持抵抗强暴和诛伐无道的战争。在国家治理方面，墨子主张“尚贤”“尚同”，要求不拘出身贵贱选拔人才，在管理上要政令严格统一，最终达到天下一致。本着反对浪费、节约财富的精神，墨子提倡“节用”“节葬”。墨子思想立足于小生产者阶级，维护劳动者的利益，对贵族宗法制度和旧文化持批判的态度，其主张强本节用，主张平等、兼爱，都有可取之处。《墨子》艺术特点是语言质朴，缺少文采，但层次分明，富于逻辑性。

《老子》基本上是道家创始人老子的著作，它以玄深的哲理思辨和精妙的诗一般的语言相结合，显示着独特的艺术风格。《老子》全书共 81 章，章无标题，章与章之间又无有机联系。它的语言简练而深奥，几乎没有记叙、描写成分。《老子》对散文的贡献，首先在于它的哲理思辨。老子认为善与恶、福与祸、正与反、难与易、长与短、高与下等，都是相对的、互相转化的。第五十八章：“祸兮福所倚，福兮祸所伏”，具有朴素的辩证法思想。其次，《老子》一、二传，多用韵语和对偶句，从而形成骈散相间、排比协韵的语言风格，引人注目。例如，第二十八章："知其雄，守其雌，为天下溪。为天下溪，常德不离，复归于婴儿。知其白，守其黑，为天下式。为天下式，常德不忒，复归于无极。"这些韵语和对仗句，读起来上口，有节奏感，显然借鉴了诗的易记诵的长处，这是此前散文中仅见的。最后，《老子》中一些词句至今为人乐道，如"千里之行，始于足下'，"天网恢恢，疏而不失"。有些词句，形成了成语，如"大器晚成""大智若愚""知足不辱"等。《老子》在散文的形式美方面也有新的追求，开了后世骈散兼顾、多用骈语的散文形式的先河。

第二阶段以《孟子》《庄子》为代表。

《孟子》是孟子及其弟子的著作，反映了战国中期儒家思想的面貌。《孟子》为对话体，是从语录体发展而来的，虽篇幅更长，表述更复杂，但仍不能算是典型的议论文。《孟子》非常生动地载录了孟子的论辩过程，具有很强的逻辑力量，气势磅礴，咄咄逼人，感情色彩强烈，有着明显的战国时代的特征。例如，孟子当面指责梁惠王曰："庖有肥肉，厩有肥马，民有饥色，野有饿殍。此率兽而食人也。兽相食，且人恶之；为民父母，行政，不免于率兽而食人，恶在其为民父母也？仲尼曰：'始作俑者，其无后乎？'为其象人而用之也。如之何其使斯民饥而死也？"（《梁惠王上》）充分显示了孟子的胆略和气势。在具体游说中，孟子往往能抓住对方的心理特征，循循善诱，层层推进，最终展示自己的思想。例如，《梁惠王上》中"齐桓晋文之事章"，孟子为了使齐宣王能够接受自己的政治主张，特别注意把自己的主张说得简单易行，强调齐宣王有能力实行这些主张。孟子一开始就说自己的"王道"理想与齐宣王的"大欲"非但不矛盾，而且王之"大欲"和实现"王道"互为必要条件。为了劝齐宣王实行"王道"，孟子先从齐宣王以羊易牛一事说起，一边为齐宣王开脱，一边把这件小事和仁政的大原则联系起来，认为"以羊易牛"之心就是实行仁政之心。而能否实行仁政不是"能"与"不能"的区别，而是"为"与"不为"的区别。如此一番言语，便巧妙而不露声色地把对方引入自己的论题中，在轻松愉快、充满体贴的谈话中，将“仁政”主张水到渠成地和盘托出，真可谓举重若轻。在这一论辩过程中，关键是体谅、认同齐宣王面对觳觫之牛的不忍之心，诱导齐宣王，显示了极高超的辩论技巧。整篇说辞的总体策略是因势利导，苦口婆心，冀救百姓于水火之中，很令人感动。孟子还善于在论辩中使用比喻和寓言故事说理。其比喻大多取材于现实生活，通俗易懂。例如，“民之归仁也，犹水之就下，兽之走圹也”（《离娄上》），又如以“月攘一鸡”比喻朝廷不能立刻减轻关市之征，这些都非常形象，使人会心。此外，如“缘木求鱼”“五十步笑百步”等比喻，都脍炙人口，流传至今。使用寓言是战国诸子和策士们的普遍风尚，《孟子》寓言颇有自己的特点，都是就近取譬，利用生动有趣的现实生活故事来喻说道理。例如，“齐人有一妻一妾”的故事以齐人在城外坟间乞食，归来却骄其妻妾之事来讽刺官场钻营的丑恶现象。当妻妾已经发现了丈夫的卑劣行径正相泣于庭中时，齐人还自以为得计，“施施然从外来”（《离娄下》）。这一情节痛快淋漓地展示了齐人可笑的虚荣心，讽刺得入木三分，极其辛辣，表达了作者的蔑视之情。《孟子》中的其他寓言，如“揠苗助长”“弈秋诲弈”等都精致隽永，含义深刻，令人回味无穷。这些比喻和寓言使得孟子的辩辞在气势磅礴、逻辑严密之外，更显得生动别致、亲切平易。

《庄子》是庄周及其后学的著作，也是道家的又一部经典。其文章以独特的艺术造诣绝响于先秦诸子之中，奇妙的构思、汪洋恣肆、极富浪漫主义色彩。《庄子》自言其文是“谬悠之说，荒唐之言，无端崖之辞”，后人用“汪洋恣肆”和“缥缈奇变”来评论《庄子》的文章风格。这种超乎想象而又拥有无限魅力的文章风格，表现在意境、意象、语言等方面。首先，《庄子》追求超越现实的精神境界，常以各种匪夷所思的描写来启发人们打破时空的局限和物我的界限。如《逍遥游》开篇便言鲲鹏变化，曰：

> 北冥有鱼，其名为鲲。鲲之大，不知其几千里也；化而为鸟，其名为鹏。鹏之背，不知其几千里也；怒而飞，

其翼若垂天之云。是鸟也，海运则将徙于南冥。南冥者，天池也。

鲲鹏变化不是一个事实，而是一个极其壮丽而又超乎想象的艺术境界。庄子之所以要塑造一个这样的境界，目的是要人们从这一境界中看到自己的局限，并且认识到人只有打破自身的局限，才能领略与天地合一的绝对自由；然后再进行各种描写，直至将绝对自由的境界呈现出来。可以说，《庄子》之文最令人着迷的就是这种或缥缈或恢宏的境界。

其次，《庄子》一书充满了意出天外的意象。这些意象往往充满了神奇、诡谲的色彩。其人物，既有"肌肤如冰雪，绰约如处子"（《逍遥游》）的神人形象，也有"颐隐于脐，肩高于顶"（《人间世》）的畸人形象；既有为中央帝混沌凿窍的南海之帝、北海之帝倏和忽，又有跳跃于矮林中的蜩与学鸠，其他如大树、鲲鹏、髑髅、魍魉、神龟、佝偻丈人等，无不特异诡怪，充满了奇思妙想，在感官上给人深刻的印象。在这些神奇的意象中，最令人赞叹的是《庄子》中所充斥的各类寓言。这些寓言都有着荒唐无稽、奇丽怪异的外在形式，又有着深刻的思想内涵。如《应帝王》中为混沌凿窍的寓言故事，说明了自然本身具有混沌一片的特点，而人类文明中的种种刻意追求，对自然有着无穷的戕害。

最后，《庄子》文章的结构形式也有着与众不同的特点。《庄子》由于所表达内容具有神妙莫测的诗性特征，所以其文章结构也基本采用类似诗歌的方法，通过各种意象的累积来营造一种不同于现实的艺术气氛，来渲染、象征某种超越的境界。例如，《逍遥游》前半部分，庄子用鲲鹏变化、蜩与学鸠、汤之问棘、宋荣子定乎内外之分、列子御风而行等寓言和形象，连环相缀，最终得出"至人无己，圣人无功，神人无名"的无所待的逍遥境界。整个文章初看起来漫无线索，段落之间的联系也若有似无，但若能突破我们平常对待说理散文的思维方法，领略每一段的意境，则文章的结构又清晰了然。显然，这是一种艺术思维的方法，这使得庄子散文如诗一般优美、飘逸，表现在结构上则如行云流水、遍地生花。《庄子》内七篇基本由连缀寓言故事或神奇形象来架构，所包含的寓言故事就达到50多则。如《养生主》一篇，除开头说理外，此下连缀了“庖丁解牛”“右师一足”“泽雉”等五则寓言故事或含有寓意的意象，以展示养生的要义在于顺应自然。这些连环相缀的艺术形象，给人以逸兴横飞的感觉，很有感染力。

《庄子》的语言具有浓郁的抒情意味。例如，《逍遥游》末段说：“今子有大树，患其无用，何不树之于无何有之乡，广莫之野，彷徨乎无为其侧，逍遥乎寝卧其下，不夭斤斧，物无害者，无所可用，安所困苦哉?”这一段语言优美流畅，非常贴切地表达了那种逍遥自在的心境。如《则阳》中这段话：“旧国旧都，望之畅然，虽使丘陵草木之缗，入之者十九，犹之畅然。”表达了思乡怀旧的情感，语言平淡而情思邈远。

第三阶段以《荀子》《韩非子》《吕氏春秋》为代表。

《荀子》一书多为荀子自作，其思想体系博大精深，是儒学的进一步发展。其文章多为结构严谨、论说周详的专题性论文，标志着先秦说理散文进入了完全成熟的阶段。《荀子》继承和发展了传统儒家思想，为了在百家争鸣中脱颖而出，《荀子》运用了大量的反驳手法。例如，《正论》一开始举“世俗之为说者”的话，然后逐步驳正，一气呵成，最终确立自己的主张，其驳论的手法极其纯熟，具有很强的逻辑力量。《劝学》一文，从学习的重要性、学习的态度、学习的内容、学习的方法等方面反复推说，不但旁征博引，还多方譬喻，态度恳切而思虑周详。《荀子》很少使用寓言，而多用日常生活中的事物做譬喻或做铺垫，因此较少咄咄逼人的气势，显得体贴温和。例如，《劝学》开篇以“青，取之于蓝，而青于蓝；冰，水为之，而寒于水”来比喻学无止境；以“不登高山，不知天之高也；不临深溪，不知地之厚也”来为“不闻先王之遗言，不知学问之大也”做铺垫，这在先秦诸子文章中很有特色。此外，《荀子》文章也非常注意句式的安排，在论述中常杂以排比句和韵语，使得文章韵律和谐、气势飞扬。

《韩非子》是法家思想的集大成之作,文章峭拔锋锐、质朴无华,体现着法家文章的基本特色。与其思想的专断峻刻相适应,《韩非子》的文风显得冷峻峭拔、锋芒毕现。例如,其《八奸》论防止内奸篡权,列在前三位的是"在床"的贵夫人、"在旁"的左右近习及被称为"父兄"的侧室公子,认为这些人皆对帝王有引诱、蒙骗之便,都是帝王潜在的敌人。文章在这些亲密关系中剖析出种种利害冲突,渲染出一种极为紧张的气氛,可谓深刻凌厉,尖锐刻薄。《韩非子》文章亦擅驳论,其驳论技巧甚至要高于《荀子》。例如,其《难一》针对儒家圣尧贤舜的立场,指出此两者为自相矛盾:"圣人明察在上位,将使天下无奸也。今耕渔不争,陶器不窳,舜又何德而化?舜之救败也,则是尧有失也。贤舜,则去尧之明察;圣尧,则去舜之德化:不可两得也。"从逻辑上可以说是犀利无比,手法也纯熟圆润,很有说服力。《韩非子》散文的另一特点是寓言众多,全书达三百多则,其中《说林》《储说》诸篇,是韩非将社会上所流行的寓言作系统的收集、整理,再加上自己创作的部分,而分门别类编定的寓言专集。《韩非子》寓言不同于《庄子》的奇幻汗漫,而是典雅庄重、观点突出、事理明晰。例如,深为后人赏识的"老马识途""滥竽充数""郑人买履""自相矛盾""郢书燕说"等,故事皆平实朴素而构思精巧,所蕴藏的哲理都明晰而深刻,成为脍炙人口的成语。

《吕氏春秋》是战国末期秦国丞相吕不韦组织其门客编撰的一部杂家著作,也称《吕览》。全书分为十二纪、八览、六论三个部分,共计二十六卷一百六十篇。以易学、阴阳、五行、干支文化思想为总纲,融合儒、墨、法、兵众家之长处,形成了包括政治、经济、哲学、道德、军事各方面的理论体系,肯定并尊崇揆天道、察地道、览人情的顺天应人思想,主动利用天时、地利、人和等因素,积极有为地进行社会活动。文章大多篇幅不长,但组织严密,运用故事来说理,颇为生动,具有较强的文学性。

第四节 浪漫的“楚辞”

“楚辞”最基本的含义是指战国时代我国南方楚地出现的一种新诗体,也指屈原及后来其他作家用这种诗体写就的诗篇。也就是说,“楚辞”既是文体名称,也是诗集名。

一、楚辞的产生

楚辞的产生具有极其复杂的社会和文化因素,是战国后期楚国特定环境的产物,是多种主客观因素相互作用的结果。

首先,楚国独特的文化特点,是楚辞产生的最主要原因。楚国是春秋战国时期南方的一个大国,这个国家远离中原,形成了独特的文化特点。楚国是一个原始巫风弥漫的世界,人们的精神仍无拘无束地沉浸于宗教幻想中。这种浓烈的原始宗教气氛,不仅为大量瑰丽神话的产生提供了良田沃土,而且为各地神话的广泛传播提供了充足的条件和大量的场所。而巫风与神话的融合,使楚人沉浸在超现实的神奇境界的无限联想与向往之中。此外,“楚有江汉川泽山林之饶,江南地广”(《汉书·地理志》)的环境,直接触发了楚人的天才想象。也就是说,楚国高山大泽、云烟变幻的自然环境,培养了楚人丰富的想象力,为楚文化的产生与发展提供了一个理想的天地,并使楚文化富于飘逸、奇诡、幽眇、恣肆的浪漫气息。这些在楚辞形成的过程中,都起到了重要作用。

其次,多种文化之间的相互影响、渗透与融合,对于楚辞的产生也发挥了重要作用。楚国虽然地处偏远,与中原的习俗文化和审美趣味不同,但楚国贵族毕竟源于中原,因而在春秋战国时期,中原和楚国有着广泛的文化交流,楚国文化尤其是社会制度和政治思想方面和中原有很多相同之处。楚国士人经常自觉地学习中原文化,楚国王公卿士在盟会或议事时也常常征引《诗》《书》中的话。因此,中原文化中的历史观念、价值取向及文学创作上的艺术手法、体裁、语言也深深影响了楚国士人及楚国的文学创作。从楚辞的创作来看,其中体现的政治理想和抱负、比兴手法的运用、句式篇章的结构等方面,都可以看出有中原文化的影响。此外,楚国北方与中原洛阳接壤,而东、西、南三方则与比它落后和原始的部族毗邻,因而除了主要受楚国文化和中原文化的影响,东夷、西夏、北狄、南蛮等边缘地区的文化也对楚辞的产生起到了推动作用。

再次,从历史和文化的发展规律来看,楚辞产生之时楚国正处于从兴盛到衰亡的转折点。在楚国内部,政治越来越黑暗,奸佞专权,排斥贤能。而作为屡遭陷害的爱国诗人,屈原将自己的理想、信念及对自己遭受不公平待遇的哀怨、激愤之情借诗歌倾泻出来,由此而创造出名垂千古的文学巨制。此外,自《诗经》产生之后两百多年间,散文开始兴盛,而四言诗却陷入了停顿。战国时期是古代社会发生剧烈变革的时期,新事物不断出现,语言的表达也随之发展,人们需要用比以四言为主的《诗经》诗句更长、变化更自由、可以容纳更多双音词和多音词的诗歌,来表达更为细致复杂的思想感情。这无疑是楚辞产生的一个重要原因。

最后,楚辞的形成,同楚地的歌谣也有直接和密切的关系。楚是一个音乐、舞蹈发达的地方,现在从《楚辞》等书中还可以看到众多楚地乐曲的名目,如《涉江》《采菱》《劳商》《九辩》《九歌》《薤露》《阳春》《白雪》等。

二、楚辞的创作

楚辞作为一种新的诗歌样式,在伟大诗人屈原的手中不断发展、成熟,而屈原之后,唯有宋玉可称为楚辞的传人,此后楚辞开始走向没落,楚辞这种形式未能得到更加深入的发展。

(一)屈原的楚辞创作

屈原(前340? —前277),名平,相传为湖北丹阳秭归人。他出身于楚国贵族，生活于楚怀王和顷襄王时期，博闻强记，熟悉政治情况，曾任楚怀王“左徒”之职，因被妒忌诬陷而被顷襄王放逐到江南，漂泊于长江、洞庭湖、沅水、湘水间，永远不能返回郢都，最终自沉汨罗江而死。

深刻的社会矛盾、悲惨的个人遭遇、深厚的学识和对民间诗歌形式的广泛吸收，使屈原创作出楚辞这种新的诗歌样式。屈原的楚辞作品主要有《离骚》、《九歌》(11 篇)、《天问》、《九章》(9 篇)、《招魂》等。

在屈原的楚辞作品中，艺术成就最高的是《离骚》。一般认为，“离”是“罹”的假借字，“骚”是忧患的意思，“离骚”意为遭受忧患。

《离骚》全诗 373 句，2490 字，是屈原根据楚国的政治现实和自己的不平遭遇创作的一首政治抒情诗，可以看作诗人的自叙传，为我国古代最长的政治抒情诗。

《离骚》集中反映了诗人对楚国黑暗腐朽政治的愤慨和他深厚的爱国情感，以及对自己遭受不公平待遇的哀怨和对理想的不懈追求。全诗可分为三部分。第一部分是诗人对往事的追忆，偏重于抒写现实。诗人首先介绍了自己身世及为国为民奋斗一生的伟大抱负和理想，回溯了自己在改革弊政过程中受谗被疏的遭遇。在这里，诗人塑造了一个高洁正直的抒情主人公形象，他苦心探索真理，并随时准备为理想献身。在第二部分，诗人对未来出路进行不断的探索，并进一步强调自己信仰的正确和决心的坚定。诗人心中始终存在着一个“美政”的理想，即使是在险恶的环境中，他依然坚持自己的道路是正确的。第三部分，写诗人在极度的苦闷彷徨中，向古代神巫询问出路，并决定离国出走，可是又深感对故国的不舍，表达了诗人对故国的忠贞不渝。应该说，诗人对未来道路的探索偏重于驰骋想象，这些充满想象的情节象征性地表现了诗人在人生道路的痛苦思索和艰难抉择，从而更加突出了诗人对楚国的挚爱之情。

在这首诗中，屈原还塑造了一个坚贞高洁的抒情主人形象：

“朝饮木兰之坠露兮，夕餐秋菊之落英。”“制芰荷以为衣兮，集芙蓉以为裳。”“扈江离与辟芷兮，纫秋兰以为佩。”“朝搴阰之木兰兮，夕揽洲之宿莽。”诗人正是以这种外化的高洁美来显现其内质的高洁美，并成为后世文人的楷模和民族精神的象征。

《离骚》在艺术特色上加入了历史故事、神话传说和一些幻想情节，构成了诗歌奇幻的世界，使诗歌具有浪漫主义特性，为诗歌增添了非凡的魅力。美人、香草的意象也是《离骚》的奇特之处。诗中的美人的意象一般被解释为比喻，或是比喻君王，如“惟草木之零落兮，恐美人之迟暮”；或是自喻，如“众女嫉余之蛾眉兮，谣诼谓余以善淫”。而香草作为一种象征物，它一方面指品德和人格的高洁；另一方面，和恶草相对，象征着政治斗争的双方。诗中的香草作为装饰，支持并丰富了美人意象。此外，《离骚》中还有很多楚地方言，增强了诗歌的地方特色和语言表现力。总之，《离骚》是中国历史上的旷世杰作，对后世产生了极为深远的影响。

（二）宋玉的楚辞创作

自屈原开辟了楚辞体的新纪元，先秦出现了一批楚辞作家。不过这些作家中最后有作品流传下来的仅有宋玉一人，故前人对于楚辞的创作者常以“屈宋”并称。

宋玉的生平不详，根据一些零星记载和有关作品来看，他的生平与屈原有相似之处，主要活动于楚襄王时期，由于出身低微，仕途坎坷，很不得志，尤其是晚年失职，愈加困顿，最后饮恨辞世。

宋玉的楚辞作品主要有《九辩》《风赋》《高唐赋》《神女赋》《登徒子好色赋》《对楚王问》等。其中《九辩》是宋玉的楚辞代表作。

《九辩》是在思想内容上与《离骚》有相通之处，主要叙述了诗人因不愿随波逐流而受到朝廷群小的排挤，以致流离他乡，过着凄苦的生活，揭露了楚国政治的黑暗。虽然这首诗的思想性较屈原作品贫弱，但诗中的“悲秋”内容成为以后的文人经常引用的主

题。正如鲁迅在《汉文学史纲》中说:“《九辩》……虽驰神逞想,不如《离骚》,而凄怨之情实为独绝。”以诗歌的首段为例来说:

悲哉,秋之为气也!
萧瑟兮草木摇落而变衰。
憭栗兮若在远行,
登山临水兮送将归。
泬漻兮天高而气清,
寂寥兮收潦而水清。
憯凄增欷兮,薄寒之中人。
怆怳懭悢兮,去故而就新。
坎廪兮贫士失职而志不平,
廓落兮羁旅而无友生。
惆怅兮而私自怜!
燕翩翩其辞归兮,蝉寂漠而无声。
雁廱廱而南游兮,鹍鸡啁哳而悲鸣。
独申旦而不寐兮,哀蟋蟀之宵征。
时亹亹而过中兮,蹇淹留而无成。

诗中刻画了一片凄凉寂寞的秋景,并将秋景的萧瑟悲凉与自己的惆怅失意、孤独寂寞之情有机地结合在一起,感人至深。

三、楚辞的艺术成就

楚辞在发展的过程中,呈现出一些与以往诗歌不同的艺术特色,具体表现在以下方面:

第一,楚辞是我国诗人屈原独创的文体,是文人所创作的诗歌,带有强烈的个性特征,实现了强烈政治性与浓郁抒情性的完美结合。以前的诗歌大多是集体性的口头传承之作,难以确定其作者身份,虽经文人加工,但也保留了民歌的风貌。《九歌》中的一些诗篇中仍然保留着歌、乐、舞结合的特点,可见楚辞在一定程度上受到了民歌的影响。

第二，楚辞在塑造形象的艺术手法上，颇见功力。比如，《九歌》不论是写内心活动还是动态神态，都逼真传神、惟妙惟肖，其中一个突出特点就是善于将景物、环境、气氛和人物的心理感情有机地融合在一起描写，突出意境的作用。比如，“帝子降兮北渚，目眇眇兮愁予。嫋嫋兮秋风，洞庭波兮木叶下。”这是《湘夫人》中的一段描写，萧瑟的秋风拂过洞庭湖，木叶纷纷落下，与湘君的哀愁相思之情结合在一起，渲染出一种凄凉惆怅的意境。

第三，楚辞在语言上独具艺术特色，既有文采绚丽璀璨的语句，也有一些非常质朴的语句，两者巧妙地融合在一起，相得益彰，同时打破了四言句两字一顿的单调格式，将节奏不同、字数不等的句子互相穿插交错，使音调富于变化。楚辞中虽然也有以四言句为主的诗篇，但五字句和六字句是楚辞的典型句式；节奏上，五字句以“三二”为主；六字句以“三三”为主，兼用其他节奏，使句子变化更为丰富。比如，《离骚》的句式以六、七言为主，间或有少至三言、多至十言的句子。

第四，楚辞的地方色彩是十分鲜明的，不论是对地理名物、自然景色的描写，还是对风俗习惯的描述，都带有楚地的特征，而且吸收大量的方言俗语。

第五，楚辞突出地表现了浪漫主义的特质，具有鲜明的浪漫主义特色。比如，屈原在《离骚》中大量运用历史故事、古代神话，并加以丰富的想象，使一些抽象的情节具体化、形象化，如为了充分表达诗人对于理想不懈的求索、对人生道路的艰难抉择，诗人驾驭龙凤，扣帝阍求佚女，大胆幻想，自由驰骋。所有这些错综复杂的艺术构思，共同增强了《离骚》的浪漫主义色彩，增强了诗歌的表现力和感染力。又如，《九歌》吸收了古代神话的创作思想和表现艺术，塑造了一系列神的形象和美妙神奇的境界。这些艺术形象既是拥有人所不能的神奇力量的神，又是现实中人的化身，拥有人的喜怒哀乐、悲欢离合。

第六，楚辞中大量运用了各种虚词，如“兮”“之”“于”“而”“乎”等，特别是“兮”字被用在楚辞的所有篇章上，且使用方法多种多样，已然成为楚辞形式上的一个突出特征。比如，《离骚》通篇分上下句，上句句尾用“兮”字。大多数句子开头往往冠上一个单音词自成音节，句中并配以“之”“于”“而”“以”“其”等虚字协调音节，有散文化趋势。

第二章　礼乐争辉，气势宏大：秦汉时期的文学

秦汉是中国古代社会的一个强盛时期，不仅国力强盛，而且在政治、经济、军事乃至文学创作方面取得了辉煌成就，令世人瞩目。这一时期的文学特别是秦代文学，不论是诗赋还是散文，或铺陈张扬，或旖旎豪华，或抒发胸臆，或论得失之道，无不展现出一种大国的人文气度。

第一节　感于哀乐，缘事而发：两汉乐府诗

两汉是乐府诗的创始和繁盛时期，而且两汉乐府诗一直被后人视为经典。两汉乐府诗作为一种可以演唱的新诗体，以其娴熟巧妙的叙事手法、丰富多彩的艺术画面、灵活多样的诗歌样式，真实、全面、深刻地反映了汉代的社会面貌，成为中国古代诗歌的新范本。此外，两汉乐府诗在创作上有“皆感于哀乐，缘事而发”的特点。《汉书·艺文志》曰：“自孝武立乐府而采歌谣，于是有代赵之讴，秦楚之风，皆感于哀乐，缘事而发，亦可以观风俗，知薄厚云。”

一、两汉乐府诗的由来

要了解两汉乐府诗的由来，首先要先了解一下乐府。乐府本义是指封建王朝设置的管理音乐的机关，在汉武帝之前就已设立。但由于资料缺乏，当代人已很难了解秦代乐府的状况。汉承秦制，西汉初年仍然有乐府的建置。不过，此时的乐府大约掌管

的只是郊庙朝会的乐章。到汉武帝时，乐府的面貌发生了质变。汉武帝为了适应大一统帝国"定郊祀之礼"的需要，以及统治者享乐的需要，把乐府扩充为规模空前庞大的官署，所属人员增加到800多人。这一时期，乐府的职能也得到了扩展，一方面为一些贵族文人创作的诗歌制音度曲，另一方面负责采集全国各地的民歌俗曲。汉武帝之后的几个皇帝延续了乐府收集民歌的职能。东汉时管理音乐的机关改为太子乐署和黄门鼓吹署，后者尤为重要，它实际发挥着乐府的作用。东汉乐府诗主要是由黄门鼓吹署收集和保存的。总之，两汉时期都十分重视对民歌俗曲的采集。

在两汉时期，经过乐府及乐府人员大张旗鼓的采集，大量的民歌俗曲从全国各地流入宫廷，得以汇聚、写定、传播和保存。在中国古代诗歌史上，这是一个重大事件。此外，两汉乐府采集的乐府民歌共有138首，采地有吴、楚、汝南、燕、代、邯郸、河间、齐、郑、淮南、河东、洛阳及南郡等。同时，所采集的乐府民歌经装订成集后，迅速蔓延开来，渐渐替代雅乐，成为当时社会上普遍流行的一种诗歌体式。作为一种新诗体，乐府民歌自诞生以来，一直是中国诗歌的生命源头。它继承发展了先秦民歌的优良传统，关注现实，"感于哀乐，缘事而发"，增添了中国诗歌的思想内容和表现手法，为"建安风骨"及大唐诗歌提供了丰富的营养。

二、两汉乐府诗的思想内容

作为"感于哀乐，缘事而发"的民间创作，两汉乐府诗广泛地触及了当时社会的矛盾，反映了具有普遍意义的社会问题，表现了丰富多样的人生态度及其情怀。郭茂倩在《乐府诗集》中称杂曲歌辞"或心志之所存，或情思之所感，或宴游欢乐之所发，或忧愁愤怨之所兴，或叙离别悲伤之怀，或言征战行役之苦"。由此可知，两汉乐府诗的思想内容是十分丰富的。具体而言，两汉乐府诗的思想内容主要体现在以下方面。

（一）多角度反映广大人民的悲苦生活遭遇

在两汉乐府民歌中，关注社会人生，多角度反映广大人民的悲苦生活遭遇是一项重要内容。例如，《孤儿行》：

孤儿生，孤儿遇生，命独当苦。
父母在时，乘坚车，驾驷马。
父母已去，兄嫂令我行贾。
南到九江，东到齐与鲁。
腊月来归，不敢自言苦。
头多虮虱，面目多尘土。
大兄言办饭，大嫂言视马。
上高堂，行取殿下堂，孤儿泪下如雨。
使我朝行汲，暮得水来归；手为错，足下无菲。
怆怆履霜，中多蒺藜；拔断蒺藜肠月中，怆欲悲。
泪下渫渫，清涕累累。
冬无复襦，夏无单衣。
居生不乐，不如早去，下从地下黄泉。
春气动，草萌芽，三月蚕桑，六月收瓜。
将是瓜车，来到还家。
瓜车反覆，助我者少，啖瓜者多。
愿还我蒂，兄与嫂严，独且急归，当兴校计。
乱曰：里中一何譊譊，愿欲寄尺书，将与地下父母：兄嫂难与久居。

这是一首具有强烈的人道主义感染力的优秀诗作，通过孤儿对自己的悲苦命运和内心哀痛的诉述，描绘了社会的人情冷漠与人们道德观念的扭曲，揭露了社会关怀与信任基础解体前的黑暗与冷血。全诗分为三部分："孤儿生"至"命独当苦"为第一部分，讲述孤儿慨叹自己偶尔来到世上，命运苦不堪言。以慨叹之语带起全篇，使得全诗笼罩在充满悲剧气氛的情境之中。"父母在时"至"当兴校计"为第二部分，历叙孤儿并非出身一个贫穷家庭，可是父母死后，竟沦为兄嫂的奴隶，受尽虐待，饱尝辛酸，恨不能早早一死。“乱曰”至“兄嫂难与久居”为第三部分，“乱”词以孤儿的绝望心绪作结，既与第二部分的叙事相贯连，又与第一部分慨叹之词遥为呼应。整首诗语言朴素，感染力强，完全用白描手法交代出诗中主人公的生活状况，既写出了亲情之薄，也反映出奴隶生活的实际状况，让人读后感慨不已。

除了《孤儿行》外，《妇病行》是反映广大人民的悲苦生活遭遇的一首重要诗作。该诗写一个家庭主妇患病连年累岁，临终时将孩子托付给丈夫。家中本一贫如洗，又失去患难与共之妻，对活着的丈夫来说，真是雪上加霜，他不得不外出乞讨，孤儿在空舍呼喊着母亲。该诗的内容如下：

> 妇病连年累岁，传呼丈人前一言。当言未及得言，不知泪下一何翩翩。“属累君两三孤子，莫我儿饥且寒。有过慎莫笪笞，行当折摇，思复念之！”
>
> 乱曰：抱时无衣，襦复无里。闭门塞牖，舍孤儿到市。道逢亲交，泣坐不能起。从乞求与孤买饵。对交啼泣，泪不可止：“我欲不伤悲不能已。”探怀中钱持授交。入门见孤儿，啼索其母抱。徘徊空舍中，“行复尔耳，弃置勿复道！”

这首诗的诗题已先引人入悲，诗则更让人有悲恸欲绝之感，病妇的“当言未及得言，不知泪下一何翩翩”之泣，丈夫的“道逢亲友，泣坐不能起”“对交啼泣，泪不可止”之泣，孤儿的“啼索其母抱”之泣，自始至终贯穿篇中，沉痛凄楚。清人顾茂伦称其“言迄有呜咽声”。此情此景，使底层人民挣扎于死亡线上，夫妇、父子不能相保的社会悲剧得以鲜明、真实、生动地展示，读之令人泫然泪下，包括《诗经》在内的以往诗歌在表现劳苦大众生活的艰辛困苦上，从未达到如此惨痛的程度。

（二）表现战争、兵役给人民造成的灾难

汉代从汉武帝起，发生了很多对外战争。这些战争有的是为了抵御外来侵略，有的却是为了开疆拓土、炫耀武力。在这些战争中，无数老百姓丧身疆场，成了异乡之鬼。这在《战城南》一诗中有着鲜明的表现：

战城南，死郭北，野死不葬乌可食。

为我谓乌：且为客豪！野死谅不葬，腐肉安能去子逃？

水深激激，蒲苇冥冥。

枭骑战斗死，驽马徘徊鸣。

梁筑室，何以南？何以北？

禾黍不获君何食？愿为忠臣安可得？

思子良臣，良臣诚可思。

朝行出攻，暮不夜归！

这首诗描写了凄凉、惨烈、令人毛骨悚然的战场，这在诗歌史上是空前的。诗歌的前一半勾勒出一幅恐怖的画面：一场恶战之后，蒲苇丛生的洼地上到处横卧着死尸，乌鸦盘桓啄食，未死的战马在徘徊悲鸣，天地间被一种昏暗惨烈的气氛笼罩。“为我谓乌”以下几句，写诗人请求乌鸦先为死者招魂，然后再去吃，可见诗人感情的悲切。诗的后一半，诗人满怀着对这些远征将士的哀悯，联想到：男丁都死去后谁种田地，于是发出了“禾黍不获君何食”的愤怒质问，对统治者穷兵黩武的罪恶进行了强烈控诉。

除了《战城南》一诗外，《十五从军征》一诗也通过一名老兵归家的所闻所见，抒发了主人公悲痛的情感，揭露了当时不合理的兵役制度和战争给人们带来的痛苦，反映了当时的社会现实。诗中的主人公长年征战，回到家乡时已经年迈，而且当他历尽苦难，回到魂萦梦牵的家，见到的却是亲人俱亡、坟茔累累、荒草满庭。他身只影单，内心充满了无限凄楚。

（三）表现爱情、婚姻及妇女美德

在两汉乐府诗中，表现爱情、婚姻及妇女美德的作品是不容忽视的。与《诗经·国风》相比，两汉乐府诗中情歌寥寥，这大抵与汉代比之周代,封建礼教对人心的束缚趋紧有关,尤其是西汉中期至东汉前期,"三从""四德""七出"等一系列强化男尊女卑的苛刻规则像紧箍咒一样禁锢着广大妇女(某些妇女,本身便充当了推波助澜的角色,如东汉时期班昭撰《女诫》,无异于给姐妹们身上套枷锁)。如此观念的渗透,势必影响民间恋歌的产生及其风格情调,更影响官方的音乐机构对其的采录,其结果由今存作品清晰地体现了出来。此外,由于封建礼教的加强,汉乐府民歌对爱情的描写,往往笼罩着一层不幸与不祥的悲伤气氛,如《有所思》:

有所思,乃在大海南。
何用问遗君,双珠玳瑁簪。用玉绍缭之。
闻君有他心,拉杂摧烧之。摧烧之,当风扬其灰!
从今以往,勿复相思,相思与君绝!
鸡鸣狗吠,兄嫂当知之。
妃呼狶!秋风肃肃晨风飔,东方须臾高知之!

这首诗描写了一位直率而多情的女子在突遇爱情挫折时的痛苦心情和复杂心理:她准备赠给情人的礼物是"双珠玳瑁簪",还"用玉绍缭之";但一听到情人变心,就把玳瑁簪拉杂摧烧,"当风扬其灰"。这种加重形容的写法,写出了她爱之深、恨之切的强烈感情。但转念一想,回忆起他们幽会时的情景,她感到又害怕又留恋,因而藕断丝连,不忍割舍。这种心理真实而典型,活脱脱地凸现出抒情主人公的情感。

两汉乐府诗的爱情诗中,成就最高的是《孔雀东南飞》。《孔雀东南飞》是一首长达1700多字的叙事诗,讲述了一个凄婉的婚姻悲剧。诗中主人公刘兰芝和焦仲卿是一对恩爱夫妻,被不喜欢刘兰芝的婆婆生生拆散。刘兰芝回到娘家,又被其兄逼迫改嫁太守之子。最后,刘兰芝和焦仲卿赴水悬树,双双自尽。该诗歌颂了坚贞的爱情观,有力地控诉了封建礼教、封建家长制的罪恶。

（四）表达乐生恶死的愿望

在两汉乐府诗中，有不少诗作表达了强烈的乐生恶死愿望。乐生和恶死是一个问题的两个侧面，两汉乐府诗人将人们对死亡的厌恶之情坦率地传达出来，又以虚幻的形式把乐生愿望寄托在与神灵的沟通上，如郊祀歌《日出入》：

日出入安穷？时世不与人同。
故春非我春，夏非我夏，秋非我秋，冬非我冬。
泊如四海之池，遍观是邪谓何？
吾知所乐，独乐六龙。
六龙之调，使我心若。訾黄其何不徕下。

这首诗歌大概的意思是，太阳每天东出西入，日复一日，年复一年，永远没有穷尽。然而，人的个体生命是有限的，生为出，死为人，一出一入便走完了人生的历程，从而和反复出入、永恒存在的太阳形成鲜明的对照。于是，作者大胆地想象，太阳是在另一个世界运行，那里一年四季的时间坐标与人世不同，因此太阳才成为永恒的存在物。诗人期待能够驾驭六龙在天国遨游，盼望神马自天而降，驮载自己进入太阳运行的世界。

三、两汉乐府诗的艺术特色

两汉乐府诗作为中国古典诗歌的新范本，在诗歌艺术方面独具特色，具体表现在以下方面：

第一，两汉乐府诗有着很强的叙事性及其成功的叙事手法。在今存两汉乐府诗中，叙事性作品不仅在数量上所占的比全无例极大，而且成就比乐府抒情诗更为突出。所以，浓重的叙事性应该说是两汉乐府诗在艺术上最显著、最基本的特点。《汉书·艺文志》称汉乐府民歌有“缘事而发”的特色，明清人所谓“乐府往往叙事，故与诗殊”（徐祯卿《谈艺录》），乐府与古诗“较然两体”，“措辞叙事，乐府为长”（沈德潜《古诗源》），正是由此着眼的。《妇病行》《孤儿行》《东门行》《陌上桑》《艳歌行》《上山采蘼芜》《十五从军征》和《陇西行》等均为有强叙事性的作品，且叙事手法极为成熟。此外，两汉乐府诗所讲述的故事大多有完整而曲折的故事情节，由此奠定了中国古代叙事诗的基础。比如，《孔雀东南飞》讲述了一个情节曲折连贯、有头有尾的故事，而不是仅仅撷取一两个生活片段，特别是故事情节波澜起伏、扣人心弦，有发生、发展、高潮和结局。全诗以刘兰芝夫妇与封建家长的矛盾冲突、刘兰芝夫妇之间的感情这两条线索展开故事。前一条线索从刘兰芝与婆母的矛盾激化开始写起，然后叙述刘兰芝被遣回家，继而兄长逼迫她改嫁，到最终刘兰芝夫妇自杀殉情；后一条线索在前一条线索之下展开，开始是刘兰芝夫妇在卧室谈话，互诉衷情，接着路口分别，共约生死，最后相继殉情，将爱情升华到极点。故事发生的时间集中在 20 天左右，故事首尾俱全，结构细密，裁减得当，起伏跌宕，表现了作者高超的叙事艺术驾驭能力。

第二，两汉乐府诗继承了《诗经》开创的现实主义传统，直面现实，关注现实生活，用朴素自然、生动活泼的语言抒情叙事，真实具体地反映了当时的社会生活和广大劳动人民的思想感情，揭露了统治阶级残暴的政治与经济压迫，具有浓厚的生活气息，如前面提及的《十五从军征》。可以说，乐府诗源于生活，又高于生活，是现实生活最集中、最突出的体现，这也是人们所说的乐府精神。它显示了中国文学的一个极大进步，很多诗人继承了汉乐府民歌的这种传统，并将之发扬光大。

第三，两汉乐府诗善于运用比喻、拟人、夸张等艺术表现手法。比如，在《悲歌》中写道“心思不能言，肠中车轮转”，用有形体的“车轮转”比喻抽象的愁思；在《白头吟》中以“皑如山上雪，皎若云中月”来比喻女子爱情的纯洁。两汉乐府诗中拟人手法的运用，具体表现在一些寓言诗中。这些寓言诗不仅数量多，而且艺术成就高，比如《雉子班》《乌生》《董娇娆》等，这些诗歌将动植物拟人化，通过假托动植物之口，或者人与植物的对话，以奇妙的想象，叙述自身惨遭戕害的命运，劝告世人谨于持身，爱惜生命。

第四，两汉乐府诗塑造的人物形象也栩栩如生、各具特色、绝无雷同。例如，《陇西行》中的胡姬和《陌上桑》中的秦罗敷都是反抗强暴的女性，胡姬是用生命对羽林郎的调戏进行抵抗和拒绝，具有悲剧主角的品格；罗敷则是以机智的言辞对向她求婚的使君进行戏弄，上演了一场幽默的喜剧。胡姬刚烈坚贞，罗敷聪明多智，二人具有不同的气质和性格。

总的来说，两汉乐府诗极大地推动了中国古典诗歌的改革与发展，实现了由四言诗向杂言诗、五言诗的过渡。特别是汉乐府民歌中的五言体，为人们提供了反映社会现实、抒写感情志向、驰骋才华的有力艺术手段，最终成为后世长期居于正统地位的重要诗歌样式。

第二节　五言之冠冕：汉代文人诗

五言诗是汉代以后中国古代诗歌史上最主要的体裁之一，而汉代文人诗歌最重要的成就就是确立了一种新的诗歌样式——五言诗。

一、汉代文人五言诗的创作概况

在中国古代诗歌史上，五言诗的出现经历了一个相当漫长的发展过程。早在汉代以前，《诗经》《楚辞》中就已经有零散的五言诗句了。但是，直到汉武帝时期，才有了非常接近五言诗的作品。西汉时，民间五言歌谣已经比较流行了，因而在西汉乐府诗中，也能看到一些五言体，不过至今没有确切的资料证明有西汉文人五言诗，五言诗在西汉也始终没能成为通行的文学样式。到了西汉后期，五言诗逐渐在民间崛起，文人写诗却仍然用着四言体和楚歌体，他们把五言体视为“俗调”，只用于“俳谐倡乐”。然而随着时间的推移，五言诗越来越显示出其表达新的思想感情、适应新的语言状况、满足新的审美要求的优势。

进入东汉以后，五言歌谣陆续产生。东汉乐府诗中五言诗已经占了很大一部分。随着民歌的流传，有着“二三”节奏，变化多端，圆转流走，新鲜活泼，雅俗兼具，富于表现力、韵律美的五言体逐渐引起文人们的注意。东汉初年，终于开始出现文人创作的五言诗。今所见早期文人五言诗，均作于东汉，或有作者姓名，或为佚名作品。

就有作者姓名的汉代文人五言诗来说，现存最早的作品是东汉前期应亨和班固的。其中，应亨是东汉明帝时人，生平不详，他的《赠四王冠诗》写对四个妻弟加冠的祝贺。班固的《咏史》歌咏文帝时孝女缇萦自请为婢以赎父罪的故事。这两首诗从体制看是完整的五言了，而它们的艺术表现则平实呆板，质木无文，远远没有成熟。但是，它们代表着五言诗体已经正式登上文人的诗坛，在文学史上具有重要意义。在班固之后，文人创作的五言诗数量逐渐增多，今存有张衡《同声歌》、宋子侯《董娇娆》、秦嘉《赠妇诗》三首、辛延年《羽林郎》等。其中，张衡和秦嘉的作品，大多表现出温柔敦厚的中和之美，标志着文人五言诗渐趋成熟。

就佚名的汉代文人五言诗来说，主要包括《古诗十九首》和其他一些古诗。这些作品表现出对现实的猛烈批判，艺术表现更加臻于成熟，代表了汉代五言诗的最高成就，是建安诗歌的先导。这在客观上也标志着中国诗歌发展进入了一个新时代，即以文人五言诗创作为主的时代。这不仅为魏晋诗歌的进一步发展创造了条件，而且在一定程度上促进了唐诗的繁荣。

二、汉代文人五言诗的思想内容

汉代文人五言诗所体现出来的思想内容，大致有以下两个。

（一）表现游子思妇的相思离别之苦

在东汉末年，外戚宦官相继把持朝政，士人入仕的路子越来越窄。他们不得不离乡背井，想方设法谋取一官半职。如此一来，游子思妇之诗的创作便具备了广阔的社会背景。此外，游子思妇之诗在创作特色上来说，大多写得缠绵婉转，真切动人。例如，秦嘉《赠妇诗》(其一)：

人生譬朝露，居世多屯蹇。
忧艰常早至，欢会常苦晚。
念当奉时役，去尔日遥远。
遣车迎子还，空往复空返。
省书情凄怆，临食不能饭。
独坐空房中，谁与相劝勉？
长夜不能眠，伏枕独辗转。
忧来如循环，匪席不可卷。

这首诗以议论开篇，强调欢会的珍贵，为写别情做好铺垫，接着写想迎回妻子而“空往复空返”的惆怅，最后铺张渲染没有见到妻子而悲伤不已的心理活动，语极质朴而情极深厚。沈德潜《古诗源》评此诗为“词气和易，感人自深”，正指出东汉末年文人抒情诗的特点。

(二)表现追求功名富贵的强烈愿望与仕途失意的苦闷哀愁

在中国古代，封建士人的奋斗目标就是“学而优则仕”，汉代士人也是如此。汉代文人五言诗就唱出了他们的这种强烈愿望：“何不策高足，先据要路津。无为守贫贱，轗轲长苦辛”(《今日良宴会》)；“人生非金石，岂能长寿考？奄忽随物化，荣名以为宝”(《回车驾言迈》)。这些诗歌非常坦率地表现出追求荣名、难耐贫贱的愿望。但是，当时社会政治黑暗、仕途被阻滞，因此，汉代文人五言诗中充满士人沉沦失意的哀愁和对世态炎凉的愤懑。他们感叹知音难遇：“不惜歌者苦，但伤知音稀。愿为双鸿鹄，奋翅起高飞”(《西北有高楼》)，这是诗人对当时你争我夺的社会的切身体验。他们责难朋友不予提携：“昔我同门友，高举振六翮。不念携手好，弃我如遗迹。”(《明月皎夜光》)由于竞争激烈，真挚的友情也成了虚名，这不仅反映出社会政治的混乱、人际关系的复杂，也揭露了封建道德的虚伪。

由于仕途失意，这些文人士子们立德立功、治国平天下的理想幻灭了，于是他们从儒家提倡的“内圣外王”的人生价值观念的束缚下解脱出来，开始注意个人生存的意义和价值，并逐渐发现，人的生命太短促了，如不及时把握，就会稍纵即逝。而“荣名”“要路津”对他们来说已是希望渺茫，因此一种人生短暂、当及时行乐的情绪就油然而生，从而创作出如“极宴娱心意，戚戚何所迫”（《青青陵上柏》），“荡涤放情志，何为自结束”（《东城高且长》），“人生忽如寄，寿无金石固。不如饮美酒，被服纨与素”（《驱车上东门》），“生年不满百，常怀千岁忧。昼短苦夜长，何不秉烛游”（《生年不满百》）的诗句，这些句子实际上都是文人士子此种情绪的真实流露。这种情绪全无昂扬向上的进取精神，当然是消极、没落的。但是，这种情绪又是当时政治黑暗的一种反映，是对当时社会的一种消极反抗，有其特定的历史背景与现实意义。同时，它是对人的自身价值的一种发现。因此，这种情绪表现的是身处乱世的封建士人的一种变态心理，是诗人对传统的人生哲学的一种蔑视，在当时也是有一定意义的。

三、汉代文人五言诗的艺术特色

汉代文人五言诗在艺术表现手法上有着自己鲜明的特色，具体表现在以下方面：

第一，汉代文人五言诗的遣词用语浅近明白，却意味无穷。以《行行重行行》一诗来说，该诗从字面看去，字句浅显易懂，所表达的就是思妇想念远方的游子。对其进行细细品味，可以发现其有着十分丰富的含义和情感。首先，如果把“游子不顾返”一句的“游子”理解为游子自称，则此诗也可以看作游子之辞。而游子想念妻子与思妇想念游子，其感情内涵是不尽相同的，可以让读者产生不同的体会。其次，此诗抒发离别之情，处于离别情境的人都会联系自身的经历，去感受、联想甚至补充这首诗的情感内涵。最后，诗句看似明白却含蕴不尽，它的每一句都可以作更为丰富的体会，从而为读者留下了自由联想的广阔天地。

第二，汉代文人五言诗的重要抒情手法是融情入景、借景抒情，其中许多景物与环境的描写，都是诗人主观感情的极好烘托与渲染，如《去者日已疏》一诗：

去者日已疏，来者日已亲。
出郭门直视，但见丘与坟。
古墓犁为田，松柏摧为新。
白杨多悲风，萧萧愁杀人。
思还故里闾，欲归道无因。

这首诗写时光蹉跎的悲慨和孤凄的思乡情感。它以白描手法来写出门所见的景象：荒凉的丘墓，悲鸣的白杨，肃杀的秋气，还有古墓成田、松柏为薪的变化。这一景象与作者孤苦悲凉的情思完全吻合。

第三，汉代文人五言诗的感情诚挚自然，没有雕饰的痕迹。从艺术表现说，汉代文人五言诗的写景用语好像都是信手拈来，从而呈现出水芙蓉般的自然诗境，没有错采镂金式的加工。例如，《涉江采芙蓉》：

涉江采芙蓉，兰泽多芳草。
采之欲遗谁，所思在远道。
还顾望旧乡，长路漫浩浩。
同心而离居，忧伤以终老。

这首诗写游子思乡思亲的感情。如果把诗中的“还顾”二句解为思妇代游子设辞，则此诗也可以理解为思妇想念远方的游子。游子来到江泽采摘花草，遥望家乡，忧伤萦心，感情极其纯真，没有杂质。由采摘花草到寄送相思，到路远不通的无奈，到望而不见故乡，再到同心离居、忧伤终老的伤感，情思和诗意自然连贯而下，毫无隔碍和造作。

第四，汉代文人五言诗善于运用象征、比兴、叠字等艺术手法。比如，《西北有高楼》一诗写楼的高、美，曲的悲凉、凄切，人的孤独、慨叹，其实正是作者当时自身生存状态的象征。它所描写的景象是经过夸饰“设计”的，也是诗人内心情思的幻化景象，因而颇具象征的意味。《冉冉孤生竹》是运用比兴手法的一首汉代文人五言诗，诗中先以“竹结根山阿”比喻妇人托身于君子，形象贴切。接着又用“兔丝附女萝”比喻新婚夫妇感情的缠绵，推动了诗歌内容的发展。然后以“兔丝生有时，夫妇会有宜”引出夫妇远离，会合失宜，从而发出人不如物之会合有期的感慨。这里人、物、情三者交替描写，充分表达了女主人公的满腔怨情。结尾描写蕙兰花当春盛开的容光和过时不采的怨艾，更是毫无保留地倾泻主人公的怨情。而《迢迢牵牛星》一诗中，较多地运用了叠字，这更增加了语言的节奏美与韵律美，读来更加韵味悠长。

第三节　秦汉辞赋与散文

在秦汉时期的文学创作中，辞赋的创作盛极一时。与此同时，中国古代散文诸体在秦汉时期渐趋成熟。

一、秦汉辞赋

在秦代时，辞赋并未得到实质性发展。直到进入汉代以后，辞赋对各种文体兼收并蓄，成为处于时代中心位置的文体形式，盛极一时。因此，这里着重分析一下汉代辞赋的创作。汉代的辞赋在发展的过程中大致经历了由骚体赋到散体大赋再到抒情小赋的三个发展阶段。

（一）骚体赋

骚体赋脱胎于楚辞，在形式上模拟楚辞的骚体，句中、句末仍然用“兮”字，故而获称骚体。骚体赋在汉赋中占有相当的数量，在内容上，这种赋以写志为主，主要抒发个性受压抑而发出的不平之鸣，表现自己的政治见解、身世感慨和复杂的心路历程。贾谊可以说是骚体赋创作的最大成就者。

贾谊（前 200—前 168），洛阳人，文帝时召为博士，一年中迁为大中大夫，并拟任以公卿之位，因为被周勃等大臣所阻，出为长沙王太傅，转为梁怀王太傅。怀王坠马而死，贾谊自伤为傅无状，忧郁而死。贾谊在辞赋的创作中继承了《楚辞》中骚体的创作特色，创作出一系列骚体赋，其中最著名的篇章为《吊屈原赋》。

《吊屈原赋》是贾谊在自己被贬为长沙王太傅，南渡湘水，历经屈原放逐之地时所作的辞赋，表达了对屈原高尚人格的景仰和“被谗放逐”终至“自沉汨罗”的命运的同情。具体来说，贾谊在该赋的一开头，就正面对屈原的身世遭遇表示愤慨和悼惜。接着又以反复的譬喻来比拟贤者遭谗，世道浑浊，黑白不分，寄寓着自己的身世感慨。因此，可以说《吊屈原赋》完全具备《楚辞》那种强烈的抒情性和批判现实的精神。在形式上，该赋的句式也与《楚辞》相同。表现手法上运用比兴，以鸾凤比忠贞之士，以鸱枭比奸佞小人，正所谓《楚辞》之“善鸟香草以配忠贞，恶禽臭物以比谗佞”（王逸《楚辞章句》）。

（二）散体大赋

散文大赋在艺术上表现出来的许多特点是其他文体所不具备的，其一般篇幅较长，结构宏大，多在千言以上。它铺采摛文，排比类事，对事物作穷极声貌的描写，因此称“大赋”；它多采用主客问对的结构方式，韵文与散文混用，散文的成分较多，故此获称“散体大赋”，其基本特点就是用夸张的手法、富丽的辞藻，侧重铺叙汉帝国威震四方的国势，新兴都邑的繁华，水陆物产的丰饶，宫苑山川的富丽，帝王的政治、军事活动及皇室贵族们的声色犬马、畋猎驰逐的壮丽场面。它的主旨是既美且刺，一方面大力宣扬大汉的声威与气魄，歌颂帝王的功德；另一方面，对帝王政治上的缺失与生活上的淫奢进行讽刺和劝谏。但是，这种讽谏的作用是微乎其微的，因而也被人称作“曲终奏雅”或“劝百讽一”。在汉初的散体大赋作者中，成就最突出的为司马相如。

司马相如（前179—前117），字长卿，蜀郡成都人。景帝时，为武骑常侍。景帝不好辞赋，司马相如于是告病，往投梁孝王，与邹阳、枚乘等游。几年后，司马相如完成了《子虚赋》的创作。梁孝王去世后，司马相如回到家乡蜀郡，并与临邛富商女卓文君结为夫妻。汉武帝即位后，读了《子虚赋》后十分欣赏司马相如的文采，立召之，相如复作《上林赋》以奏，拜为郎。后曾奉命使巴蜀。因病免官，死于茂陵。

司马相如的散体大赋，最突出的特点是写景状物极尽铺叙夸张，无论什么珍禽怪兽、奇花异草，只要头脑中想到的，都一齐排列出来，以至于失去真实性。现存最能体现司马相如的散体大赋的创作特色，也最能代表整个汉赋风格面貌的作品有《子虚赋》《上林赋》《大人赋》《长门赋》《美人赋》《哀二世赋》等。其中，《子虚赋》假托楚国使臣子虚向齐国的乌有先生夸耀楚王游猎云梦的盛况，乌有先生批评子虚“不称楚王之德厚，而盛推云梦以为高，奢言淫乐而显侈糜”，然后顺势讲出齐国地域之辽阔、物产之丰饶。《上林赋》紧承《子虚赋》，先写亡是公对子虚、乌有的批评，认为其“不务明君臣之义、正诸侯之礼，徒事争于游戏之乐、苑囿之大，欲以奢侈相胜，荒淫相越，此不可以扬名发誉，而适足以贬君自损也”。之后，又借亡是公之口大肆铺陈上林苑的壮丽及天子射猎的盛况，以压倒齐楚，渲染大一统帝国的无比繁荣富庶。最后，又写天子幡然悔悟，发布了一系列崇德爱民的措施。赋中的“子虚乌有”后世作为成语，形容凭空捏造事实的代名词，而其中故事、人物也纯属虚构，目的是歌颂天子的伟大。

（三）抒情小赋

进入东汉以后，散体大赋逐渐衰落，抒情小赋逐渐兴起。实际上，在散体大赋盛行的时候，有些作家就曾写下一些抒情小赋，如司马迁的《悲士不遇赋》、扬雄的《逐贫赋》等，只不过当时抒情小赋不占主流地位。进入东汉以后，尤其是汉安帝之后，以描写客观外界事物为主要内容，以铺陈夸饰为主要艺术手段的散体大赋衰落，而以抒发主观情志为主要内容，艺术手法相对更为灵活的抒情小赋则蓬勃兴起。在抒情小赋作家中，成就最高的作家当属张衡。

张衡(78—139)，字平子，南阳西鄂人。张衡留下的辞赋有十几篇，其中既有散体大赋，也有抒情小赋。散体大赋以《二京赋》为代表，此赋模拟班固《两都赋》，其规模更为宏大，是以京都为题材的赋作中篇幅最长者。但其影响最大的还是抒情小赋《归田赋》。该赋全篇只有40句，形制短小；语句清丽流畅，绝无夸饰堆砌；抒写自己的怀抱和情志，个性鲜明。这些特点，都标志着汉赋创作倾向的重大转变。赋作先写入世的感慨和厌倦："游都邑以永久，无明略以佐时。徒临川以羡鱼，俟河清乎未期。……谅天道之微昧，追渔父以同嬉。"从而表达了张衡"超埃尘以遐逝，与世事乎长辞"的出世愿望。作为中国文学史上第一篇描写田园隐居乐趣的作品，《归田赋》又是第一篇比较成熟的骈体赋，在内容、形式和写作艺术上都深刻影响了后来辞赋的发展。

二、秦汉散文

散文是秦汉最为成熟的文学样式，不但诸体兼备，而且发展到一个高潮。从类型上来看，这一时期的散文主要包括四类，即政论散文、诸子散文、书牍碑记、史传散文。从文章形式和风格上看，这一时期的散文从秦时的纵横驰辩，到西汉的典重质实，再到东汉的逐渐骈偶、丽辞化，呈现出文采丰赡的发展趋势。

(一)政论散文

秦汉时期的散文作家，形式上大多继承先秦诸子的文风，表现出一种气势磅礴、感情激切、纵横驰骋、铺陈张扬的风格；内容上都能写出新的时代主题,即总结历史,作为巩固现政权的借鉴。另外,在秦汉时期的政论散文中,影响较大的有李斯的《谏逐客书》、贾谊的《治安策》《过秦论》。这里着重分析一下《谏逐客书》。

《谏逐客书》是秦代唯一留有作品的作家——李斯的作品。李斯(?—前208),楚国上蔡(今属河南)人。曾经跟从荀子学习帝王之术。公元前247年入秦,为秦相吕不韦舍人。因说秦始皇统一六国,拜为长史、客卿。秦统一,李斯为丞相。设立郡县,统一文字和度量衡,下令焚书而倡导"以吏为师"。秦始皇卒,李斯随同赵高矫诏,逼迫秦始皇长子扶苏自杀,而立其少子胡亥为帝。不久,李斯遭赵高诬陷入狱,被腰斩于咸阳之市。

《谏逐客书》作于秦王政十年(前237)。当时韩人郑国为消耗秦的国力,为秦修建水利,事发后秦国打算驱逐所有的客卿。李斯也在被逐之列,于是他上书力辩,论说逐客之非。《谏逐客书》以逐客不利于秦的统一为中心,首先,铺叙历史上客卿辅助秦国并使之国富兵强的事实,以明客卿不曾有负于秦;其次,叙述秦始皇看重外国的好玩之物,而轻视客卿的事实,论定其重物轻人的错误;最后,分析纳客和逐客的利害关系,指出逐客非但不利于秦的统一大业,还会使秦国趋于危亡。整篇文章辞采华美,排比铺张,音节流畅,理气充足,挟战国纵横说辞之风,兼具汉代辞赋之丽。

(二)诸子散文

秦汉时期著名的诸子散文有秦时吕不韦组织其门客编撰的《吕氏春秋》、淮南王刘安召集门客所编撰的《淮南子》、桓宽的《盐铁论》、王充的《论衡》、刘向的《新序》等。这里着重分析一下《吕氏春秋》。

《吕氏春秋》是吕不韦召集门客辑合百家九流之说编写成的,成书年代在公元前239年左右。关于《吕氏春秋》的成书过程,据《史记·吕不韦列传》所记,当战国之时,魏有信陵君,楚有春申君,赵有平原君,齐有孟尝君,都以喜养宾客名闻天下。吕不韦时为秦相，觉得以秦国之强而自己不如四公子是一种羞耻，就大招门客厚待之，养士至3000人。吕不韦让他的门客把各自的见识写下来，集论而为《吕氏春秋》，并把它公布于咸阳市门，诸侯游士宾客有能增损一字者即赏给千金。

《吕氏春秋》由吕不韦众门客集体编成，内容自然不免驳杂，所以《汉书·艺文志》把它列为"杂家"。在该书所取的各家学说中，以道家、儒家、阴阳家思想为主。但是它与纯粹的儒道阴阳各家学说都有不同，在杂取各家为己所用的过程中，也对各家学说进行了改造，从而构成自己的理论体系。全书分十二纪，每纪五篇；八览，每览八篇；六论，每论六篇。再加一篇序文，共161篇（今存160篇）。全书条分缕析，篇章划分十分整齐，从结构上就把它组合成一个所谓"法天地"的完整体系。十二纪按照一年12个月的顺序排列，是时间的纵向流程。古人认为季节的推移源于天的作用。八览是由八方、八极等观念而来，是空间的横向划分，来自地理范畴。至于六论，则是由六亲、六义等人间事象脱胎而来。

《吕氏春秋》出于众人之手，因而其风格不完全统一。但是其中有些文章精练短小，文风平实畅达，用事说理颇为生动，仍然可以称得上是优秀的文学散文。比如，《重己篇》讲自己的生命如何重要，先从人不爱倕之指而爱己之指、人不爱昆山之玉而爱己之玉说起，层层深入，语言朴素恳切。《贵公篇》讲"圣人之治天下也，必先公"的道理，先提出论点，再以荆人遗弓、桓公问管仲等具体事例说明，叙述生动明快。其他如《贵生篇》《用众篇》《顺民篇》《正名篇》《察传篇》《似顺论篇》等篇也各有特色。

（三）书牍碑记

除了政论散文和诸子散文之外，秦汉时期的一些书牍、记、论和碑文等形式的散文也具有一定的文学价值。这些散文更多地与个人的思想、情感乃至生活中的交往有关，更能表现个人性情。其中有代表性的主要有司马迁的《报任安书》、刘歆的《移书让太常博士》和马第伯的《封禅仪记》。这里着重分析一下司马迁的《报任安书》。

司马迁(前145—前90),字子长,冯翊夏阳(今陕西韩城)人。其父司马谈在汉武帝建元年间(前140—前135)做了太史令,司马迁即随其父迁至长安茂陵邑显武里。他十岁就学习古文字,随后又向当时的经学大师董仲舒学习《公羊春秋》,向孔安国学习古文《尚书》,打下了渊博的学识基础。汉武帝元封元年(前110)其父病逝。元封三年(前108)司马迁继任太史令。太初元年(前104)受命主持制定"太初历",并正式动手写作《史记》。天汉三年(前98)因李陵事下狱受腐刑。太始元年(前96)遇赦出狱,任中书令。太始四年(前93),《史记》的写作基本完成。以后事迹不详,大概死于汉武帝末年或汉昭帝初年。

《报任安书》是司马迁写给任安的一封信,当时任安因汉武帝年间的巫蛊之祸而受到牵连,被武帝下狱治罪,任安自认为是冤枉的,于是写信给经常可以见到汉武帝的司马迁,请他设法进言解救自己。《报任安书》是司马迁的回信,他在信中首先写到自己无力营救的尴尬处境:"顾自以为身残处秽,动而见尤,欲益反损,是以独郁悒而谁与语!"然后讲述了自己因李陵之祸遭受腐刑的前后经过。李陵在兵尽粮绝的情况下投降匈奴,司马迁本着对李陵的信任,不忍陷害无辜,为李陵作了一些开脱之词,却因此触怒了汉武帝,被下狱处治。司马迁为自己的不幸遭遇感到无比的愤懑,而李陵事件又让司马迁饱尝了肉体的痛苦和人情的冷漠,是著史的强烈使命感使司马迁忍辱含垢:"所以隐忍苟活,幽于粪土之中而不辞者,恨私心有所不尽,鄙陋没世而文采不表于后世也。"他还以古代圣贤的困厄境遇为自己著述的动力,列数了周文王、孔子、左丘明、孙子、韩非等人之后,说"此人皆意有郁结,不得通其道,故述往事,思来者"。

司马迁借着这封信,宣泄了自己内心的痛苦与愤懑,表达了自己在极为艰难的人生境遇中,一定要成就"究天人之际,通古今之变,成一家之言"的著史事业的执着精神。文章所表现的是司马迁的生死抉择，饱含着辛酸血泪，情感深挚，具有极强的艺术感染力。

（四）史传散文

先秦的历史散文记的“言”和“事”只是列举提纲，缺少对历史人物具体活动的描写，或者只是把人物作为某一历史事件的附庸而已，或者只是些某个历史人物的生活片段，无法展现出历史人物一生的完整的精神面貌和性格特点。直到司马迁的《史记》，才出现了生动鲜明的历史人物形象，曲折紧张的历史故事，是后世散文的典范。班固的《汉书》则开始倾向于对翔实历史资料的收集、考核和记载，但也属于此时期较有代表性的历史散文。这里着重分析一下《史记》。

《史记》是我国第一部纪传体通史，记载了从传说中的黄帝到汉武帝太初年间大约3000年的历史。全书采用以历史人物为中心，通过为历史人物写传记来写出整个时代的历史。全书共分130篇，由十二本纪、十表、八书、三十世家、七十列传五个部分组成。本纪记载历代帝王的政迹，是全书叙事的提纲；表是各个历史时期的简要大事记，是全书叙事的联络和补充；书是关于天文、历法、水利、经济、文化等方面的专门史；世家主要记述王侯贵族的历史；列传则是各种不同类型、不同阶层人物的传记（少数列传记外国史和少数民族史）。这五种体例，以本纪为纲，互相配合，体制严密，既反映出几千年错综复杂的历史面貌，又刻画出一批栩栩如生的历史人物形象，开我国纪传体正史的先河。

在《史记》中，最有文学价值的是“世家”和“列传”两部分，它们都是人物传记。司马迁说，“世家”传主的选择原则是“忠信行道，以奉主上”（《史记·太史公自序》），但由于它的传主限定在诸侯王这一群体中，所以选择余地较小。而能真正反映司马迁撰史思想的是“列传”。《史记》中的“列传”，既有个人传记，也有人群传记，而以前者为主。司马迁称，他们入传的理由是“扶义俶傥，不令已失时，立功名于天下”（《史记·太史公自序》）。所谓“不令已失时”，就是能抓住历史际遇，乘便而起，成就自己的人生。所谓“功名”，根据《史记》的具体内容来看，实际指的是使自己从社会人群中脱颖而出的人生情境。也就是说，司马迁的历史，是个人奋斗史，是与命运抗争的历史。清人赵翼谈到这一体例及其影响时说：“司马迁参酌古今，发凡起例，创为全史……然后一代君臣政事，贤否得失，总汇于一编之中。自此体例一定，历代作史者遂不能出其范，信史家之极则也。”（《廿二史札记》卷一《史记·汉书》之三“各史例目异同”条）从《汉书》到《清史稿》，基本都采用了这种体例进行编纂。此外，司马迁撰写《史记》的目的是总结历史的经验教训，为统治阶级治理天下提供借鉴。而为了真正能够总结出正确的经验教训，足以使他的著作起到“王法”的作用，就必须尊重历史事实，“不虚美，不隐恶”，敢于“实录”。因此，一部《史记》的高度的思想价值，正是在这种“实录”精神中体现出来的。

第三章　清弦雅韵，吟咏性情：魏晋南北朝时期的文学

魏晋南北朝是我国古代历史上的一段分裂割据时期。东汉末年，天下大乱，形成魏、蜀、吴三国鼎立的局面。公元220年，曹丕代汉称帝，建立魏政权。公元265年，司马炎取代曹魏而建立西晋，但不到50年，西晋政权便被北方匈奴冲毁。公元317年，司马睿在建康建立东晋政权。后来在南方又先后更换为宋、齐、梁、陈四个政权，史称“南朝”，北方拓跋氏建立北魏政权后，不久便分裂为东、西魏，而后又分别为北齐、北周取代，史称“北朝”。最后为隋所统一，结束了南北朝对峙的分裂局面。魏晋南北朝数百年间社会急剧变动，为文学创作提供了鲜活的社会现实基础，大大丰富了文学内涵和表现形式，而且北方游牧民族内迁，以牧歌、战歌为主的北方民歌也给文学发展提供了新鲜血液。魏晋南北朝时期的文学在先秦两汉文学的基础上，日益摆脱经学的影响而获得独立的发展，开始进入文学的自觉时代，各种文学形式都取得了显著的成就，整体上呈现出贞刚、质朴、豪放的风格，而成就最高的诗歌则是另一番风味，即清弦雅韵，吟咏性情。

第一节　建安时期的文学觉醒

从建安到魏初这几十年间的文学，称为“建安文学”。这一时期的文学中心在魏国。曹操在统一北方的过程中，不断延揽人才、网罗贤士，使得许多文士集中在他的麾下。由于汉末动乱的社会现实提供了广泛内容，社会意识形态的变化提供了方便条件，有了文学理论的自觉指导，再加上曹氏父子的提倡与重视，建

安文学得到了极大的繁荣，取得了辉煌的成就，形成了鲜明的特征。从艺术上来说，这时期的文学意境宏大，笔调明朗，抒情浓烈，形成了一种慷慨悲凉、刚健沉雄的风格。这种思想和艺术上的特点，后人称为“建安风骨”。建安文学的主要成就是诗歌，诗人以曹氏父子（曹操、曹丕、曹植）和“建安七子”（孔融、陈琳、王粲、徐幹、阮瑀、应玚、刘桢）为代表。“三曹”“七子”为中国诗歌打开了一个新的局面，并确立了“建安风骨”这一诗歌美学的典范。曹氏父子的创作，完成了乐府民歌向文人徒诗的转变，为五言诗的发展开辟了道路。以曹氏父子为中心，王粲、刘桢等“七子”竞逞才藻，各造新诗，都有鲜明的文学个性。

一、“三曹”的诗歌创作

汉献帝建安时期，是曹操和曹丕的统治盛年。这个时期，曹操爱好并提倡自由文学，曹丕、曹植和文士们都追随曹操的文学观念，他们前呼后拥，形成了以曹氏父子为中心的文学集团及盛极一时的邺下文风。在文学上，曹操、曹丕、曹植父子简称“三曹”，为汉末建安年间到魏初的文坛盟主，是重在抒情写性的文学新风的导扬者。他们“以情纬文，以文被质”的创作，为魏晋文学的发展做出了表率。

曹操（155—220），字孟德，沛国谯郡（安徽亳县）人。他以镇压黄巾起义起家，后迎献帝迁都许昌，“挟天子以令诸侯”，成为北方实际统治者。他又是当时改造文章的祖师，提倡清峻通脱的文体。著有《魏武帝集》。曹操是建安文学的倡导者和开创者，他用自己富有创造性的作品开创了文学上的新风气。曹操的诗，现存20余首，都是乐府诗，其内容和写作方法都与汉乐府“感于哀乐，缘事而发”（《汉书·艺文志》）的精神一脉相承。曹操的乐府诗中，有一部分诗反映了汉末战乱的现实和人民遭受的苦难，如《蒿里行》写的是初平元年（190）关东义军联合讨伐董卓的历史事件。该诗如实地描写了义军由聚而散的情形，对袁绍等人各怀私心、畏葸不前之态进行了揭露和批评。曹操的行伍诗，也多立足于士卒平民而为之吟咏，具有平常心，这使他的诗充满悲天悯人的人道主义色彩和博爱的情怀。例如，《苦寒行》：

北上太行山，艰哉何巍巍！
羊肠坂诘屈，车轮为之摧。
树木何萧瑟，北风声正悲。
熊罴对我蹲，虎豹夹路啼。
溪谷少人民，雪落何霏霏！
延颈长叹息，远行多所怀。
我心何怫郁，思欲一东归。
水深桥梁绝，中路正徘徊。
迷惑失故路，薄暮无宿栖。
行行日已远，人马同时饥。
担囊行取薪，斧冰持作糜。
悲彼《东山》诗，悠悠令我哀。

此诗最值得玩味的是，作为军事统帅，诗人并不强作英豪之态，而是真实地写下了士卒的苦寒和自己内心的波动，表现了对不得已而用兵的深沉感喟，称得上“古直悲凉”的典范。

曹操又是一位富于创造性的诗人，汉代四言诗不脱《三百篇》的套头，独他的四言不同，《短歌行》借用《郑风·子衿》《小雅·鹿鸣》诗句，而风格自殊；及《观沧海》《龟虽寿》抒情言志，在建安诗中均属一流。其中，《短歌行》充分表达了诗人求贤若渴的心情及统一天下的壮志：

对酒当歌，人生几何！譬如朝露，去日苦多。
慨当以慷，忧思难忘。何以解忧？唯有杜康。
青青子衿，悠悠我心。但为君故，沉吟至今。
呦呦鹿鸣，食野之苹。我有嘉宾，鼓瑟吹笙。
明明如月，何时可掇？忧从中来，不可断绝。
越陌度阡，枉用相存。契阔谈讌，心念旧恩。

月明星稀，乌鹊南飞。绕树三匝，何枝可依？
山不厌高，水不厌深。周公吐哺，天下归心。

该诗歌咏渴慕贤才的政治怀抱，以兴会为宗，点化《诗经》妙语，且善于写景，创造了一个光风霁月的境界，与思想内容高度契合。全诗感于哀乐，欣慨交心，具有很强的艺术感染力。

曹操诗是学习汉乐府结出的硕果。他采用乐府古题写时事，如汉乐府的《薤露》和《蒿里》本是挽歌，曹操却用来描写当时的社会现实。又如《陌上桑》本写罗敷的故事，曹操改为写求仙；《秋胡行》本写秋胡戏妻，曹操用来抒发欲乘时努力，早成就霸业而前路坎坷、时势艰难的感慨。他的诗继承汉乐府的传统，既反映现实，又有很深的感慨，语言古朴率真，所以胡应麟说曹操《短歌行》等诗"汉人乐府本色尚存"（《诗薮・内编》卷一）。

曹植（192—232），字子建，曹操第三子。因曾被封为陈王，谥号"思"，世称陈思王。著有《曹子建集》。"三曹"之中，以曹植的文学成就最高，在文学史上的影响最大。两晋南北朝人极为推重曹植，甚至将他推崇到了诗圣的地位。曹植的诗歌，不仅因"骨气奇高"而充分体现了"建安风骨"，而且在艺术上多有创新和发展，尤其是大大丰富了五言诗的表现功能。曹植今存五言诗 60 多首，其诗脱胎于汉乐府与《古诗十九首》，长于发端，形象生动，辞采华美，韵律和谐，且多警句，具有浓厚的新鲜绮丽之感和蓬勃的朝气，异于其父的古直悲凉。曹植诗歌创作大致以曹丕即位为界，分前后两个时期。前期诗多抒建功立业的壮志豪情，洋溢着乐观、浪漫的情调，对前途充满信心。例如，《白马篇》：

白马饰金羁，连翩西北驰。借问谁家子，幽并游侠儿。
少小去乡邑，扬声沙漠垂。宿昔秉良弓，楛矢何参差。
控弦破左的，右发摧月支。仰手接飞猱，俯身散马蹄。
狡捷过猴猿，勇剽若豹螭。边城多警急，虏骑数迁移。
羽檄从北来，厉马登高堤。长驱蹈匈奴，左顾凌鲜卑。
弃身锋刃端，性命安可怀？父母且不顾，何言子与妻！
名编壮士籍，不得中顾私。捐躯赴国难，视死忽如归！

此诗赞赏幽并游侠儿的高超武艺和爱国精神，寄托了诗人对建功立业的渴望和憧憬。

曹植后期诗歌，主要是表达由理想与现实的矛盾所激起的悲愤，内容可分为四类。第一类是对自己和朋友遭遇迫害的愤懑，如《野田黄雀行》：

高树多悲风，海水扬其波。
利剑不在掌，结友何须多？
不见篱间雀，见鹞自投罗。
罗家得雀喜，少年见雀悲。
拔剑捎罗网，黄雀得飞飞。
飞飞摩苍天，来下谢少年。

该诗作为一篇寓言诗，“利剑不在掌，结友何须多”是其主题句，陈祚明谓“此应自比黄雀，望救于人，语悲而调爽；或亦有感于亲友之蒙难，心伤莫救”（《采菽堂古诗选》）。如同天真的童话，诗中以鹞和罗网代表恶势力，黄雀象征受害者，少年则代表曹植的理想，写出了恶势力的强大，朋友的无辜受害及自己的无能为力。诗以幻想结束，表达了诗人的愿望。

第二类用思妇、弃妇托寓身世，表白心迹，如《浮萍篇》《美女篇》《种葛篇》《杂诗》（《西北有织妇》《南国有佳人》）等。这类诗歌或叹盛年无偶，或自述无辜被弃，其主旨在于抒发自己的失意。

第三类是述志诗。曹植用世之心，在黄初以后屡屡诉诸诗赋，《杂诗》（《仆夫早严驾》）就是这方面的代表作。诗中说：“仆夫早严驾，吾行将远游。远游欲何之？吴国为我仇。将骋万里途，东路安足由？”表示愿为伐吴效力，但报国无门：“江介多悲风，淮泗驰急流。愿欲一轻济，惜哉无方舟。”诗末说：“闲居非吾志，甘心赴国忧。”充满慷慨之音。

第四类是游仙诗。曹植在现实世界中处处碰壁，深感时光流逝，功业无成，幻想在神仙世界中得到解脱，于是写下了许多游仙诗，如《仙人篇》《五游咏》《游仙诗》《远游篇》《升天行》等。诗中所描绘的神仙境界，皆明净、高洁，实际上是诗人理想世界的象征。

曹植的诗确如钟嵘《诗品》所说，“骨气奇高，词采华茂，情兼雅怨，体被文质。”曹植的诗歌，既体现了《诗经》“哀而不伤”的庄雅，又蕴含着《楚辞》窈窕深邃的奇谲；既继承了汉乐府反映现实的笔力，又保留了《古诗十九首》温丽悲远的情调。他既不同于曹操的古直悲凉，又不同于曹丕的便娟婉约，而能兼有父兄之长，达到风骨与文采的完美结合。

曹丕(187—226)，字子桓，沛国谯(今安徽亳州)人，是魏朝的开国皇帝(公元220—226年在位)。庙号高祖(《资治通鉴》作世祖)，谥为文皇帝(魏文帝)。作为文学家，曹丕诗文风格悲婉凄清、低回纤弱，思想内容和艺术成就不如其父与其弟，但论说文成就比其弟曹植要高。曹丕的著作有辑本《魏文帝集》，诗歌注本以黄节的《魏文帝诗注》略为详备。曹丕现存诗约40首，主要分为三类。第一类为宴游诗，如写夜游铜雀园的《芙蓉池作诗》，纪游玄武池的《于玄武陂作诗》等。这些诗多写游赏之乐，模山范水比较细致，文辞富丽，常用对偶。第二类是抒情言志之作。例如，《黎阳作诗》三首写曹军南征之事，描写行军的艰苦，更突出了“救民涂炭”和志在“靖乱”的决心。《煌煌京洛行》则举出古人成败的各种事例，供后人借鉴。第三类写征人思妇的相思离别及思乡之情，最能体现曹丕诗的水平，如《于清河县见挽船士新婚与妻别》、《代刘勋妻王氏杂诗》、《杂诗》二首等。最著名的作品是《燕歌行》其一：

> 秋风萧瑟天气凉，草木摇落露为霜。群燕辞归雁南翔，念君客游思断肠，慊慊思归恋故乡，何为淹留寄他方？贱妾茕茕守空房，忧来思君不敢忘，不觉泪下沾衣裳。援琴鸣弦发清商，短歌微吟不能长。明月皎皎照我床，星汉西流夜未央。牵牛织女遥相望，尔独何辜限河梁？

此诗写一女子在不眠的秋夜思念淹留他乡的丈夫，情思委曲，深婉感人。《燕歌行》是我国现存第一首成熟的七言诗，对后代歌行体诗的发展产生了重大的影响。

清人沈德潜曾就曹丕的诗评云："子桓诗有文士气，一变乃父悲壮之习矣。要其便娟婉约，能移人情。"(《古诗源》卷五)"便娟婉约"主要说曹丕诗轻盈、柔美。曹丕诗注重抒发个人情感，如写过"乐极哀情来，寥亮摧肝心"(《善哉行》)、"为乐常苦迟"(《大墙上蒿行》)、"月盈则冲，华不再繁"(《丹霞蔽日行》)的忧虑。他著名的作品《杂诗》，借用了《古诗十九首》的题材，然而他那"弃置勿复陈，客子常畏人"的体验，甚至超过了汉末游子自身的切肤之痛。在艺术形式上，曹丕也勇于创新，他现存的诗，三言、四言、五言、六言、七言、杂言诸体具备。

二、"建安七子"的诗歌创作

"七子"这一称呼，最初见于曹丕《典论·论文》，指的是邺下文人集团中除"三曹"以外的七个作家——孔融、陈琳、王粲、徐幹、阮瑀、应玚、刘桢，后人统称为"建安七子"。就生平而言，"建安七子"基本都经历了在东汉大乱中颠沛流离、困顿不得志的命运，之后投奔曹操，才过上了安定、富贵的生活。因此他们多视曹操为知己，想依赖他干一番事业。其中，孔融任过少府，王粲任过侍中，其余也都是曹氏父子的近臣。不过，孔融后来与曹操政见不合，为曹操所杀。在文学才能上，七人基本代表了建安年间除曹操父子之外的优秀文人，与曹氏父子共同代表了建安文学的风格。"建安七子"中，王粲创作成就较高，刘桢的五言诗名气也很大，曹丕以为妙绝时人。

王粲(177—217)，字仲宣，山阳高平(今山东邹城)人。出身于东汉的上层官僚之家，建安十三年(208)归顺曹操。归顺曹操前，王粲的作品或记汉末战乱，或写其流落荆州时的羁旅之情和壮志难酬的感慨，代表诗作是《七哀诗》三首，尤以第一首最为著名。此诗写诗人在初平三年(192)董卓部将李傕、郭汜作乱长安时避难荆州途中的所见所闻。"出门无所见，白骨蔽平原"，概括了战乱后生灵涂炭的惨相；"路有饥妇人"六句，具体地描写一位饥妇人抛弃亲生骨肉的场面，揭露了战乱给人民带来的灾难。诗中最深刻的一笔，是写途中亲眼看到母亲遗弃孩子，而过客行色匆匆，各走各路——可谓一幅悲惨的乱世世态人情画。

归曹后，王粲比较重要的作品是《从军诗》五首，主要描写诗人几次随曹操出征的感受。诗歌再现了汉末战乱后农村田园荒芜、满目疮痍的景象，歌颂了曹操的英明神武，也表达了自己追随曹操为国效力的意愿。

王粲还有一些在邺下时期与曹丕、曹植兄弟及其他文人唱和的作品，如《公宴诗》等。这些作品虽然是"怜风月、狎池苑"之作，但在诗歌题材的开拓、诗歌技巧的探索等方面，都有积极的意义。

刘桢(186—217)，字公干，存诗20余首。他性格豪迈，狂放不羁。从内容上看，刘桢的诗主要分为两类：一类是赠答诗，另一类是游乐诗。他的赠答诗中，最著名的是《赠从弟》三首。这三首诗分别用蘋藻、松树、凤凰比喻坚贞高洁的性格，既是对其从弟的赞美，也是诗人的自我写照。写赠答诗，刘桢更多的是表现个人愤慨不平的情感，《赠徐干》诗哀叹命运多舛，抒发愤懑与不平；《赠五官中郎将》四首，着重表现他与曹丕之间深厚的友谊，情词真切而又十分得体，也是比较著名的作品。

刘桢的游乐诗包括《公宴诗》《斗鸡诗》《射鸢诗》等。《公宴诗》用华丽的诗笔尽情写山水之美与游赏之乐。《斗鸡诗》是写斗鸡娱乐的作品，并无深意，但他能以极其精练的语言传达出斗鸡的神采，同样体现了作者豪迈不羁的性格："利爪探玉除，嗔目含火光。长翘惊风起，劲翮正敷张，轻举奋勾喙，电击复还翔。"

"建安七子"中陈琳、阮瑀、徐干、应玚等人，也有一些比较著名的作品。陈琳和阮瑀虽以章表书记见称于时，但诗歌创作也较突出。例如，陈琳的《饮马长城窟行》，假托秦代筑长城之事，描写繁重的徭役给广大人民带来的痛苦和灾难，颇具现实意义。全篇以对话的方式写成，语言质朴，感情深挚，格调苍劲而悲凉，十分接近乐府民歌的风格。阮瑀的《驾出北郭门行》，描写一孤儿遭受后母虐待的情状，从侧面反映出汉末世风日下的社会现实。其风格与汉乐府民歌《孤儿行》颇为接近。徐幹诗今存四首，都是五言诗。其中《室思诗》为拟思妇词，描写思妇忧愁苦闷的心绪，文辞凄厉深婉，感情哀怨缠绵，堪称佳作。而“思君如流水，何有穷已时”二句，尤为后人推重。另一首《情诗》在情调与风格上也都与此诗相似。应玚今存诗六首，其中《赠赵淑丽》可能是赠给其妻的，《别诗》二首，说者多以为所别者为曹植等友人，实际上可能也是别妻之作。另外三首都是参加曹氏父子文学活动时所作，较出色的是《侍五官中郎将建章台集诗》。

第二节　正始之音与太康诗风

正始年间，指曹魏后期直至西晋立国(265)20余年间。曹魏后期，司马氏集团与曹氏集团展开了争权夺利的激烈斗争，许多文人死在这场残酷的权力斗争中。面对政治环境极其险恶的局面，提倡消极避世的老庄思想有了迅速发展。与汉末以来人伦月旦之风合在一起，形成一股清谈的风气。文人或热衷于玄学清谈，借以逃避现实；或采取任性放达的生活方式，曲折对抗世俗人生。由于正始玄风的影响，诗歌逐渐与玄理结合。这种忧生畏祸的思想和曲折含混的诗风和文风，被称为“正始之音”。太康年间，也就是西晋武帝泰始至惠帝元康这40多年里，农业生产有所发展，人民生活相对稳定，文学创作也比较繁荣，史称“太康时期”。这一时期诗坛上出现了一批诗人，著名的有“三张、二陆、两潘、一左”，即张载、张协、张亢兄弟三人，陆机、陆云兄弟二人，潘岳、潘尼叔侄二人及左思，他们都是太康诗风的代表人物。太康诗风的典型特征就是辞采华丽，描写繁复，体现出“繁缛”的诗体形态，其中的代表诗人是潘岳和陆机，成就最卓者为左思。

一、正始时期的诗歌创作

魏晋之际，很多名士崇尚清谈这种讨论方式，因为兴起于魏正始年间，所以这种清谈的风气又被称为“正始之音”。清谈，又称为“清言”，之所以叫“清谈”，是相对于俗事之谈而言的，因为清谈的内容不涉及国事与民生这样的社会实际问题，而是讨论关于本与末、有与无、动与静、一与多、体与用、言与意、自然与名教等诸多的形而上的话题。正始年间的“竹林七贤”便是崇尚清谈的一群“名士”。“七贤”指阮籍、嵇康、向秀、刘伶、山涛、王戎、阮咸七人。他们的诗歌创作称为“正始之音”，其中，阮籍、嵇康的诗歌成就最大。

阮籍(210—263)，字嗣宗，阮瑀之子，陈留尉氏(今河南尉氏)人。官终步兵校尉，故后世又称阮步兵。有《阮嗣宗集》。阮籍怀济世之志，而不满现实，曾登广武山观楚汉古战场，说“时无英雄，使竖子成名”(《晋书·本传》)。阮籍以蔑视礼法、放浪形骸著称。他善为“青白眼”，见拘守礼法之士就白眼以对；反之，则以青眼相看，故后世有“青睐”一词。阮籍是对五言诗的发展做出了重要贡献的诗人，也是曹植以后在五言诗的创作上取得突出成就的诗人。今存五言《咏怀》诗 82 首，这些诗非一时一地所作，是其政治感慨的记录。这些诗抒感慨，发议论，写理想，开创了中国文学史上政治抒情组诗的先河。

《咏怀诗》其十九以佳人喻理想，写诗人心虽悦之而无由交接，表现了理想不能实现的痛苦。其八十命意亦相似，只是又多了一层生命短促之悲。其七十九写凤凰的悲剧，凤凰立身高洁，志向远大，但羽翼为秋风所伤，已无法飞翔。《咏怀诗》中迁逝之悲、祸福无常之感触目皆是，正体现了阮籍忧愤深广的情怀。

阮籍的《咏怀诗》有不少篇章写游仙和隐居，有些则是仙隐结合。他在诗中常常赞美巢由、夷齐、邵平、四皓等隐士，讽刺苏秦、李斯等人因贪恋利禄而导致杀身之祸。阮籍赞美神仙隐逸，只是排遣苦闷的一种方式，他在写愤懑与出世之情的同时，表现出对时局的关注和自己的抱负。例如，《咏怀诗》其三十一，批评曹魏政权荒淫腐朽，指出其必定灭亡的命运。阮籍诗的风格隐约曲折，作诗亦不敢直言，常常借比兴、象征的手法来表达感情、寄托理想。或借古讽今，或借游仙讽刺世俗，或借写美人香草寓写理想抱负。阮籍隐约曲折的诗风还表现在其诗常常用抒情与哲理相结合的方法，饱含着深沉的思想意蕴。例如，第六首："膏火自煎熬，多财为患害。布衣可终身，宠禄岂足赖。"像这种创作倾向在《咏怀诗》很多篇章中有所表现，如"繁华有憔悴，堂上生荆岂。"（其三）；"春秋非有托，富贵焉常保……朝为媚少年，夕暮成丑老。自非王子晋，谁能常美好。"（其四）；"盛衰在须臾，离别将如何。"（其二十七）；"穷达自有常，得失又何求……阴阳有变化，谁云沉不浮。"（其二十八）；"死生自然理，消散何缤纷。"（其四十八）；"混元生两仪，四象运衡玑。"（其四十）；"有悲则有情，无悲亦无思。"（其七十）这些诗句所要表达的哲思是很明显的，所要抒发的情感也是非常清楚的，但在整首诗中所要表达的含义是不确定的。哲思与意象暗示相结合，使诗歌显得更是"归趣难求"。这种创作风格是阮籍在险恶的政治环境中形成的，对其后的诗歌创作产生了颇大的影响。

阮籍在文人五言诗发展史上占有很重要的地位。首先，阮籍的《咏怀诗》首创五言抒情组诗的体例，后人往往效仿阮籍，将托喻寄兴的五言古诗集合成组，使之成为哲理和诗情结合的产物。从两晋到隋唐，出现了各种形式的咏怀组诗，如庾信的《拟咏怀》，陈子昂、张九龄的《感遇》和李白的《古风》，都从精神实质和艺术表现上对阮籍《咏怀诗》有所相承。其次，阮籍的《咏怀诗》，继承和发展了汉末《古诗十九首》和曹植《杂诗》的艺术成果，尤其是曹植《杂诗》中洁净精微的结构，深闳广大的意境，以及运思微妙、章法多变的艺术特点，均为阮籍所继承。

嵇康(223—262)，字叔夜，魏谯郡铚（今安徽宿州）人。早孤家贫，博学有奇才。与魏宗室通婚，拜中散大夫。因不与司马氏集团合作，且毁谤名教，被诬陷致死。有《嵇中散集》。现存诗50余首。有四言、五言、七言和杂言，而以四言成就较高。嵇康的诗，以表现其追求自然、高蹈独立、厌弃功名富贵的人生观为主要内容。其中《幽愤诗》作于其蒙冤系狱时，可视为其绝命诗。诗中自述平生的遭遇和理想抱负，对自己无辜受冤表示极大愤慨。诗末说："采薇山阿，散发岩岫。永啸常吟，颐性养寿。"表示对自由生活的向往。这首诗词锋爽利，语气清峻。其四言《赠秀才入军》诗共 18 章，内容是想象其兄嵇喜在军中的生活，情趣洒脱，如第九章：

良马既闲，丽服有晖。左揽繁弱，右接忘归。
风驰电逝，蹑景追飞。凌厉中原，顾盼生姿。

想象其兄日后在军中的戎马骑射生活，形象鲜明，灵动生姿。与曹植《白马篇》相比，既有游侠儿的英武豪侠气概，又多了一种洒脱神情。

嵇康的作品还表现了一种清逸高雅的意境，而这常常是通过景物衬托创造出来的。例如，《赠秀才入军》就多次描写这种意境："轻车迅迈，息彼长林。春木载荣，布叶垂阴。习习谷风，吹我素琴。交交黄鸟，顾俦弄音。"（第十二章）写春天驾车出游，休息在树木载荣、阳光映照下的地上铺满浓浓绿荫之处，又有和风吹拂，鸟鸣、琴声相伴，其意境新鲜、惬意。

嵇康的五言诗数量上不及其四言诗，其中《游仙诗》《答二郭》三首、《赠秀才诗》（五言）、《述志诗》二首皆较有特色，多写其鄙弃世俗、回归自然、高蹈隐逸之志。嵇康还有十首六言诗，吟咏尧舜、子文、老莱妻、原宪、东方朔等古代贤哲，阐述老庄玄理。杂言诗《秋胡行七首》，每首末句直揭主旨，如"富贵忧患多""贵盛难为工""忠信可久安"，皆从当时复杂多变的社会总结出生活哲理。

二、太康时期的诗歌创作

太康时期的代表诗人是潘岳和陆机。潘岳的《悼亡诗》深情婉转，青采动人，开悼亡诗之先河。陆机的诗多重排偶藻绘，华艳雕琢，而少有自己的真情实感。左思是太康诗坛上独具一格的诗人，他的诗直承"建安风骨"，气势雄健，慷慨淋漓，骨干俊爽，淳朴浑成，被后人赞为"左思风力"。

陆机(261—303)，字士衡，吴郡华亭(今上海松江)人，出身士族。陆机诗多为模拟乐府、古诗之作，内容与形式极少创新。拟古诗占其全部诗作一半以上。陆机的12首拟古诗，多刻意雕藻，追求绮靡。例如，《拟明月何皎皎》：

安寝北堂上，明月入我牖。
照之有余辉，揽之不盈手。
凉风绕曲房，寒蝉鸣高柳。
踟蹰感节物，我行永已久。
游宦会无成，离思难常守。

这首拟诗是写游子情思之作。诗篇先从月光写起，游子在中秋时节思念远方的思妇，那入牖的明月，更增加了心中的惆怅，再想到仕途不顺，则更是离思不尽。诗中对皎洁的月光进行了传神的描写，可谓精妙绝伦。中秋之夜满月莹光洒落地上，泻进屋子，“照之有余辉”，可“揽之不盈手”，写出了月光如水的特色。诗人是以此来渲染环境气氛。游子正是在“明月”“凉风”“寒蝉”等“节物”的感召下，才“摇荡性情”，产生了“游宦会无成，离思难常守”的忧叹。

陆机也有少量作品抒发了真情实感。例如，《门有车马客行》，写吴亡之后对故乡的怀念之情和亡国的感慨。《猛虎行》写人生的艰难，自己功业不成、进退维谷的苦闷。《赴洛道中作》抒情成分更浓，其一描写野旷无人、阴惨凄戾的旅途之景，“虎啸深谷底，鸡鸣高树颠。哀风中夜流，孤兽更我前。非情触物感，沈思郁缠绵。伫立望故乡，顾影凄自怜。”前文提到的《赴洛道中作》其二是其名作：

远游越山川，山川修且广。
振策陟崇丘，安辔遵平莽。
夕息抱影寐，朝徂衔思往。
顿辔倚嵩岩，侧听悲风响。
清露坠素辉，明月一何朗。
抚枕不能寐，振衣独长想。

这首诗记叙诗人离开故乡吴郡华亭，到西晋首都洛阳途中的观感，既有怀念亲人的乡情，又含有前程未卜的忧虑；句式趋向骈偶，描写细腻，委婉含蓄，寄深情于形象之中，堪称陆机诗中的上乘之作。

潘岳(247—300)，字安仁，荥阳中牟(今属河南)人。少以才思敏捷见称于乡里，号为“神童”。曾任河阳令、著作郎、给事黄门侍郎等职，后世称“潘黄门”。原有诗文集十卷，后散佚。今存明人张溥辑《潘黄门集》一卷。潘岳的代表作《悼亡诗》共三首，主要叙写丧妻后的悲痛之情，婉转曲折，描写繁复，情景交融。试看其一：

荏苒冬春谢，寒暑忽流易。
之子归穷泉，重壤永幽隔。
私怀谁克从，淹留亦何益？
僶俛恭朝命，回心反初役。
望庐思其人，入室想所历。
帏屏无髣髴，翰墨有余迹。
流芳未及歇，遗挂犹在壁。
怅怳如或存，回遑忡惊惕。
如彼翰林鸟，双栖一朝只。
如彼游川鱼，比目中路析。
春风缘隙来，晨霤承檐滴。
寝息何时忘，沉忧日盈积。
庶几有时衰，庄缶犹可击。

该诗叙写亡妻与己阴阳两隔，服丧一年之后，准备离家赴任的情景。此时诗人满腹哀伤，可“情独私怀，谁者可语”(宋玉《神女赋》)！他看着住宅就想起亡妻，走进内室就想起她的踪迹。自己神志沮丧地思念被阻隔在深邃地下的妻子，却不能见到她。诗人对妻子的思念不仅没有随着时间的流逝而减弱，反而带给他的是越来越沉重的哀伤。生离死别，悼念之痛，完全熔铸在诗篇中，读之令人潸然。

潘岳善作哀悼之词，其《思子诗》也写得非常凄婉："奈何念稚子，怀奇殒幼龄。追想存仿佛，感道伤中情。一往何时还，千载不复生。"这是写对早夭之子的怀念，对永不复还的早夭之子表达了深切的怀念之情。《杨氏七哀诗》："堂虚闻鸟声，室暗如日夕。"可谓悲绪真挚。

左思（252？—306），字太冲，出身寒门。著有《左太冲集》。左思存诗仅 14 首。《咏史》八首是其代表作。该组诗主要抒发诗人远大的政治抱负和功成身退的人生理想。《咏史》其二写道：

郁郁涧底松，离离山上苗。
以彼径寸茎，荫此百尺条。
世胄蹑高位，英俊沉下僚。
地势使之然，由来非一朝。
金张籍旧业，七叶珥汉貂。
冯公岂不伟，白首不见招。

诗人不满现实，在诗中表现了与门阀势族对立的布衣之士的价值观，较阮籍诗有更深广的社会内容。题作《咏史》，实乃咏怀。诗人胸次浩落，大处落笔，夹叙夹议，音情顿挫。

《咏史》八首的另一个重要内容是表达对门阀制度压抑人才的愤懑。左思的仕途和家境都不如意："外望无寸禄，内顾无斗储。亲戚还相蔑，朋友日夜疏"（其八），这使他对现实产生了强烈的不满。《咏史》诗中抒发得最多的便是这种感情。诗人思想的深刻性在于他不仅看到了个人所受的压抑，而且能从现实和历史的高度，冷静地纵观古今，指出封建时代等级制度、门阀制度压抑人才的普遍性，揭示出寒士不遇的根本原因，进而表现了对士族权贵的蔑视和鄙弃，以及自己不阿附权贵的高尚品质。

左思的咏史诗对后世影响甚大，原因之一是他对咏史这种题材有很深的开拓。他的咏史诗"或先述己意，而以史事证之；或先述史事，而以己意断之；或止述己意，而史事暗合；或止述史事，而己意默寓"（张玉谷《古诗赏析》），总能在对史的歌咏中体现自我，体现自己的思想感情、个性与人格，形成了一种以史事抒怀的具有独创性的表达方式。此外,左思的笔力雄健苍劲,情调高亢慷慨,与“建安风骨”一脉相承,故前人有“左思风力”之称。

左思还有《招隐诗》二首,其一云:“非必丝与竹,山水有清音。何事待啸歌,灌木自悲吟。”表现了以山水寄托自己思想情怀的见解,也代表了当时人们对山水的怡情养性作用的认识,是山水文学即将兴起的预示。

第三节　山水田园诗的发皇

东晋末年,陶渊明、谢灵运以其杰出的山水田园诗,给东晋诗坛注入新风,显示了中国古代诗歌从题材到风格的重大突破,为诗歌的发展和繁荣做出了不可磨灭的贡献。田园诗和山水诗往往并称,但这是两类不同的题材。田园诗会写到农村的风景,但其主体是写农村的生活、农夫和农耕。山水诗则主要是写自然风景,写诗人主体对山水客体的审美,往往和行旅联系在一起。陶渊明的诗严格地讲只有《游斜川》一首是山水诗,他写得多的是田园诗。谢灵运的山水诗把自然界的美景引进诗中,使山水成为独立的审美对象。他的创作不仅把诗歌从“淡乎寡味”的玄理中解放了出来,而且加强了诗歌的艺术技巧和表现力,并影响了一代诗风。

一、陶渊明的诗歌创作

陶渊明(365—427),一名潜,字元亮,世称靖节先生,浔阳柴桑人。他 29 岁开始做官,先后任过江州祭酒、镇军参军、建城参军、彭泽令等小官,后弃官归隐,过着“躬耕自资”的隐居生活。他留下诗 100 多首、文 10 多篇,有《陶渊明集》传世。陶渊明诗歌的题材大多写农村景色、村居生活,主要成就在五言诗,田园诗最能代表他的性格,他因此被认为是中国文学史上的第一位田园诗人。

陶渊明的田园诗多是通过描写田园景物的恬美、田园生活的简朴表现自己悠然自得的心境，或春游，或登高，或酌酒，或读书，或与朋友谈心，或与家人团聚，或盥濯于檐下，或采菊于东篱，以及在南风下张开翅膀的新苗、日见茁壮的桑麻，无不化为美妙的诗歌。陶渊明弃官之前的田园诗作品有《和郭主簿》二首、《癸卯岁始春怀古田舍》二首、《癸卯岁十二中作与从弟敬远》、《荣木》等，这些作品都是其在官间歇期在家所作。这时经济条件较好，诗中洋溢着欢欣愉悦、自满自得情调。

陶渊明弃官之后为创作田园诗的主要时期。代表作品有《归园田居》五首、《饮酒》二十首、《杂诗》八首、《咏贫士》七首。这些诗歌写出了大自然的美，表白了诗人脱离樊笼的自由心境。例如，《归园田居》其一写道：

少无适俗韵，性本爱丘山。
误落尘网中，一去三十年。
羁鸟恋旧林，池鱼思故渊。
开荒南野际，守拙归园田。
方宅十余亩，草屋八九间。
榆柳荫后檐，桃李罗堂前。
暧暧远人村，依依墟里烟。
狗吠深巷中，鸡鸣桑树颠。
户庭无尘杂，虚室有余闲。
久在樊笼里，复得返自然。

诗中，守拙与适俗，园田与尘网，两相对比之下，诗人归田后感到无比愉悦。南野、草屋、榆柳、桃李、远村、近烟、鸡鸣、狗吠，眼之所见、耳之所闻无不惬意，这一切经过陶渊明点化也都诗意盎然了。诗人把统治阶级的上层社会斥为“尘网”，把投身其中看成了“羁鸟”“池鱼”，把退处田园说成冲出“樊笼”，重返大自然的喜悦有如鸟儿冲破牢笼罗网，心情轻松愉快，表现了他对丑恶世界的鄙视。因而，在全诗中既流露出一种心灵解放的舒畅，又饱含摆脱官场、安然归家的欢欣。

陶渊明的田园诗有的着重写躬耕的生活体验,《归园田居》其三是这方面的代表作:

种豆南山下,草盛豆苗稀。
晨兴理荒秽,带月荷锄归。
道狭草木长,夕露沾我衣。
衣沾不足惜,但使愿无违。

这是一个从仕途归隐田园从事躬耕者的切实感受,带月荷锄、夕露沾衣,实景实情生动逼真。而在农耕生活的描写背后,隐然含有农耕与为官两种生活的对比,以及对理想人生的追求。

在陶渊明的田园生活中,有躬耕,也有诗酒相伴。而在诗中,多有饮酒的内容,而饮酒、咏酒也以之咏怀。陶渊明写饮酒的诗句、诗篇远远超过了前人。他还直接用“饮酒”来作组诗名,在该诗“序言”已明确说明写诗的主旨在于抒怀:“余闲居寡欢,兼比夜已长。偶有名酒,无夕不饮。顾影独尽,忽焉复醉。既醉之后,辄题数句自娱。”这是前所未见的,其中直接写饮酒的诗篇就占一半。其创新之处更在于,他通过写饮酒抒发多种情感,开拓了抒情诗题材。

陶渊明在中国诗史上是第一个大量写作田园的诗人,开创了田园诗派。他的田园诗有着浓厚的生活气息,弥漫着五谷的芬芳,洋溢着劳动的欢悦。这些散发着泥土气息的田园诗后来与谢灵运的山水诗相结合,形成了绵绵不绝的山水田园诗派,犹如一股春风,焕发其勃勃生机,涤荡了“谈乎寡味”的玄言诗,彻底解放了诗坛,恢复了诗歌不是以说理取胜,而应以抒情见长的传统,放射出新颖的艺术光芒。

二、谢灵运的诗歌创作

谢灵运(385—433),原名公义,字灵运,以字行于世,祖籍陈郡阳夏(今河南太康),晋室南渡后世居会稽(今浙江绍兴)。谢灵运出身于士族大地主家庭，才学出众。谢灵运的山水诗大部分是他任永嘉太守以后所写。这些诗以富丽精工的语言，生动细致地描绘了永嘉、会稽、彭蠡湖等地的自然景色。

沈德潜曾将谢诗与陶诗做过比较："陶诗合下自然，不可及处，在真在厚。谢诗经营而反于自然，不可及处，在新在俊。陶诗胜人在不排，谢诗胜人正在排。"（《说诗晬语》卷上）陶渊明是魏晋古朴诗歌的集大成者，谢灵运却另辟蹊径，开创了南朝的一代新风。在谢灵运之前，中国诗歌以写意为主，摹写物象只占从属的地位。到谢灵运这里，山姿水态在他的诗中占据了主要的地位，他尽量捕捉山水景物的客观美，不肯放过寓目的每一个细节，并不遗余力地勾勒描绘，力图把它们一一真实地再现出来。例如，《入彭蠡湖口》：

客游倦水宿，风潮难具论。
洲岛骤回合，圻岸屡崩奔。
乘月听哀狖，浥露馥芳荪。
春晚绿野秀，岩高白云屯。
千念集日夜，万感盈朝昏。
攀崖照石镜，牵叶入松门。
三江事多往，九派理空存。
灵物郄珍怪，异人秘精魂。
金膏灭明光，水碧辍流温。
徒作千里曲，弦绝念弥敦。

对自然景物的观察与体验十分细致，刻画也相当精妙，描摹动态的"回合"、"崩奔"、月下哀狖的悲鸣之声，"绿野秀"与"白云屯"那鲜丽的色彩搭配，无不给人以深刻的印象。其《于南山往北山经湖中瞻眺》一诗，于山水景物的描摹更加细致入微。

谢灵运的那些垂范后世的佳句，无不显示着高超的描摹技巧，如"白云抱幽石，绿筱媚清涟"（《过始宁墅》）；"晓霜枫叶丹，夕曛岚气阴"（《晚出西射堂》）；"云日相辉映，空水共澄鲜"（《登江中孤屿》）；"林壑敛暝色，云霞收夕霏"（《石壁精舍还湖中作》）；"春晚绿野秀，岩高白云屯”（《入彭蠡湖口》）；“池塘生春草，园柳变鸣禽”（《登池上楼》）；“野旷沙岸净，天高秋月明”（《初去郡》）；“密林含余清，远峰隐半规”（《游南亭》）；“近涧涓密石，远山映疏木”（《过白岸亭》）等，语言工整精练，境界清新自然。

陶渊明的诗十分注重言外的效果，发挥语言的启示性，以调动读者的联想和想象。而谢灵运的诗歌语言更注重写实性。他笔下的物象更多地带有独立性和客观性。他写风就是风，写月就是月，写山就要描尽山姿，写水就要描尽水态，写来也鲜丽清新、自然可爱。前文所列举的其诸多名章佳句中，已可明显地看出这一点。

从陶渊明到谢灵运的诗风转变，正反映了两代诗风的嬗递。在谢灵运大力创作山水诗的过程中，为了适应表现新的题材内容和新的审美情趣，出现了“情必极貌以写物，辞必穷力而追新”和“性情渐隐，声色大开”的新特征。这一新的特征乃是伴随着山水诗的发展而出现的创新现象。

自谢灵运之后，山水诗在南朝成为一种独立的诗歌题材，并日渐兴盛。较早受到谢灵运影响的，是其从弟谢惠连。在当时诗坛上声望很高的颜延之，也写过不少山水诗。他与谢灵运齐名，当时并称为“颜谢”。此外，在南朝著名的诗人中，鲍照、谢朓、王融、沈约、何逊、阴铿等人，皆不乏优秀的山水之作，而其中以谢朓的成就最为突出。

第四节　志人志怪小说的兴起

魏晋南北朝时期，小说获得了空前的发展，这首先与当时特定的时代背景、社会环境有着密切的关联；其次，上古神话传说、先秦两汉寓言故事和史传文学对它的影响也是极为深远的。从内容来看，魏晋南北朝小说主要包括志人与志怪两大类别。

一、志人小说

南朝时期，志人小说的创作进入了繁荣局面。志人小说的兴盛与世族文人之间品评人物和崇尚清谈的风气有很大关系。志人小说在当时颇受社会重视，一些地主子弟要想取得声名仕进，必须学习名士的言谈和风度，因而记述人物的逸闻轶事、言谈举止的志人小说成为必读的“教科书”了。于是，文人学士以熟悉故事为学问，竞相炫耀，编撰小说蔚成风气。南朝时期的志人小说不仅作品数量众多，而且作品质量较高。相关统计资料显示，南朝时期可考的志人小说共有11部，其中有四部产生于宋朝，包括《世说新语》（刘义庆）、《小说》（刘义庆）、《江左名士传》（刘义庆）和《妒记》（虞通之）；有一部产生于齐朝，是《宋拾遗》（谢绰）；有六部产生于梁朝，包括《俗说》（刘孝标）、《俗说》（沈约）、《小说》（殷芸）、《迩说》（伏挺）、《琐语》（顾协）和《宋齐语录》（孔思尚）。在这些小说中，除了《世说新语》保存得较为完好，《妒记》《宋拾遗》《俗说》《小说》和《宋齐语录》这五部有较多的佚文存世外，其他的作品或是极少有佚文存世，或是未发现有相关佚文存世。以下重点说《世说新语》。

《世说新语》的问世，不仅标志着南朝时期的志人小说创作达到了高峰，也为志人小说在中国古代小说史上争得了一席之地。

《世说新语》主要记述的是魏晋期间士大夫们的琐闻轶事，具体来说可以分为以下六类。

第一类，对魏晋社会特有的社会风貌进行了生动展示。《世说新语》中录述最多的，是在乱世夹缝中奔走沉浮的无奈文人们的生存现状。面对纷繁得令人无所适从的政治乱世，他们或放旷林外，或沉迷诗酒，或谈玄论道，或求仙拜佛，借以对自己胸中积压的无尽焦虑、愤懑和悲悯进行排遣。例如，《雅量篇》记载了一代名士嵇康在临刑以前“神气不变，索琴弹之，奏《广陵散》”，生动地表现了魏晋名士镇定自若、视死如归的精神气质；《任诞篇》中记载了王子猷居山阴拜访戴安道时“兴尽而返，何必见戴”的做法，生动地反映了魏晋名士任诞放纵的行为特征；《雅量篇》中记载了谢安正在与人下棋，忽然他的侄儿、淝水前线的指挥官谢玄派人送来一封信告知他胜利的消息，而他看完信后不动声色继续下棋的故事，生动地反映了魏晋名士喜怒哀乐不形于色的行为特征等。

第二类，对魏晋社会谈玄说道的社会风气进行了展示。《世说新语》中记述了大量谈玄说道的故事，如《文学篇》记载了孙安国前往殷浩处谈论，彼此间言语交锋、不断争辩，甚至到了挥拳、斗嘴的境地；《规箴篇》记载了高僧慧在庐山孜孜不倦地讲佛、教诲弟子的故事。书中还有一些对佛玄合流、佛徒参加士族清谈进行描写的篇章，它们或以佛道教义对老庄之说进行解释，或以佛道思想幻化人生。

第三类，对黑暗的社会现实进行揭露，对统治阶级的凶恶、残暴、贪婪、吝啬等进行批判。在《世说新语》中，有很多故事对豪门贵族的残暴、奸诈、虚伪、奢侈、吝啬进行了揭露与批判，如《汰侈篇》中记载石崇在宴客时往往令美人行酒，若是客人饮酒不尽则会杀掉美人。一次大将军王敦前往石崇的宴会故意不饮酒，致使石崇连杀三人。

第四类，对妇女的才华进行了赞美。在《世说新语》中，有不少故事是赞美妇女才华的，其中最典型的例子就是《文学篇》载谢道韫描拟白雪的故事。在书中，类似的对妇女的才华进行公开赞美的故事还有不少，这也表明魏晋士人的妇女观是较为解放的。

第五类，对魏晋时期的社会风俗和社会风尚进行了展现。在《世说新语》中有不少故事展现了当时士庶界限的严格和世家大族对寒门、平民百姓无限轻视的社会风俗和社会风尚，其中最具代表性的便是《方正篇》。在该篇中，记载了王胡之十分贫乏，而乌程令陶范送他一船米时，他却因自己是士族且要求援只能向士族而不能向寒门而拒绝了；还记载了刘恢等人出门在途，直到天黑时还没饭吃，这时有与他相识的平民特地做了一些饭菜来招待他，而他因为自己是士族不可与平民打交道而拒绝食用。

第六类，对魏晋时期的学术活动和文学创作情况进行了反映。在《世说新语》中有一些故事对魏晋时期的学术活动和文学创作情况有所涉及，如《巧艺篇》记载了顾恺之画人常几年不点睛，因为在他看来“四体妍蚩，本无关于妙处；传神写照，正在阿堵中”（余嘉锡，1993），由此强调了眼神在画好人物中所具有的关键作用。《文学篇》记载了很多文学创作故事，如曹植七步成诗、左思作《三都赋》、刘伶著《酒德颂》等。

总的来说，《世说新语》对魏晋时期社会生活的各个方面进行了全面而深刻的反映，对于人们深入了解魏晋时期的社会生活具有十分重要的作用。

《世说新语》的篇幅总体来说较为短小，但其对后世产生了巨大的影响，原因在于其有着较高的艺术成就。这部书十分善于对材料进行裁剪，并对重点进行突出。具体来说，《世说新语》的笔墨所及，往往并非人的一生或是重大的事件，而是借助日常生活中的一件小事或是一个小片段对人物或情节进行集中的描写，进而使人物思想性格的一个侧面能够得到突出表现。《世说新语》善于抓住最能对人物的性格特征进行表现的典型细节，来对人物的形象进行突出，从而使人物更加生动、栩栩如生。例如，《俭啬篇》中在对王戎的故事进行记述时，为了将其贪得无厌但又十分吝啬的特征表现出来，运用了“每与夫人烛下散筹弄计”这样一个典型细节。《世说新语》还善于运用对比的手法对人物的性格进行表现。例如，《雅量篇》中的“谢太傅盘桓东山”一则故事，通过将谢安对待风浪的态度与其他人相对比，突出了其所具有的“雅量”；《德行篇》中“管宁割席”一则故事，通过将管宁对待富贵与金钱的态度与华歆相对比，突出了其具有的高尚“德行”。《世说新语》也善于运用合理的想象对人物的形象进行突出。例如，《任诞篇》中在讲述“刘伶裸形”一则故事时，在对前人的相关资料进行剪裁的基础上，运用合理的想象增加了一些描绘，从而使刘伶叛逆而又放荡不羁的形象得到了突出。《世说新语》的语言也很有特点。首先，书中的语言既明快简洁，又凝练生动；其次，书中人物的语言，大多与其身份及个性是相符合的；最后，书中对当时的口语进行了运用，从而使语言更加生动、活泼。

总的来说，《世说新语》的内容丰富，艺术魅力独特，是志人小说的一部集大成之作。

二、志怪小说

南朝时期，志怪小说的创作进入了全面繁荣时期。志怪小说的发展与宗教迷信思想的盛行密切相关。它记述神仙方术、鬼魅妖怪、殊方异物、佛法灵异等，内容十分复杂，其中有很多纯属宣扬宗教迷信的作品。还有一些作品本是流传于民间的神话故事和传说，因为带有怪异成分，被人搜集加工写进志怪小说之中。这些作品表达了人民的爱憎和要求，充满了美丽的幻想，富有积极浪漫主义色彩。志怪小说为唐传奇小说的写作积累了经验，对后世小说的发展有深远的影响。这一时期的志怪小说最具代表性的是干宝的《搜神记》。《搜神记》中《三王墓》记述的是一个奇异的反抗暴政、为父复仇的曲折故事；《韩凭妻》叙述的是一个忠于爱情、不畏强权的悲剧故事；《董永》是写孝感天帝、天女为婚的浪漫传奇；《东海孝妇》是写官府冤杀好人遭到报应的痛彻故事，为后来元代关汉卿《窦娥冤》悲剧的故事蓝本。《搜神记》中的志怪小说，往往语言通俗简洁、情节完整生动，有悬念设置但不渲染、不铺张，体现了早期小说为琐言卮语的鲜明特点，如《董永》："汉董永，千乘人。少偏孤，与父居。肆力田亩，鹿车载自随。父亡，无以葬，乃自卖为奴，以供丧事。主人知其贤，与钱一万，遣之。永行三年丧毕，欲还主人，供其奴职。道逢一妇人曰：'愿为子妻。'遂与之俱。主人谓永曰：'以钱与君矣。'永曰：'蒙君之惠，父葬收藏。永虽小人，必欲服勤致力，以报厚德。'主曰：'妇人何能？'永曰：'能织。'主曰：'必尔者，但令君妇为我织缣百匹。'于是永妻为主人家织，十日而毕。女出门，谓永曰：'我，天之织女也。

缘君至孝，天帝令我助君偿债耳。'语毕，凌空而去，不知所在。"只是叙述一个虚构的因孝感人甚至动神的猎奇事件，后人流传中加入王母娘娘阻碍事，遂变成情节丰富的谴责天神无情干涉男女婚爱的曲折抗争故事。

第四章　盛世文化，直笔实录：唐代的文学

唐朝是中国历史上最为辉煌灿烂的一个朝代。当时，经济发达，疆域辽阔，政治较为开明，人们的思想也比较开放，这一切都奠定了唐代文学繁荣的良好基础。就唐代文学的样式来说，发展最为鼎盛的是诗歌，可以说，唐代诗歌是中国古典诗歌发展的高峰，不管是初唐、中唐，还是盛唐、晚唐，都有具有高超艺术水准的诗人和诗作问世。当然，除了诗歌之外，唐代散文在韩愈、柳宗元等人所提倡的古文运动下也获得了较大的发展；唐传奇的发展则使得古代小说作为一种独立的文学体裁进入正轨；词也作为一种新的文学体裁，在唐代得以开创。

第一节　六朝遗风的延续与诗歌风骨的确立

一、六朝遗风的延续

初唐时期，一些文人在诗歌创作方面还带有六朝时期宫体诗的影子。正如明人陆时雍所说，“调入初唐，时带六朝锦色。”（《诗镜总论》）。宫体诗最早出现在梁代，突出的代表是当时正在做太子的梁简文帝萧纲。他雅好文学，辞采俊发，六岁即能文，又居于东宫，因此形成了一个以他为核心的官僚文学集团，聚集了徐摛、徐陵父子，庾肩吾、庾信父子等著名诗人。他们创作的宫体诗有突出的特点，即堆砌辞藻，以自得自赏的心态对待生活。其后的陈代是宫体诗繁荣的另一个时期，后主陈叔宝与重臣江总都热衷

于宫体诗的创作，其中陈后主的《玉树后庭花》最为著名。该诗纯为刻画美人的姣美姿态，绮艳轻荡。隋初文风延续南朝文风，浮靡不振，虽进行过文风改革，但宫体诗仍然盛行。贞观时期，唐太宗倡导雅正之风，使宫体诗的香艳杂入歌功颂德的谀词之中，与梁、陈、隋的宫体诗有了很大的不同，并有了离开宫廷的倾向。不过，不得不说，唐太宗、虞世南、杨师道、上官仪等人都继承了宫廷诗风。

虞世南(558—638)，字伯施，越州余姚人，曾为隋炀帝的文学侍臣，隋炀帝爱其才华，但又恶其刚直，十年未予升迁。入唐后，为李世民府记室，转参军，迁太子中舍人，为十八学士之一。有集30卷，已散佚，《全唐诗》仅录诗一卷，计32首。

虞世南诗中的佳作多是拟乐府诗。如《从军行二首》写边塞征战的艰苦和塞外的风光，像“剑寒花不落，弓晓月逾明。凛凛严霜节，冰壮黄河绝”已有盛唐边塞诗的风致；《结客少年场行》这样描写西域的景色并抒发自己的侠义情怀：“天山冬夏雪，交河南北流。云起龙沙暗，木落雁行秋。轻生殉知己，非是为身谋。”无论题材还是艺术风格都已经从宫体诗中摆脱出来了。虞世南的咏物诗也很出色。例如，《初晴应教》：

初日明燕馆，新溜满梁池。归云半入岭，残滴尚悬枝。

他的这些咏物诗寄情于景，表现其高洁的志趣，格调清新隽永，在历史上产生了一定的影响。

虞世南的应制诗则带有浓厚的齐梁诗风，《全唐诗》中的《奉和月夜观星应令》及其下的六首应制诗都堆砌辞藻，夸张逢迎，情感空虚，极尽浮艳之能事，深得宫体诗的神髓。例如，《中妇织流黄》：

寒闺织素锦，含怨敛双蛾。综新交缕涩，经脆断丝多。

衣香逐举袖，钏动应鸣梭。还恐裁缝罢，无信达交河。

这首诗将“含怨敛双蛾”“衣香逐举袖”之类的香艳之态摄入

诗中，因而是非常典型的宫体诗。

上官仪（608？—664），字游韶，陕州（今河南三门峡陕州地区）人。贞观初进士及第，召授弘文馆直学士；唐高宗即位后，他做了秘书少监，一度官至宰相，名噪一时，因起草废后诏书而被武则天痛恨，后被许敬宗诬陷，下狱而死。上官仪工于五言诗歌，多应制、奉和之作，题材内容脱不出宫廷文学应制咏物的范围，婉媚华丽，雍容典雅，属对工切，笔法精细。为了写应制诗，上官仪总结了诗歌对仗的经验，提出了“六对”“八对”之说，将对偶之法比类排列，使之系统化、条理化，对律诗对仗的规律做出了重要贡献。他以高度纯熟的技巧，冲淡了齐梁诗风的浮艳雕琢；但诗的题材内容还局限于宫廷文学应制咏物的范围之内，缺乏慷慨激情和雄杰之气。例如，《早春桂林殿应诏》：

步辇出披香，清歌临太液。
晓树流莺满，春堤芳草积。
风光翻露文，雪华上空碧。
花蝶来未已，山光暖将夕。

这首诗在措意上无所可取，是典型的应制之作，但诗人在描写宫苑早春风光时，可谓别出心裁。首联两句巧妙点题，颔联和颈联使用工整、宽泛的对句进行结构性展开，通过疏朗新奇的意象描绘了宫宛美丽的初春景色。“满”字辅“积”字，化静为动，动静结合，清新明丽，意象新奇，显示了诗人良好的艺术感受能力。风光中闪烁的露珠因一“翻”字而变得无比形象传神；自天而降的飘扬雪花因一“上”字让人的视角纵横开阖，有种雪花仿佛要返回碧蓝天空的感觉。尾联写暖暖的夕阳映照着满目的青山，身旁萦绕着翩翩的彩蝶，诗人通过含蓄蕴藉的手法将日暮之景融于想象之中，一种安逸闲适开朗的心境跃然而出。全诗描写了早春的生机，明洁的风物为御苑营造出了美好的氛围，达到了应制和颂美的宫廷要求。

二、诗歌风骨的确立

从贞观后期到武则天当政时期，初唐诗坛上出现了一大批著名的诗人，包括“初唐四杰”、刘希夷、张若虚、陈子昂等。他们的诗歌真正从六朝的余韵中摆脱出来，在不同的方面展现出属于唐代的新的艺术特质和风貌，使唐诗风骨得以确立。以下就对“初唐四杰”和陈子昂的诗歌创作进行一定的阐释。

“初唐四杰”，即王勃、杨炯、卢照邻和骆宾王。他们的诗歌思想严肃，提倡刚健骨气，反对纤巧绮靡，使五言八句的律诗初步定型，成为真正唐诗的揭幕人。在体制上，他们对五言律绝的定型，被奉为律体“正始”，并发展了古体歌行，创造了带有近体格律诗声韵特色的长篇歌行。

王勃(650？—675)，字子安，绛州龙门(今山西河津)人。他自幼聪明过人，被人誉为神童，17岁就对策中第，做了朝散郎、沛王府修撰。后被高宗逐出沛王府，到虢州(今河南灵宝)做了参军，因私藏了一个犯罪的官奴，待官府追索紧急时又擅自将其杀亡，被革职。他的父亲也受牵连被贬到南海交趾(在今越南境内)。上元二年(675)，王勃渡海到交趾去看望父亲，途中溺水而亡，英年早逝。代表作有《滕王阁诗》《秋日登洪府滕王阁饯别序》《送杜少府之任蜀州》等。

王勃的五律透露出一种非常自负的雄杰之气和慷慨情怀，其中《送杜少府之任蜀州》尤为脍炙人口：

城阙辅三秦，风烟望五津。
与君离别意，同是宦游人。
海内存知己，天涯若比邻。
无为在歧路，儿女共沾巾。

这首诗写朋友离别，歧路分手，他乡送别，本来令人感伤，作者却一改既往送别诗的凄凉伤感，虽意识到羁旅的辛苦和离别的孤独，但以豁达爽朗的感情处之，没有伤感，没有惆怅，有的是真挚的友情和共勉，洋溢着爽朗豪迈、乐观向上的精神，心境明朗，感情壮阔，于伤别之外，尚有一种昂扬的抱负，有一种好男儿志在四方的英雄气概，使诗的格调变得壮大起来，显示出少年才子奋发的神采。这首诗音韵和谐，对仗工整，初步形成起、承、转、合的结构形式，为五律形式的成熟做出了贡献。

杨炯(650—692)，弘农华阴(今属陕西)人，显庆六年(661)被举为神童，上元三年(676)应制举及第，补校书郎，后迁詹事司直。武后垂拱元年(685)出为梓州司法参军，后于天授元年(690)在洛阳宫中习艺馆任教。如意元年(692)迁盈川(在今浙江龙游)令，吏治严酷，后卒于官，世称杨盈川。杨炯是“四杰”中以五律见长的诗人，其现存的14首五言律，完全符合近体的黏式律。他以边塞征战诗著名，《从军行》《出塞》《战城南》《紫骝马》等作品皆风格豪放，气势轩昂，表现出为国立功的战斗精神。但其唱和、纪游之作无甚特色，未尽脱绮艳之风。

杨炯虽未去过边塞，但在诗中表现出强烈的立功边塞的志向和慷慨情怀。他以匡时济世、建功立业的人生理想和热情，为诗歌注入了高情壮思和倜傥意气，例如《从军行》：

> 烽火照西京，心中自不平。
> 牙璋辞凤阙，铁骑绕龙城。
> 雪暗凋旗画，风多杂鼓声。
> 宁为百夫长，胜作一书生。

这首诗描写了一位读书士子从军边塞、参加战斗的过程。首联两句边疆的战报激起了志士的爱国热情，颔联交代了整个事件展开的背景，颈联通过景物描写烘托战斗的情况，尾联直接抒发了诗人保边卫国的壮志豪情。整首诗短短40个字，却以跳跃式的结构，从一个典型场景跳到另一个典型场景，使诗歌具有明快的节奏，给人一种一气直下、一往无前的气势，还给人留下了丰富的想象余地，一首短诗浓缩了如此丰富的内容。

卢照邻(636—695)，字升之，幽州范阳(今河北涿州)人，幼时聪颖非常，获得赏识和提携，一直升到都尉，但因身患“风疾”(可能是小儿麻痹症或麻疯病），不得不退职。退职之后他试图做门客，但病情越发严重，双脚萎缩，手也残废了一只，只能买几十亩地来养老，却终因无法抵御疾病的侵袭，投颍水自杀。作品有《卢升之集》七卷和《幽忧子集》七卷。

卢照邻擅长诗歌骈文，尤以歌行体为佳，意境清迥，领韵疏拔。他的长篇吸收了齐梁以来的歌行的特点，但其思想情调与之迥然不同。《长安古意》是其代表作之一，这首诗借对古都长安的描写，慨世道之变迁而伤一己之湮滞。全诗可分为四个部分。第一部分，自开篇到“娼妇盘龙金屈膝”，铺述长安豪门贵族追逐享乐、争竞豪奢的生活。第二部分，自“御史府中乌夜啼”至“燕歌赵舞为君开”，以市井娼家为中心，写长安之夜，更多种类的人物登场“表演”，也从侧面反映了豪门的情况。第三部分，自“别有豪华称将相”至“即今惟见青松在”，写长安的上层社会除情欲之外还有一种权力欲，驱使着将相等豪华人物互相倾轧，得意者骄横一时。第四部分，即末四句，以今昔纵向对比为基础，作横向对比，以穷愁著书的扬雄喻己，结尾颇具兴义，耐人涵泳。此诗在描写车骑、宫殿、林苑、妖姬、歌舞的豪华后，笔锋突然一转，表达了在运动不已的宇宙中，荣华富贵如过眼烟云终归幻灭之意，这种穷奢极侈的生活又建筑在失志人的贫困之上，尤见荒悖可恨。诗人在迥然不同的生活情趣中寄寓着对骄奢庸俗生活的批判，还带有怀才不遇的愤慨寂寥之感，以及自我宽解的意味。全诗极力铺陈渲染描写对象，回环照应，详略得宜，辞采富丽华赡，却不伤于浮艳，感情充沛，力量雄厚。

骆宾王（619？—687?），字观光，素有“神童”之称，七岁能诗，早年生活贫困落拓。唐高宗永徽年间，他为道王李元庆府属，因耻于自炫而辞不奉命。后来，拜奉礼郎，担任东台详正学士，又因事被谪，跟随军队到了西域，久戍边疆。后来，入蜀居姚州道大总管李义军幕，平定蛮族叛乱，檄文多为他所做。武则天当政时，他多次上书讽刺，因此入狱，在狱中为抒发悲愤写下了千古名作《在狱咏蝉》。后来，他遇赦得释，于调露二年（680）出任临海县丞。

后弃官游广陵。嗣圣元年(684),武则天自立,他追随徐敬业起兵反对,任艺文令,掌管文书机要,起草了著名的《讨武氏檄》(即《代李敬业传檄天下文》),慷慨激昂,气吞山河。后徐敬业兵败被杀,他生死不明。作品有《骆宾王集》。

骆宾王比较擅长七言歌行,气息磊落,词华富艳瑰丽,形式灵活,抒情叙事间见杂出,音节婉转而和谐,言辞整齐而流利,声情并茂,颇有感染力,也易于上口成诵,对后世刘希夷、张若虚、李颀、王维、元稹、白居易、韦庄、吴伟业等人的长篇歌行都产生了重要的影响。

《帝京篇》为初唐绝唱。这是一首富于现实主义精神的优秀名篇,以古喻今,抒情言志,描绘帝京长安的繁华,描述出大唐帝国蓬勃向上的时代风貌,抒发了诗人怀才不遇的悲愤,提出了居安思危的警示,在当时就被视为绝唱,是初唐长篇诗歌的代表作之一,是卢照邻的《长安古意》的姊妹篇,但内容比《长安古意》更为庄重严肃,气势也更大,形式自由活泼,长短句交错,七言中间以五言或三言,辞藻富丽,铿锵有力,铺叙、抒情、议论也各尽其妙,为歌行体开辟出一条宽阔的新路。

骆宾王的五律也有不少佳作,《在狱咏蝉》托物寄兴,感慨深微,脍炙人口;《送郑少府入辽》志在立功报国,虽平仄声调还不协调,且律体形式尚未成熟,但格高韵美,词华朗耀,精神乐观。例如,《在狱咏蝉》:

西陆蝉声唱,南冠客思深。
不堪玄鬓影,来对白头吟。
露重飞难进,风多响易沉。
无人信高洁,谁为表余心?

这首诗为狱中所作,首联点出秋蝉高唱,以蝉声来逗起客思,诗人在狱中深深怀想家园。颔联"不堪"和"来对"把物我联系在一起,政治上的种种折磨让大好的青春渐渐消逝,十个字委婉曲折地表达出诗人凄恻的感情。颈联诗人以"露重""风多"喻环境的压力,以"飞难进"喻政治失意,以"响易沉"喻言论受限,物我融混而不可分，无一字不在说蝉，也无一字不在说自己。尾联仍用比体，用秋蝉高踞树上餐风饮露而不为人所知喻自己高洁的品性不为时人所了解，反被诬陷入狱，也没有一个人来替诗人雪冤，只有蝉能为诗人而高唱，也只有诗人能为蝉而长吟。这首诗与宫体诗大异其趣，寓身世之感于其中，咏蝉明志，诗风峻洁。

总的来说，“初唐四杰”拓新了诗歌的主题和题材，用现实的人生感受恢复了诗中清醒而严肃的自我，以重刚健、重气质的创作实践在诗坛上起到了解放诗歌的作用。

陈子昂（661—702），字伯玉，梓州射洪（今四川射洪）人，出身地方富贵人家。年幼时陈子昂不爱读书，并沾染了不少坏毛病，后折节读书，21 岁时入长安游太学，第二年赴洛阳参加进士考试不第，之后便在家乡学仙隐居。唐高宗永淳元年（682）时，再次赴洛阳应试，中进士。光宅元年（684），陈子昂上书朝廷，武则天皇后因此召见了他，对他的才能很是赏识，拜为麟台正字，即在秘书省做典籍管理工作，累迁至右拾遗。而后随武攸宜东征契丹，东征之后，陈子昂解职还乡，后被陷害入狱，最终死于狱中，年仅 42 岁。陈子昂死后，其友人卢藏用为之编次遗文 10 卷，今存《陈伯玉文集》是经后人重编的，其存诗共有 100 多首。

陈子昂诗歌创作的个性风采正是壮伟之情和豪侠之气，也就是所谓的唐诗风骨。他对风骨和兴寄的提倡，对于当时诗风的变革有积极的推动作用：

> 文章道弊五百年矣。汉魏风骨，晋宋莫传，然而文献有可征者。仆尝暇时观齐、梁间诗，彩丽竞繁，而兴寄都绝，每以永叹。思古人，常恐逶迤颓靡，风雅不作，以耿耿也。一昨于解三处，见明公《咏孤桐篇》，骨气端翔，音情顿挫，光英朗练，有金石声。遂用洗心饰视，发挥幽郁。不图正始之音复睹于兹，可使建安作者相视而笑。

在《与东方左史虬修竹篇序》这篇诗序里，陈子昂第一次将汉魏风骨与风雅兴寄联系起来，反对没有风骨、没有兴寄的作品。他提出一种“骨气端翔，音情顿挫，光英朗练”的诗美理想，要求将壮大昂扬的情思与声律和辞采的美结合起来，创造健康而瑰丽的文学。这种对风骨的追求，对于唐诗的变革具有关键性的意义。

陈子昂在创作时，有意摒弃华丽辞藻和颓靡习气，运用质朴无华的古体诗形式和魏晋咏怀、咏史诗的比兴寄托手法，抒写政治生活中的思想感受，反映现实政治的弊端和人民的苦难，表达自己的理想、抱负和失意情怀，表现出一种苍莽悲壮的时代气息，具有沉郁悲凉而又高雅冲淡的独特风格，代表作为 38 首《感遇》诗。这 38 首《感遇》基本上都作于诗人入仕之后，多为关注现实之作，其中有很多首与作者的政治活动有直接的关系，具有强烈的政治倾向，风格豪迈俊逸、慷慨悲壮，例如《感遇》第三十五首：

本为贵公子，平生实爱才。
感时思报国，拔剑起蒿莱。
西驰丁零塞，北上单于台。
登山见千里，怀古心悠哉。
谁言未忘祸，磨灭成尘埃。

这首诗作于诗人第一次随军北征期间，是诗人表达自己侠肝义胆的述怀言志之作。诗人亲临沙场，有感于心、情动于中而形于言。这种兴寄方式，已突破了古诗美刺比兴的传统局限，直接建安诗人的梗慨多气，展现出昂扬壮伟的情怀和不甘平庸、积极进取的精神风貌。

《登幽州台歌》也是陈子昂杰出的代表作。这首诗体现了诗人对生不逢时的忧伤、对怀才不遇的愤慨。在诗中，诗人不仅置身于世俗社会之中，经受着那生不逢时、怀才不遇的压抑，而且置身于宇宙之中，感受到个人与宇宙的绵长和浩大相比是多么的短暂和渺小，因此产生了孤独、悲愤和哀伤。这首诗在当时和后代得到无数郁愤者的认同并引起共鸣，并被誉为齐梁以来两百多年中没有听到过的洪钟巨响。

第二节　五言近体的升华与七古七绝的发皇

一、五言近体的升华

玄宗开元年间，随着唐朝政治、经济和文化的发展，唐朝国力达到鼎盛。在这一时期，诗歌创作与诗歌艺术更是冲向顶峰。此时的五言近体诗在初唐诗人的成就之上得到进一步的升华。这主要表现在孟浩然与王维的山水田园诗上。山水田园诗在唐代出现繁荣景象不是偶然的。因为当时安定、和平的时代氛围，让不少文人乐于游山玩水或是隐居起来。当时，人与大自然的关系比较密切、融洽，诗人们更能够发现自然美、人情美。以下我们就对孟浩然与王维的山水田园诗(也是五言近体诗)创作进行分析。

孟浩然(689—740)，本名浩，字浩然，号孟山人，襄阳人，世称孟襄阳。他是盛唐诗人中终身不仕的一位作家。早年有志用世，但在仕途困顿、痛苦失望后，以隐士终身。40岁以前，他隐居于距鹿门山不远的汉水之南，曾南游江、湘，北去幽州，一度寓寄洛阳，往游越中。开元二十五年(737)，他入张九龄荆州幕，酬唱尤多。三年后不达而卒。

孟浩然的山水田园诗，一部分写他故乡襄阳的自然风光，平静悠远，具有较浓的隐逸意味；一部分则是写他漫游期间所看到的吴越山水，具有较强的动态感，常常带有孤寂的客愁。后一类的诗歌占据多数。孟浩然写诗，往往在平淡中见淳美。他注意整体的浑融完整，一句之中没有很突出的动词或形容词，一篇之中也没有特别用力的句子，但他能够让人们在那些自然景物中领略到十足的诗趣，韵致非常高远。他的代表作有《秋登兰山寄张五》《夜归鹿门歌》《宿建德江》《过故人庄》《临洞庭湖赠张丞相》《与颜钱塘登障楼望潮作》等。

《过故人庄》是孟浩然最具代表性的一首山水田园诗：

故人具鸡黍，邀我至田家。
绿树村边合，青山郭外斜。
开轩面场圃，把酒话桑麻。
待到重阳日，还来就菊花。

这首诗首联中的"鸡黍"一词显示出田家特有的风味，用典而不觉其为典，"我"字使诗歌更贴近自己的生活。颔联写田庄的环境，既幽雅僻静，又明朗开阔。颈联上句写农家场院、园圃，示人以舒适宽敞；下句写主客间饮酒谈话，质朴单纯，不仅使人领略到浓郁的农村风味和劳动气息，而且和前面的绿树、青山融为一体，构成一幅优美宁静的田园风景画。结尾写临别预约重来，道出诗人此行做客的惬意，也从侧面表达了他对田园生活的由衷喜爱。全诗写的是诗人做客的过程，诗间流露出诗人对故人情谊和淳朴农村生活的赞美，语言朴素平淡，但自有无穷诗意流注其间。

王维(701—761)，字摩诘，出身官僚地主家庭，祖籍太原祁州(今山西祁县)，后其父徙家于蒲州(今山西永济)，盛唐山水田园诗派的代表作家，有"诗佛"之称，与孟浩然合称"王孟"。他幼时能诗歌，擅长书画、音乐，15岁起游学长安数年，开元九年(721)擢进士第，得到名相张九龄赏识和提携，官至吏部侍郎、给事中。曾因事获罪，贬济州司仓参军。张九龄罢相后，王维无意仕途，遂于40岁前后开始了亦官亦隐的生涯，曾先后隐居淇上、嵩山和终南山，并在终南山筑辋川别业以隐居。后因安史之乱起复，官至尚书右丞，但终因无意仕途荣辱，退朝之后，常焚香独坐，以禅诵为事，于上元二年(761)卒于辋川别业。

王维的山水田园诗可以分为两类：一类以《终南山》《汉江临泛》为代表，以雄壮有力的语言写开阔宏远的境界；一类以《辋川集》《皇甫岳云溪杂题五首》为代表，以短小的篇幅、精练的文字写山水，格局虽小，也能写出天地之大。在王维山水田园诗中，后一类占据多数，艺术个性也最为突出。王维精通诗文、绘画、音乐、舞蹈、书法，是盛唐高度发展的文化所哺育起来的全能艺术家。

这一点使他在描写自然山水的诗里，创造出“诗中有画，画中有诗”的静逸明秀诗境。此外，他的山水田园诗静中有动、动中有静，能够把人带入清静、和谐的艺术境界，让人获得精神调节。

例如，《山居秋暝》：

空山新雨后，天气晚来秋。
明月松间照，清泉石上流。
竹喧归浣女，莲动下渔舟。
随意春芳歇，王孙自可留。

诗人在清新宁静而生机盎然的山水中，感受到万物生生不息的生之乐趣，精神升华到空明无滞碍的境界，自然的美与心境的美完全融为一体。全诗营造出如水月镜花般的纯美诗境。

再如，《终南别业》：

中岁颇好道，晚家南山陲。
兴来每独往，胜事空自知。
行到水穷处，坐看云起时。
偶然值林叟，谈笑无还期。

在这首诗中，“水穷处”自然也就是深山空静无人处，人无意而至此，云无心而出岫，可谓思与境相协调，神会于物。诗人着重写无心，写坐看时无思无虑的直觉印象，那无心淡泊、自然闲适的“云”，是诗人心态的形象写照。全诗平白如话，却极具功力，诗味、理趣二者兼备。

二、七古七绝的发皇

盛唐时代，随着开疆拓土、军威四震，边塞军功成为一大出路，并向文士开放。于是，边塞也成为盛唐人才崛起的一个重要舞台。有不少文人投身军营，赶赴边塞。这促使边塞诗大量产生，进入发展的黄金时代。盛唐诗坛上的边塞诗人主要有高适、岑参、王昌龄、崔颢、李颀、王之涣、王翰等，他们通过边塞诗歌歌颂边疆战士的英勇，描绘大唐边塞风光，揭露统治者穷兵黩武的危害，表达人们追求和平的心愿。

在边塞诗歌的创作上，与山水田园诗人对五言的情有独钟相比，盛唐边塞诗人则更喜欢七言。本来盛唐文艺就以诗和音乐为极诣，而七言绝句和七言古诗与乐府关系最深，与音乐的关系密切，因此，七言古诗和七言绝句也成为边塞诗人最常用的两种诗歌体裁。其中，七言绝句具有的艺术潜力得到充分发挥，成为一种以小见大、深入浅出、情韵双绝、雅俗共赏的成熟诗体，但它较短，难以正面表现波澜壮阔的生活图景、错综复杂的社会矛盾、深沉博大的思想内容，而七言古诗正好弥补了七言绝句的这一缺陷，它的篇幅可短可长，形式变化多端，句式杂用短长，句群奇偶无定，用韵变化多端，比别的诗体更富于波澜起伏，更便于铺陈叙写，表现重大的社会主题，展现广阔的生活画面。因此，在盛唐时期，伴随着盛唐边塞诗歌的崛起，七言绝句和七言古诗也迅速发展壮大成为盛唐诗坛上重要的一种诗歌体裁类型。以下我们主要对高适和岑参的边塞诗歌创作进行简要的分析。

高适(702? —765)，字达夫、仲武，汉族，唐朝渤海郡人，后迁居宋州宋城。他出身于官僚家庭，祖为名将，父为长史，但到他青年时期时，家境已很窘迫。高适少倜傥，好游历。《河岳英灵集》说他“评事性落拓，不拘小节，耻预常科，隐迹博徒，才名自远”。20岁时，高适游长安，以为功名唾手可得，但谁知并不容易，最后失意而归。开元十八年(730)至开元二十一年(733)间，高适北上蓟门，漫游燕赵，希望能从军立功边塞，但毫无结果。后寓居宋中近十年，贫困落拓。天宝八年(749)，他因人举荐，试举有道科中举，授封丘尉。三年后弃官入河西节度使哥舒翰幕府，掌书记。安史之乱后，他从玄宗至蜀，拜谏议大夫。自此官运亨通，做过淮南节度使和蜀、彭二州刺史。代宗即位后，他入朝为刑部侍郎、转左散骑常侍，进封渤海县侯。高适的边塞诗与岑参齐名，并称“高岑”，有《高常侍集》。

高适是盛唐边塞诗的杰出代表。由于有过长时期贫困沉沦的生活经验，有较多的机会接触现实，对下层人民的生活比较了解，他能够写出一些能充分反映和同情人民疾苦的诗篇，揭露和抨击了当时社会中的一些矛盾，如《自淇涉黄河途中作》《封丘作》《同颜六少府旅宦秋中之作》《燕歌行》等。

《燕歌行》是高适第一次北上归来后创作的极负盛名的边塞诗力作：

汉家烟尘在东北，汉将辞家破残贼。男儿本自重横行，天子非常赐颜色。

摐金伐鼓下榆关，旌旆逶迤碣石间。校尉羽书飞瀚海，单于猎火照狼山。

山川萧条极边土，胡骑凭陵杂风雨。战士军前半死生，美人帐下犹歌舞。

大漠穷秋塞草腓，孤城落日斗兵稀。身当恩遇恒轻敌，力尽关山未解围。

铁衣远戍辛勤久，玉箸应啼别离后。少妇城南欲断肠，征人蓟北空回首。

边庭飘飖那可度，绝域苍茫更何有。杀气三时作阵云，寒声一夜传刁斗。

相看白刃血纷纷，死节从来岂顾勋。君不见沙场征战苦，至今犹忆李将军。

这首诗以乐府旧题写当时的边塞之事，并对边塞生活作了全面的反映和概括，因而具有重大的现实意义。诗人将战斗的艰苦激烈和战士们的复杂心理描绘得真实、感人。诗歌综合了边塞诗常见的主题，既有男儿横行边塞、破贼保国、视死如归的英雄气概，也写出沙场的残酷、萧瑟，还写了征人思妇的别离相思之苦，其中“战士军前半死生，美人帐下犹歌舞”两句还揭露了军中的苦乐不均。诗人的情感也随着主题的变换而发生着变化，既有对边关将士辞家破贼的向往和赞颂，也有对将士处境艰难的悲惨命运的深切同情，而对不公平的军中生活，诗人又表达了自己的不满和谴责。这首诗虽然主题杂多，却在慷慨悲壮的基调上，转切自如，浑然一体，形成了苍凉雄健的整体风格。其中关于边塞景色的描写，如“山川萧条极边土，胡骑凭陵杂风雨”“大漠穷秋塞草腓，孤城落日斗兵稀”“边庭飘飘那可度，绝域苍茫更何有”“杀气三时作阵云，寒声一夜传刁斗”等，以同样的凄迷惨烈，将不同的主题串为一体。而且，这些景色描写中都糅入了边塞生活，包孕了十分深厚的情感内涵。这首诗在整体上显得跌宕起伏、纵横沉雄，具有很强的感染力。

岑参(715—769)，南阳(今属河南)人，出身世家。他幼年丧父，家道中贫，但他非常努力，于天宝三年(744)登进士第，授右内率府兵曹参军。天宝八年(749)，他弃官从戎，首次出塞，赴龟兹(今新疆库车)，入安西四镇节度使高仙芝幕府。两年后，他返回长安，与高适、杜甫等结交唱和。天宝十三年(754)，他再度出塞，赴庭州(今新疆吉木萨尔)，入北庭都护府封常清幕中任职约三年。后来他到灵武，经杜甫等推荐，任右补阙；又历起居舍人、虢州长史等职。大历元年(766)为嘉州刺史，因蜀中兵乱，他两年后方赴任。次年秩满罢官，最后卒于成都客舍。有《岑嘉州集》。

岑参是与高适一样有入幕经历而诗风相近的边塞诗人。他两次出塞深入西北边陲，有着强烈的立功志向和入世精神。他第一次出塞就写了不少边塞诗，只是在当时并没有引起人们的注意。第二次出塞让岑参彻底成为名流千古的边塞诗大师。他这一时期所写的边塞诗具有较高的艺术水平。这些诗歌主要是用慷慨豪迈的语调和奇特的艺术手法生动地表现西北荒漠的奇异风光与风物人情，如《走马川行奉送出师西征》《白雪歌送武判官归京》《热海行送崔侍御还京》《火山云歌送别》等。

《白雪歌送武判官归京》是岑参再度出塞，充任安西、北庭节度使封常清的判官时所作的一首诗：

北风卷地白草折，胡天八月即飞雪。
忽如一夜春风来，千树万树梨花开。
散入珠帘湿罗幕，狐裘不暖锦衾薄。
将军角弓不得控，都护铁衣冷难着。

瀚海阑干百丈冰，愁云惨淡万里凝。
中军置酒饮归客，胡琴琵琶与羌笛。
纷纷暮雪下辕门，风掣红旗冻不翻。
轮台东门送君去，去时雪满天山路。
山回路转不见君，雪上空留马行处。

这首诗写得大气磅礴，奇清逸发。“千树万树梨花开”一句最令人称绝。在辽远的西北边塞，本来是“春风不度玉门关”、八月就飞雪的恶劣天气，但是岑参并没有感到残酷和恐惧，反而引发了“梨花”的诗意联想。这就造成一种新奇强烈的艺术效果。诗歌最后写送别，在大雪满路、山回路转间散布着淡淡的忧愁，但与其说景色描写是为了衬托离情，还不如说离情充实了诗中的景色描写。

第三节　盛唐诗歌的极致：诗仙与诗圣

在唐代诗歌的发展历程中，李白和杜甫是两座岿然不动的高峰。李白是青春的偶像，是浪漫的代表，是诗的化身，他以热烈追求光明、猛烈抨击黑暗、敢于蔑视权贵的诗篇唱响了盛唐诗歌的最强音。杜甫经历了唐朝的风云巨变，亲身感受了动乱给人民带来的不幸和灾难，因此他以其忧国忧民的儒家情怀借助如椽的诗笔真实地反映了那个时代的历史状况，表现出儒家济世的思想。

一、“诗仙”李白的诗歌创作

李白（701—762），字太白，祖籍陇西成纪（今甘肃天水附近），少年时随父迁居到彰明青莲乡（今属四川江油），因此自号青莲居士。早年李白在蜀中读书，25岁时出蜀，任侠访道、交游干谒，漫游洞庭、金陵、扬州、襄阳、洛阳等地。天宝元年（742），李白因玉真公主的推荐，被唐玄宗征召入京，供奉翰林。三年后因遭谗言中伤，被玄宗“赐金放还”。之后，李白在梁宋一带客居十年之久，其间也曾北上燕赵、西涉邠岐，往来于洛阳、齐鲁之间。安史之乱爆发后，李白被永王李璘征入军幕，希望能报国平乱。但不久永王被唐肃宗剿灭，李白也以从逆罪下浔阳狱。经友人营救出狱后，又被判处长流夜郎（今贵州桐梓一带），后遇大赦得以放还。上元二年（761），李白听到李光弼率大军征讨史朝义的消息，即由当涂北上，准备去临淮（今江苏泗洪）前线请缨杀敌，行至金陵，因病折回当涂，后并死于此地，年仅62岁。

在诗歌创作上，李白是继屈原以来最为杰出的伟大浪漫诗人。他热爱自由、追求自由，他不肯让诗歌格律束缚自己，在写作时往往脱去笔墨蹊径，畅快淋漓地抒情写意。他善用古乐府旧题，但并不受原主题的束缚，而是大胆地熔铸新的现实生活内容，倾泻自己的思想感情，使许多乐府古题获得新的生命，如《蜀道难》：

噫吁嚱，危乎高哉！
蜀道之难，难于上青天！
蚕丛及鱼凫，开国何茫然！
尔来四万八千岁，不与秦塞通人烟。
西当太白有鸟道，可以横绝峨眉巅。
地崩山摧壮士死，然后天梯石栈相钩连。
上有六龙回日之高标，下有冲波逆折之回川。
黄鹤之飞尚不得过，猿猱欲度愁攀援。
青泥何盘盘，百步九折萦岩峦。
扪参历井仰胁息，以手抚膺坐长叹。
问君西游何时还？畏途巉岩不可攀。
但见悲鸟号古木，雄飞雌从绕林间。
又闻子规啼夜月，愁空山。
蜀道之难，难于上青天！使人听此凋朱颜！
连峰去天不盈尺，枯松倒挂倚绝壁。
飞湍瀑流争喧豗，砯崖转石万壑雷。

其险也如此，嗟尔远道之人胡为乎来哉！

剑阁峥嵘而崔嵬，一夫当关，万夫莫开。

所守或匪亲，化为狼与豺。

朝避猛虎，夕避长蛇；

磨牙吮血，杀人如麻。

锦城虽云乐，不如早还家。

蜀道之难，难于上青天，侧身西望长咨嗟！

这首古乐府诗可以分为四层，第一层是开篇三句，直接点题；第二层是从“蚕丛及鱼凫”至“然后天梯石栈相钩连”，写出了开辟道路的艰难，蚕丛、鱼凫开国的历史传说和五丁力士拽蛇山崩的神话写出了蜀道天梯石栈的鬼斧神工；第三层是从“上有六龙回日之高标”至“嗟尔远道之人胡为乎来哉”，写出了跋涉攀登的艰难，极尽夸张、想象之能事；第四层从“剑阁峥嵘而崔嵬”至“不如早还家”，其余多用比喻，写出了诗人由蜀道之险联想到对蜀地山川险要、易为军阀据险作乱的隐忧，劝诫友人此地不可久留，用“豺狼”“猛虎”“长蛇”比喻叛乱分子，不仅再一次突出了蜀道难行的主题，而且寓意警策，发人深省。全诗对蜀道高峰绝壁、万壑转石的险难的渲染，也是诗人对于世道艰险的渲染，蕴含着现实难以逾越的悲剧意识。诗中用了大量的神话、传说，而且运用了一系列比喻、夸张、神奇化等浪漫手法，艺术地再现了蜀道突兀、崎岖、峥嵘、强悍等奇丽惊险和不可凌越的磅礴气势，歌颂了蜀地山川的壮秀和祖国山河的雄伟壮丽。而再三嗟叹“蜀道之难，难于上青天”，则表明诗人初入长安追求功业未成时的悲愤之意。从这首诗我们可以看出李白诗歌塑造形象方式的奇特大胆，当现实生活中的事物不足以表现他所追求的境界和情感时，他不屑于对客观事物作具体细致的描写，而是更多地从神话和传说中汲取素材，借助丰富的想象、奇特的比喻和大胆的夸张等来宣泄情感、突出形象，取得一种惊世骇俗的美感效果。

李白的七言歌行和七言绝句最为突出。歌行的篇幅一般都比较长，容量也大。其句式长短错落，形式自由灵活，又常换韵，很便于作者纵横驰骋。因此李白常用它表达热烈奔放的思想感情，塑造雄伟壮阔的艺术形象，《远别离》《将进酒》《日出入行》《梦游天姥吟留别》等都是最能体现其七言歌行语言特点的典范之作。李白的七言绝句以山水诗和送别诗为多，也写得最出色。他有一种与天地自然融为一体的气质，以其天真纯朴的童心，与山水冥合。无论写景言情，都具有一气流贯的俊逸风神和爽朗情韵，如《望庐山瀑布》《望天门山》《早发白帝城》《黄鹤楼送孟浩然之广陵》《山中问答》等。

总之，李白才思特别敏捷，有异乎寻常的想象力。他笔下的自然山川、日月星辰与幻想中冯虚凌空的神仙、虚无缥缈的仙境融为一体，这使他的诗歌中弥漫着一股仙气，具有一种异乎寻常的气势感和力敌造化的艺术感染力。

二、"诗圣"杜甫的诗歌创作

杜甫(712—770)，字子美，自号少陵野老，巩县(今属河南)人，原籍为襄阳(今属湖北)，出身于京兆杜氏，乃北方的大士族。因此，杜甫青少年时，家境较好，生活安定富足。他自小好学，七岁能作诗。开元末，杜甫举进士不第，曾漫游齐赵等地。之后，他在长安求仕，困守十年。安史之乱爆发后，他曾身陷贼中，被解至长安，后逃至凤翔，谒见肃宗，授左拾遗。两京收复后，他回到长安，出为华州司功参军，因关中大旱，弃官往秦州、同谷。后来全家人进入四川，受故人资助，在成都浣花溪建了一座草堂，世称"杜甫草堂"，也称"浣花草堂"。大历三年，杜甫思乡心切，乘舟出峡，想要回乡，但是并不如意，加上生活困难，终是没有北上成功，最后在一条小船上去世。杜甫曾一度入剑南节度使严武幕任参谋，武表为检校工部员外郎，世称杜工部。有《杜工部集》。

杜甫是唐诗现实主义的开山之祖，他在当时的大动荡时代与苦难民众同呼吸、共命运，将自己毕生的心血献给了诗歌创作。由于他的诗歌在中国古典诗歌中的影响非常深远，他被后人称为

“诗圣”。杜甫的诗歌内容博大精深,题材范围甚为宽广,有民生疾苦、社会时事、自然景物、名胜古迹、个人生活、题咏赠答,以及描绘绘画、音乐、建筑、舞蹈等,无所不包。据统计,现保留下来的杜甫诗作共有约1500首,其中很多是传诵千古的名篇。

杜甫早期的诗歌内容多是歌颂祖国的山川和托物言志的,如《望岳》:

岱宗夫如何,齐鲁青未了。
造化钟神秀,阴阳割昏晓。
荡胸生层云,决眦入归鸟。
会当凌绝顶,一览众山小。

五岳之首的泰山在青翠无垠的齐鲁大地上拔地而起,登上泰山,在胸前荡漾的层云和脚下坚实的泰山体,使人产生执着而又超越的感觉,再加上归巢的鸟儿,仿佛天地万物都摄入了人们的胸怀。这首诗与儒家的文化发生了内在的联系,初步显现了杜甫沉郁顿挫的诗风。

经历了动乱之后,杜甫的诗风有了较大的变化。《兵车行》就是杜甫第一篇具有现实主义意义的诗作。在这首叙事诗中,诗人以“道旁过者问行人”为界,分为两段:第一段摹写送别的惨状,是纪事;第二段传达征夫的诉苦,是纪言。进入天宝年间,唐王朝对边疆少数民族的战争越来越频繁,连年征伐,给边疆少数民族和广大中原地区的人民都带来了深重灾难。天宝八年(749),哥舒翰奉命进攻吐蕃,石堡城一役,死伤数万人。天宝十年(751),剑南节度使鲜于仲通率兵八万进攻南诏,军大败,死六万人。为补充兵力,杨国忠遣御史分道捕人,连枷送往军所,送行者哭声震野。这首诗就是根据上述情况写的。诗人看起来是娓娓道来,却蕴含着长歌当哭的激越情绪,其悲愤、忧患、反抗与执着自然地流溢出来,震撼了无数读者的心灵。全诗寓情于叙事之中,在叙述次序上参差错落,前后呼应,变化开阖,井然有序,并巧妙运用过渡句和习用词语,如“道旁过者问行人,行人但云点行频”“长者虽有问,役夫敢申恨?”和“君不见”“君不闻”等,不仅避免了冗长平板,还不断提示,惊醒读者,造成了回肠荡气的艺术效果。

此外,“三吏”(《新安吏》《石壕吏》《潼关吏》)、“三别”(《新婚别》《无家别》《垂老别》)、《丽人行》等也是杜甫的现实主义诗歌的杰作。

在《石壕吏》中,诗人描绘出一幅怪诞而又真实的悲惨图景:

暮投石壕村,有吏夜捉人。老翁逾墙走,老妇出门看。
吏呼一何怒,妇啼一何苦。听妇前致词,三男邺城戍。
一男附书至,二男新战死。存者且偷生,死者长已矣。
室中更无人,惟有乳下孙。有孙母未去,出入无完裙。
老妪力虽衰,请从吏夜归。急应河阳役,犹得备晨炊。
夜久语声绝,如闻泣幽咽。天明登前途,独与老翁别。

这首诗写诗人在兵荒马乱的年月歇宿乡村,遇到小吏抓丁,老翁越墙而逃,老妇悲啼诉苦,全诗用客观写实笔墨将这一经过交代得清清楚楚,让人读来如临其境。虽然诗人并未作一字主观评述,但在这种貌似客观的叙述描写中,体现了诗人或叹息或怨愤或悲痛或同情或无可奈何等复杂感情。由这首诗也可以看出,杜甫的现实主义诗歌不仅局限于对战争的描写,更注重表现对民众的同情、对叛军的愤怒斥责和对正义战争的歌颂。

杜甫也非常重视亲情、友情,善于通过诗歌探讨与追寻人情之美与人性之善,如《春望》《赠卫八处士》《天末怀李白》《寄李十二白二十韵》《不见》等。

就艺术风格而言,杜甫的诗歌素来有“沉郁顿挫”之说。之所以如此概括,是因为杜甫的诗歌具有深沉博大的思想情感、忧国忧民的价值关怀、浑融含蓄的气象、抑扬顿挫和回旋张弛的节奏。《登高》这首诗就充分体现了这种风格:

风急天高猿啸哀,渚清沙白鸟飞回。
无边落木萧萧下,不尽长江滚滚来。
万里悲秋常作客,百年多病独登台。
艰难苦恨繁霜鬓,潦倒新停浊酒杯。

这是诗人流寓夔州时为深秋登高时有感而作。首联起句突兀，气象雄浑苍莽，底蕴刚健不息，节奏跌宕起伏，使全诗一下子笼罩在沉郁悲壮的气氛中。颔联非常具有打动人心的力量，这是因为它表现了典型的中国式的悲剧意识：个体的生命也许没有希望了，但天道是永恒的，只要将个体的生命与价值融入永恒的天道，个人也就可以获得某种永恒（冯成金，2005）。在颈联和尾联中，杜甫尽情地抒发了个人的悲剧感。当然，因为有了首联、颔联的铺垫，最后的悲剧感便获得了审美性的超越。全诗中，悲剧情怀和超越意识就是“沉郁”特点的典型体现；而音韵上的抑扬顿挫、结构上的回旋张弛则是“顿挫”特点的典型体现。

第四节　中古近体诗的持续繁荣

天宝十四年（755），安史之乱的爆发使强盛的唐朝开始进入衰弱，从此唐代社会和唐文学进入一个新的时期。这一时期，中古近体诗的主题、形式和表现方式都基本定型。韩愈、白居易、李贺、刘禹锡等诗人为中古近体诗的持续发展做出了贡献。晚唐的诗歌不再是初唐英姿的万象更新，不再是盛唐气象的恢宏壮阔，不再是中唐风采的百舸争流，而是哀婉深沉的斜晖余韵。杜牧和李商隐是这一时期的代表诗人。他们在艺术上趋向于表现细腻幽微的情思，追求朦胧情思、朦胧境界的细腻幽约的美，在唐诗的发展史上开拓出一个全新的境界。由此可见，中古近体诗在盛唐以后还是获得了持续的繁荣。以下我们主要对白居易、杜牧和李商隐的近体诗创作进行一定的探讨。

一、白居易的诗歌创作

白居易（772—846），字乐天，祖籍太原，迁居下邦（今陕西渭南东北），出生于新郑（今属河南）。白居易自小聪慧能诗。贞元十六年(800)进士及第，三年后中书判拔萃科，授秘书省校书郎。元和元年(806)，他与元稹闭户累月，撰成《策林》75篇，其中不少条目与白居易日后的政治态度和诗歌见解有关联。是年，制科入等，授盩厔尉，次年为翰林学士。元和五年(810)，白居易改官京兆府户曹参军，仍充翰林学士。元和十年(815)，宰相武元衡被平卢节度使李师道派人刺死，当时身为太子左赞善大夫的白居易愤激上书，“急请捕贼，以雪国耻”，却被当朝权贵诬为“越职言事”，并横加其他罪名，将他贬为江州司马。这是白居易遭受的最大的政治打击。元和十三年(818)底，白居易迁忠州刺史，元和十五年(820)穆宗继位后，白居易被召回朝廷，先后任主客郎中、知制诰、中书舍人。长庆二年(822)，白居易出任杭州刺史，此后又历任苏州刺史、秘书监、刑部侍郎、河南尹、太子少傅等职。武宗会昌二年(842)，以刑部尚书致仕，闲居洛阳履道里，自号“醉吟先生”“香山居士”。会昌六年(846)卒。

白居易创作的诗歌是相当多的，有2000多首，大致可以分为讽喻诗、感伤诗、闲适诗和杂律诗四类。

白居易诗歌中最富有社会意义的诗歌就是以《新乐府》50首、《秦中吟》10首为代表的讽喻诗。他的讽喻诗多为揭露和抨击黑暗现实、反映民生疾苦、同情劳动人民。例如，《观刈麦》：

田家少闲月，五月人倍忙。
夜来南风起，小麦覆陇黄。
妇姑荷箪食，童稚携壶浆，
相随饷田去，丁壮在南冈。
足蒸暑土气，背灼炎天光，
力尽不知热，但惜夏日长。
复有贫妇人，抱子在其旁，
右手秉遗穗，左臂悬敝筐。
听其相顾言，闻者为悲伤。
家田输税尽，拾此充饥肠。
今我何功德，曾不事农桑。

吏禄三百石，岁晏有余粮。

念此私自愧，尽日不能忘。

这首诗结构清晰，层次清楚，顺理成章，通过描写收麦者辛苦劳累仍然不能温饱的悲惨遭遇，揭露了当时唐朝赋税的繁重。诗人将收麦者和拾麦者的那种辛苦劳碌又痛苦万分的生活场景描写得生动真实、历历在目。诗人不仅描述了百姓的疾苦，他还运用了对比手法。诗人在描写了农民在酷热的夏天的劳碌与痛苦之后，也联想到自己，“今我何功德，曾不事农桑。吏禄三百石，岁晏有余粮”，因而“念此私自愧，尽日不能忘”。这种对比，是诗人触景生情的产物，发人深省，表现了诗人对劳动人民的深切同情，显示出这首诗的思想高度。

白居易的感伤诗以《长恨歌》和《琵琶行》为代表。《长恨歌》是一首抒情成分很浓的叙事诗。这首诗具有双重主题，一是讽刺唐明皇重色误国，前一部分批评了李隆基沉溺于与杨贵妃的爱情享乐，导致“渔阳鼙鼓动地来”的后果；二是歌颂他们之间真挚感人的爱情，全诗以三分之二以上的篇幅想象和渲染马嵬之变后两人“天上人间”的刻骨思念，对爱情悲剧主人公的“长恨”寄予极大同情。诗歌在艺术上语言清丽晓畅，叙事层次清楚，情感细腻真挚，兼取材于重大的历史事件，将历史巨变与个人爱情结合起来，所以取得了很大的成功。《琵琶行》具有极高的艺术价值，历来为人称道。首先，诗人将琵琶女的遭遇与自己的人生遭遇融为一体，两人命运相同、息息相关。琵琶女叙述身世后，诗人道他们“同是天涯沦落人”；诗人叙述身世后，琵琶女则“感我此言良久立”，琵琶女再弹一曲后，诗人则更是“江州司马青衫湿”。其次，诗中的音乐描写自然生动，惟妙惟肖，使诗歌弥漫着一种悲凉哀怨的氛围。最后，诗歌的语言极富特色，生动形象，具有很强的概括力，而且转关跳跃，简洁灵活，如“千呼万唤始出来，犹抱琵琶半遮面”“别有幽情暗恨生，此时无声胜有声”“同是天涯沦落人，相逢何必曾相识”等，都是千古流传的名句。

白居易的闲适诗大多语言朴素自然，如《赋得古原草送别》：

离离原上草，一岁一枯荣。
野火烧不尽，春风吹又生。
远芳侵古道，晴翠接荒城。
又送王孙去，萋萋满别情。

诗人通过描绘生生不息的野草，抒发了自己对友人依依不舍的感情。其中的“野火烧不尽，春风吹又生”一句生动地展现了草的蓬勃向上的生命力，历来为人称道。整首诗工整流畅，字字含情，清新而廓大，别具一格。

白居易的杂律诗中多写景抒情，或寄托山水，或传达思理，如《暮江吟》：

一道残阳铺水中，半江瑟瑟半江红。
可怜九月初三夜，露似真珠月似弓。

这首诗一、二句写的是夕阳西下，晚霞倒映在江面的绚丽景象；三、四句则展现了弯月初升，夜色朦胧似珍珠的美景。整首诗构思精妙，结合了大自然中的两幅幽美的画面。诗人将这两幅美景结合起来，意境高远，再加上新颖巧妙的比喻，景色更显生动，也表达了诗人对大自然的热爱。

二、杜牧的诗歌创作

杜牧（803—852），字牧之，京兆万年（今陕西西安）人，西晋名将杜预之后。祖父杜佑历任德宗、顺宗、宪宗三朝宰相，著有《通典》。童年的杜牧家境优越，但在十岁那年，其祖父杜佑死，不久他父亲杜从郁也死了，从此家道中落，他开始过着比较清贫的生活。大和二年（828）二月，杜牧登进士第；三月，又举贤良方正能直言极谏科，以第四等及第，授弘文馆校书郎、试左武卫兵曹参军。后来，又先后入江西观察使沈传师和淮南节度使牛僧孺幕。大和九年（835）任监察御史，分司东都。开成二年（837）曾为护理弟弟杜彭的眼病赴扬州，旋应宣歙观察使崔郸辟，为宣州团练判官。开成三年(838)冬起，迁左补阙、史馆修撰，膳部、比部员外郎。会昌二年(842)出为黄州刺史，以后又为池、睦二州刺史。大中二年(848)秋内迁司勋员外郎、史馆修撰，以后又历任吏部员外郎，考功郎中；大中六年(852)迁中书舍人，翌年春，卒于中书舍人任上。因杜牧晚年居长安南樊川别墅，故后世也称其为“杜樊川”，有《樊川文集》20卷传世，为其外甥裴延翰所编，其中诗四卷。又有宋人补编的《樊川外集》和《樊川别集》各一卷。《全唐诗》收杜牧诗八卷。

杜牧有揭示社会矛盾的政治诗，有紧密结合现实的咏史诗，有歌颂祖国壮美山河的写景抒情诗，有抒发情志的咏怀、酬送寄赠诗等。这些诗不仅艺术上别具一格，而且思想内容丰富，情调积极健康，不仅具有一定的认识意义，而且具有较高的美学价值。

杜牧的政治诗“豪纵”“雄姿英发”，兼具深情、纤细、清丽、明朗等特点，他的诗歌通常通过意象的精心选取来表达内心的感情，如《早雁》：

金河秋半虏弦开，云外惊飞四散哀。
仙掌月明孤影过，长门灯暗数声来。
须知胡骑纷纷在，岂逐春风一一回？
莫厌潇湘少人处，水多菰米岸莓苔。

在这首诗中，诗人借汉言唐，对当权统治者昏庸腐败、无能守边安民进行讽刺。整首诗采用比兴象征手法，表面上是在写大雁，实际上是在写人。诗人通过大雁，将自己的心情、社会的时事联系在一起，从而使“雁”这个意象有了新的内涵。在诗中，杜牧用惊飞四散的鸿雁这个意象来比喻流离失所的人民，对他们有家而不能归的悲惨处境寄予深切的同情。诗歌最后指出大雁的归宿：请莫嫌弃潇湘一带人烟稀少，水边的菰米绿苔可免受饥寒。菰米是一种生长在浅水中的多年生草本植物的果实(嫩茎叫茭白)。莓苔是一种蔷薇科植物，子红色。这两种东西都是雁的食物。诗人表面上是对大雁说在潇湘处的水中泽畔长满了菰米莓苔，可当食料，不妨暂时安居下来，实际上则是在无可奈何中发出的劝慰与嘱咐,更深一层地表现了对流亡者的深情体贴。

杜牧创作了大量咏史诗,或观古知今,或借古论今,或托古论今,紧密结合现实。杜牧因"雄姿英发",所以不拘历史陈见,有些咏史诗往往翻历史旧案,令人有振聋发聩之感。例如,《赤壁》:

折戟沉沙铁未销,自将磨洗认前朝。
东风不与周郎便,铜雀春深锁二乔。

这首诗是诗人经过赤壁这个著名的古战场,有感于三国时代的英雄成败而写下的。诗人对古战场的遗物进行观赏之后,对赤壁之战发表了独特的看法,认为周瑜胜利于侥幸,也抒发了诗人对国家兴亡的慨叹。前人对周瑜在赤壁之战中以少胜多、以弱胜强给予极高评价,认为由此而奠定了三国鼎立的局面。而杜牧认为,如果不是东风之力,东吴必将亡国。这里既含有他异于史家的评价,也曲折地反映了他的抑郁不平。他有政治军事才能,抱负极高而生不逢时,不能一展雄才,只能慨叹历史上英雄成名的机遇。前两句记叙写得平平淡淡,毫无新奇之处,而后两句"东风不与周郎便,铜雀春深锁二乔"令人耳目一新。铜雀台乃曹操骄奢淫乐之所,蓄姬妾歌姬其中。作者通过大小乔这两个具有特殊身份的女子命运来表达设想中东吴败亡的结局,把硝烟弥漫的战争胜负写得如此蕴藉,真可谓以小见大、别出心裁。

杜牧的写景抒情诗,情韵俱佳。他既善于用凝练的语言勾勒鲜明的景物意象,又善于把悠远的情思寄托在具体画面之中,体现出清丽明朗、深情细腻甚至多愁善感的艺术风貌,如《泊秦淮》。杜牧还写了一些非常出色的送别、酬答诗,如《清明》,这些诗又反映出杜牧的另一种心境。

三、李商隐的诗歌创作

李商隐(813—858),字义山,号玉溪生、樊南生(樊南子),怀州河内(今河南省沁阳市)人。李商隐以古文知名,16 岁时就写了《才论》《圣论》等。19 岁,李商隐受牛党天平军节度使令狐楚赏识，聘入幕府。令狐楚是当时的骈文名家，亲自为李商隐指点文章，因此他25岁时就中了进士。令狐楚病逝后，李商隐入泾源，26岁时，他受聘于泾源节度使王茂元幕，辟为书记。王茂元因爱其才便招他为女婿。当时牛李党争激烈，李商隐便生活在牛李两党争斗的夹缝中，这也影响到他的仕途发展。李商隐辗转幕府，潦倒终身，其在朝廷仅任九品的秘书省校书郎、正字和太学博士，为时均很短。大中十二年(858)前后罢职回郑州闲居，不久病卒。李商隐是晚唐最出色的诗人之一，和杜牧合称"小李杜"，与温庭筠合称为"温李"。

李商隐的诗歌题材也是十分丰富的，有政治时事诗、咏史诗、爱情诗、无题诗和抒情诗等。

李商隐比较著名的政治时事诗是《行次西郊作一百韵》，这是一首被认为具有"诗史"性质的长篇诗。在这首诗中，李商隐不但真实描写了"依依过村落，十室无一存"的社会经济破败景象，而且对唐王朝从贞观之治到甘露之变的历史进行了高度的概括，并依据治乱"系人不系天"的观点对当时存在的严重社会危机予以广泛揭露。

李商隐的咏史诗通常选取历史上一些因贪奢荒淫而亡国祸身的帝王作为讽刺对象，向当代的最高统治者提供鉴戒，如《隋宫》：

紫泉宫殿锁烟霞，欲取芜城作帝家。
玉玺不缘归日角，锦帆应是到天涯。
于今腐草无萤火，终古垂杨有暮鸦。
地下若逢陈后主，岂宜重问后庭花。

这首诗表面上看是在歌咏隋宫，实际上则是讽刺了隋炀帝的荒淫亡国。首联点题，写长安宫殿空锁烟霞之中，隋炀帝却一味贪图享受，欲取江都作为帝家。颔联荡开一笔，提出了一个假设，如果不是因为皇帝玉玺落到了李渊的手中，隋炀帝是不会以游江都为满足，他的龙舟可能会游遍天下。颈联写了隋炀帝的两个逸游的事实，一是他曾在江都放萤取乐；二是开运河，诏民献柳一株，赏绢一匹，让运河堤岸遍布杨柳，而今人看不到萤火虫，却看到了暮鸦，渲染了亡国后凄凉景象。尾联活用了杨广与陈叔宝梦中相遇的典故，以假设反诘的语气揭示了荒淫亡国的主题。整首诗采用比兴手法，写得灵活含蓄，色彩鲜明，音节铿锵。

李商隐的爱情诗、无题诗和抒情诗更多的是表现为反复的思索，情思的层次曲折丛深，晦涩难懂，以至于三者之间难解难分。他往往想得很深、很多，有时甚至是百感交集，但又吝于表露。他所表现出来的只是他的曲折情思的若干环节，或者说若干个点，情思的整体则若隐若现，难以猜度。这样的诗常常引起读者的猜测，并做出各种各样极为不同的解释，如《锦瑟》：

> 锦瑟无端五十弦，一弦一柱思华年。
> 庄生晓梦迷蝴蝶，望帝春心托杜鹃。
> 沧海月明珠有泪，蓝田日暖玉生烟。
> 此情可待成追忆，只是当时已惘然。

这首诗是李商隐极负盛名的一首诗，也是其最难索解的一首诗。有人认为这是写给令狐楚家一个叫“锦瑟”的侍女的爱情诗。有人认为诗人睹物思人，是写给故去的妻子王氏的悼亡诗。还有人认为这首诗中间的四句可与瑟的适、怨、清、和四种声情相合，因此是描写音乐的咏物诗等。不管从哪个角度进行解读，这首诗都是诗人一种感伤情绪的表达。诗中借用庄生梦蝶、杜鹃啼血、沧海珠泪、良田生烟等典故，运用联想与想象，采用比兴的手法，创造出朦胧的境界，传达了诗人自己真挚浓烈而又幽约深曲的深思。

第五节 “古文运动”与唐代散文

中唐时期，文学界掀起了一场声势浩大、影响深远的古代散文文体和文风的改革运动。运动的主要目的是反对六朝以来的骈俪文风，提倡古文。由于这场运动比较符合当时的文学发展潮流，一时之间，很多文人加入其中。参加者有大致相同的文学主张，在交流中建立了很好的师友关系。韩愈和柳宗元就是此次古文运动的主要倡导者。他们在理论宣传和创作实践上十分自觉，取得了很大的实绩，结束了魏晋以来骈体统治文坛的局面，促进了散文的蓬勃发展。

韩愈和柳宗元从当时政治和思想斗争的需要出发，提出了“文以明道”的原则，以此作为古文运动的思想纲领。韩愈反复强调“古文”与“古道”的一致性：“修其辞以明其道。”(《争臣论》)“愈之所志于古者，不惟其辞之好，好其道焉尔。”(《答李秀才书》)“愈之为古文，岂独取其句读不类于今者耶？……通其辞者，本志乎古道者也。”(《题欧阳生哀辞后》)并且阐明他的“道”就是以“仁义”为核心内容的儒家道统。韩愈倡导古文的复兴就是要恢复和确立儒家在思想领域中的统治地位。韩愈倡导的儒学复兴，主要有两个方面的内容：一是正君臣之名分，加强中央集权，特别是反对“臣不行君之令而致之民”的藩镇割据；二是反佛老，特别是佛教迷信对社会政治经济的危害，他主张“人其人，火其书，庐其居，明先王之道以道之”(《原道》)。这两个方面在当时都有其积极意义。柳宗元也强调“文者以明道”(《答韦中立论师道书》)，他提出“以辅时及物为道”(《答吴武陵论非国语书》)。这种“道”的目的在于“利于人，备于事”，切合现实需要。“文之用，辞令褒贬，导扬讽喻而已”(《杨评事文集后序》)。韩柳的“明道”主张，虽然内涵并不完全相同，但都是从内容对形式的决定作用出发提倡古文，反对骈文。

韩愈、柳宗元的古文理论还具体阐述了学习古文的途径、方法和古文写作的要求。他们都强调作者的道德修养是作文的根本。他们都强调向先秦两汉诸家广泛学习，博采众长。韩愈在《进学解》中列举了“五经”、庄子、《左传》、屈原、司马迁、扬雄等作家的作品，表明正是这些作品使他终于达到“闳其中而肆其外”的境地；柳宗元在《答韦中立论师道书》等文章中，也介绍了自己取原经书并向《左传》《国语》《离骚》《史记》等“旁推交通”而进行散文创作的经验。

关于古文写作的语言要求，韩愈提出了“文从字顺”和“词必己出”两个方面的要求，他特别重视后者：“惟古于词必已出，降而不能乃剽贼”“不蹈袭前人一言一句”（《樊绍述墓志铭》），“惟陈言之务去”（《答李翊书》）等。这与他在诗歌创作中以怪奇为美的创新探索在精神实质上是相通的。柳宗元也主张“引笔行墨，快意累累，意尽便止”（《复杜温夫书》）。这些包含着他们创作实践的宝贵经验的论述，对古文运动的开展起到了实际的指导作用。

需要特别注意的是，韩柳倡导古文，但并没有全盘否定骈文。韩愈的古文以散驭骈或散骈兼行到处可见，柳宗元不仅是古文大家，而且是骈文高手。他们在批判形式主义文风的基础上，全面继承了前人优秀的遗产，以复古为革新，创造出一种适应时代和文学发展要求的新型散文。

以下主要对韩愈和柳宗元的散文创作进行简要的阐述。

一、韩愈的散文创作

韩愈（768—824），字退之，河阳（今河南孟州）人，世称韩昌黎，唐代古文运动的倡导者，宋代苏轼称他“文起八代之衰”，明人推他为唐宋八大家之首，与柳宗元并称“韩柳”，有“文章巨公”和“百代文宗”之名。韩愈三岁丧父，由兄嫂抚养。他的哥哥韩会也颇有才华，但年轻时就被贬谪，死于岭南。贞元二年（786），韩愈到洛阳、长安应试求官。他虽于贞元八年（792）考取了进士，但多次未能通过吏部复试，一度仕途困顿。他曾多次托人求官，但直到29岁时受到董晋推荐才开始踏入仕途。此后，韩愈先后为节度使推官、监察御史，贞元十九年（803）因上书时政之弊而被贬为连州阳山令。唐宪宗时曾任国子博士、史馆修撰、中书舍人等职。元和十四年（819）因谏阻宪宗奉迎佛骨被贬为潮州刺史。穆宗时历任国子祭酒、兵部侍郎、吏部侍郎、京兆尹兼御史大夫。长庆四年（824），韩愈因病卒于长安，死谥“文”。

韩愈的著作都收在《昌黎先生集》里，其中散文有300多篇，内容丰富复杂。韩愈不但恢复了先秦两汉的古文传统和历史地位，而且扩大了散文的应用范围，使这种原本主要用于著述的文体真正成为自由交流思想、描述事物、表达情感的具有多样化社会功能的文体工具，开辟了散文的广阔天地。

韩愈的大部分散文本着辨析圣人之道、求其大义的精神，反复宣传行道于世、以文传道的重要意义，并以挽救古道为使命，如《原道》确立了尧舜文武周公孔孟的道统，还要求恢复周汉时以智役愚的社会等级，把修身正心当作治国平天下的根本；《原性》从探讨人性的角度说明性分三品的标准是仁义礼智信，人的区别在于本性的贤愚善恶，而不是地位的贵贱高低；《原毁》指出士大夫间忌妒毁谤的陋俗恶习是推行古道的主要障碍；《原人》认为圣人之道主张对人不分远近、一视同仁等。这一思想成为韩愈儒道的核心内容，几乎贯穿了韩愈所有的文章。

韩愈自身的仕途之路比较坎坷，因而特别同情那些才华出众而连年科场失意的下层文人。因此，他写了大量散文为这些士人大鸣不平，抨击朝廷和执政者不识人才、不能任贤，揭露官场中的丑恶和官僚制度的腐朽。例如，《师说》开篇便提出"古之学者必有师"的中心论点，接着层层深入，从正反两个方面申说"必有师"的道理，提出了崭新的师道思想：

> 是故无贵无贱，无长无少，道之所存，师之所存也。
>
> 是故弟子不必不如师，师不必贤于弟子，闻道有先后，术业有专攻，如是而已。

这一观点，强调能者为师，既赋予"师"以"传道、授业、解惑"的具体职责，又打破了传统师法森严的壁垒，把老师与弟子的关系社会化了。柳宗元读此文后说韩愈"抗颜为师"，以致被世俗目为"狂人"，可见此文所蕴含的胆魄及其对流俗的冲击力量。

韩愈的议论文极尽善辩之能事，使得他的散文惊世骇俗，极具震慑人的气势，如《讳辩》。针对当时社会舆论认为李贺必须避父名之讳、不得参加进士考试一事，韩愈以极大的义愤尖锐指出：

父名晋肃，子不得举进士；若父名仁，子不得为人乎？

这段文字气势凌厉斩截，文章援引古事，证以今典，追源溯流，横出锐入，步步进逼，抨击了“避讳”的不合情理和提倡“避讳”者的可笑、可怜、可恶。

韩愈论说文的一大特点就是有为而发，不平则鸣，这就使得他的散文从应用性转向文学性。例如，《送穷文》采用问答对话体，将叙事、议论、抒情熔于一炉，嬉笑怒骂，怪怪奇奇，而赋的铺排和骈偶的杂用，也给文章增添了浓郁的文采。《送穷文》采用的是拟人的手法，借用祭鬼祝告的形式，写主人公打算把穷鬼送走。文中指责穷鬼的五个朋友——“智穷、学穷、文穷、命穷、交穷”，实际上是作者对自己有才无命的自赞自怜，而穷鬼委屈地诉说自己40年来追随主人的忠心，其实是历数作者半生困顿的遭际。最后，主人公不但没把穷鬼送走，反而请它坐了上座，又戏谑地道出作者力图摆脱穷困而又无计可施的境遇。全文都是用反话来表达作者真实的意图，而作者明道守志的傲骨也正可在这荒诞不经的自我嘲弄中见出。

韩愈的传记文注重从先秦诸子、史传文学，甚至小说中吸取创作经验和表现艺术，用传奇的笔法从人物事迹中提炼具有典型意义的细节，传神地刻画出人物的性格，如《毛颖传》。作者用传记体为毛笔立传，以戏谑滑稽的形式来讽刺现实。通篇煞有介事地历述毛笔的祖先世系和才能性格，既将它写成一个世故的老官僚，又无处不合毛笔的特点。

韩愈的墓志铭也常写得巧妙、传奇。例如，《试大理评事王君墓志铭》讲述了王适一生因门第不高而到处碰壁的遭遇。前半篇只写他求仕不及的三次经历，最后只得归隐。王适的形象不仅集中反映了韩愈积极进取而又有所不为的理想，还寄寓了他对权贵和朝廷不识人才的满腔愤慨。后半篇横生一笔，追记当初王适制造假文书冒充进士向侯氏求婚的趣事，叙写骗婚经过极形象生动，充满戏剧色彩。韩愈的墓志铭不单是叙述墓主的事迹，还常发表议论，表现强烈的爱憎之情。

韩愈的杂文（《杂说》《伯夷颂》）、序文（《送李愿归盘谷序》《送石处士序》《送董邵南序》）、祭文（《祭十二郎文》），以及一些论述时事的表奏、疏议都非常有名，这里不一一论述。

二、柳宗元的散文创作

柳宗元（773—819），字子厚，祖籍河东（今山西永济），所以人称柳河东。21 岁中进士，26 岁中博学宏词科。历任集贤殿书院正字、监察御史里行等职，与官场上层人物交游更广泛，对政治的黑暗腐败有了更深入的了解，逐渐萌发了要求改革的愿望，成为王叔文革新派的重要人物。德宗贞元十九年（803），柳宗元与刘禹锡等人一起参加主张政治革新的王叔文、王伾集团，后升礼部员外郎。不久，革新因遭到宦官和朝廷保守势力的联合打击而失败，王叔文被赐死，王伾死于贬所。柳宗元、刘禹锡等八人被贬到边远州郡当司马。这就是历史上有名的“二王八司马事件”。柳宗元在永州司马任上十年，后又改为柳州刺史，四年后在柳州病逝，终年 47 岁，有《柳河东集》传世。

柳宗元明确表达了反对形式主义文风的思想。在《答韦中立论师道书》中，柳宗元不仅旗帜鲜明地亮出为文的目的在于“明道”，而且对“明道”的内涵做出了明确的界定，即“宗经”。但是，他强调“宗经”并非笼统地全盘接受“五经”之意，而是特别指出“五经”各有所长，所以“宗经”的原则在于，各取所长，融会贯通。显然，柳宗元所言“明道”与韩愈强调儒家之道不同。他要“明”的“道”，是辅时及物之道，最根本之点，就是有益于时政，有益于生民，重人不重天，重视现实内容与内容自身的事理，反对“不顾事实”的虚言妄语。柳宗元文以明道说的思想基础比韩愈的思想基础要积极得多。他所要明的辅时及物之道，不仅在当时具有进步意义，而且为此后的散文创作开拓了更为广阔的天地。对于文质关系，柳宗元首先强调内容是文章之根本，认为做文章以德行为根本，重在“先诚其中”。其次，还要从各类经典著作中汲取养分，博采众长，而根本是“不出孔子”，即不背离孔子的思想。柳宗元还主张“有乎内而饰乎外”，认为要明道必须重文，文质统一。而在审美趋向上他也是博取诸家之所长，汲取各家精华，将多种风格融会贯通，做到“旁推交通”。总之，柳宗元明确主张“文以明道”，对“文”的价值和地位充分肯定。重视文采，但极力反对形式主义文风；在文质关系上主张文质并重、文质统一。柳宗元的文质思想是对韩愈文质论的补充和完善，二者相互补充，代表了古文家文质论的最高成就。

柳宗元的政治、哲学论文着重从典章制度、时令刑政、天人关系等方面系统地阐述了他对“圣人之道”的理解，以唯物主义思想和无神论批判和辨析先秦以来各家政治学说，总结了国家兴亡理乱的教训。例如，《封建论》通过分析周、秦、汉几代王朝的灭亡，对郡县制和分封制进行比较，指出分封“继世而理”的世袭性质，决定了在用人方面不可能保证“使贤者居上，不肖者居下”，同时提出了将藩镇的兵权和郡县官吏的任免权集中到中央王朝的主张。

柳宗元的论说文逻辑严密，往往直接从要害处入手，就正反两面提出质疑，结论也就水到渠成。例如，《桐叶封弟辨》对周成王戏以桐叶封弟、周公入贺一事提出辩驳。周公认为“天子不可戏”，促使成王兑现戏言，封小弟于唐，历来都传为美谈。柳宗元却从王弟当封不当封这一关键着眼，指出如果当封，周公就应不待成王戏言便促成此事；如果不当封，就不应当入贺促成此事。由此对“天子不可戏”这一成规大胆提出否定，认为天子之言并非出口就是不可更改的法律。全文连设几层反驳，逐层引出论断，简明扼要地驳倒了一个传统观念。

柳宗元还写下了许多文学性散文。这些有两个比较突出的特点：一是巧借形似之物，抨击政敌和现实，如《骂尸虫文》《宥蝮蛇文》《憎王孙文》等。这些作品用比兴讽喻手法，将恶禽臭物比作谗佞，用尸虫、猴、蝮蛇等恶物比喻谗人、小人、奸邪，语言辛辣，笔无藏锋，嬉笑怒骂，痛快淋漓。二是正话反说，借问答体抒发自己被贬被弃的一怀幽愤，如《起废答》《愚溪对》。这些作品仿效先秦诸子的对话体，悲悯自己不知明哲保身，以致触罪被黜、一废不起的命运，或反话正说以寄托牢骚，或直道本心以抒写悲愤，呜咽悲怆。

除了以上文体形式外，柳宗元还在寓言、抒情文、传记和山水游记这四类散文中有突出成就。他的山水游记主要写于被贬永州时期，是作者悲剧人生和审美情趣的结晶。柳宗元的游记有的以写景牢笼百态取胜，如《永州崔中丞万石亭记》中描写怪石一段：

> 绵谷跨溪，皆大石林立，涣若奔云，错若置棋。怒者虎斗，企者鸟厉。抉其穴则鼻口相呀，搜其根则蹄股交峙。环行卒愕，疑其搏噬。

这段文字用明喻、暗喻和错觉综合描写怪石的千姿百态。群石整散错落、耸立飞动的形状活灵活现，读起来就像自己置身于一群正在相互搏噬的飞禽走兽之中。

“永州八记”是柳宗元山水游记中最著名的代表作。它们主要包括《始得西山宴游记》《钴鉧潭西小丘记》《小石城山记》《钴鉧潭记》《至小丘西小石潭记》《石渠记》《石涧记》《袁家渴记》。这八篇小记以作者搜奇选胜的游踪为线索，按西南走向的次第，描写西山及其附近的八处胜景，表现了永州山水苍劲秀削的风貌，又隐含着迁客逐臣的满腔幽愤。各篇写法随景而异，其中，《始得西山宴游记》集中笔墨描写了在西山顶上宴游的心旷神怡之感。《钴鉧潭西小丘记》则是由小丘处于幽荒、无人赏爱的遭遇兴起慨叹，暗寓作者怀才见弃、沦落天涯的伤感。文章始终把小丘当作有人情有生命的对象来写：

> 其石之突怒偃蹇，负土而出，争为奇状者，殆不可数：其嵚然相累而下者，若牛马之饮于溪；其冲然角列而上者，若熊罴之登于山。

这些怪石仿佛具有了人的生命活力，而当作者将小丘整治一新后，云山溪流鸟兽又都“熙熙然回巧献技，以效兹丘之下”。文中虽然没有明确地以自己的不遇和小丘的遭际相类比，但作者的自伤自悼包含在与小丘相得相乐的情趣中了。

总的来看，柳宗元散文的基本特色是风格高古峭拔，立意新奇深刻，文字精致简洁，对后世散文的发展有突出贡献。

第六节　唐传奇的崛起

唐传奇源于汉魏六朝志怪小说，但唐代小说家摆脱了史家的“实录”传统，进行艺术构思，使具有成熟形态的文言短篇小说崛起了。它的崛起标志着我国古代小说作为一种文学体裁已经真正成熟。

一、唐传奇的发展历程

初、盛唐是唐传奇的形成期，这一时期现存的主要作品有王度的《古镜记》、无名氏的《补江总白猿传》和张鷟的《游仙窟》等。这三篇的作者都没有详细的生平。

《古镜记》主要讲述了王度和其弟王绩所携的一面古镜的奇异经历，其中贯穿了大小十几个故事，有的描写相当细致动人，但仍带有较浓厚的志怪色彩，表现出转变时期的特点，是唐传奇的开山之作。它带有六朝志怪的余风，但作者匠心独运，以古镜为描写对象，又始终贯穿着王度的活动，写物而又写人，显然可以看出作者有意在写文章。王度既是历史人物，又是小说人物，这种传记性的小说，正是中国古代小说的一大流派。而在真人假事或者在真人真事的基础上加以适当的虚构，正是中国古代小说常用的一种写作方法。

《补江总白猿传》写梁将欧阳纥之妻被白猿掠去，欧阳纥入山历险，杀死白猿，救回妻子，后来妻子所生的儿子长得像猿，但长大后“文学善书，知名于时”。这篇传奇是在志怪小说原型基础上创作的，但叙述委曲，情节集中，“有意为小说”的特点突出。

《游仙窟》以第一人称写成，讲述了自己奉命出使河源，在途中投宿神仙窟，与女主人十娘、五嫂宴饮欢乐的情事。这篇作品虽用骈文写作，但洋洋万余言，诗文交错，韵散相间，铺张绮靡，规模为唐传奇之冠；对话中有较多的口语、俗语，反映了作者对民间文学的吸收，具有后来兴盛期传奇作品的体貌。

从总体上来看，唐初的传奇小说还留有魏晋南北朝时期志怪小说的影子，在题材与内容上偏向于搜集奇怪之事，但在人物刻画和情节安排上已经有了显著的提高，描写也更为生动，为唐传奇后来的发展打下了基础。

中唐是唐传奇的成熟期，这一时期由于摆脱了六朝志怪题材和写法的束缚，主要进行面向现实的创作，涌现了一大批著名作家作品，如沈既济的《任氏传》和《枕中记》，白行简的《李娃传》《三梦记》，元稹的《莺莺传》，陈鸿的《长恨歌传》《东城老父传》，蒋防的《霍小玉传》，李公佐的《南柯太守传》《谢小娥传》《庐江冯媪传》《古岳渎经》，陈玄祐的《离魂记》，李朝威的《柳毅传》等。除单篇作品外，这一时期还出现了传奇小说集，如牛僧孺的《玄怪录》、李复言的《续玄怪录》等。

元稹的《莺莺传》和李朝威的《柳毅传》是这一时期影响力最大的传奇小说作品。

《莺莺传》叙述了张生与崔莺莺的相见、相悦、相欢的全过程，但以张生的“始乱终弃”作为结局，使得整个故事由喜到悲，也使得人物性格得到了较为突出的体现。小说成功地塑造了崔莺莺这个典型的女性形象。她知书达礼，又富于文才，然而爱情战胜了理智，因而造成了悲剧。张生则是被元稹美化了的男性形象。文中始终没有对他进行批判，甚至还称其为“善补过者”。这部传奇的表现方法基本上是现实主义的。关于张生与崔莺莺的故事，也被后人改成了诸多的艺术形式。最为有名的是元人王实甫所作的《西厢记》，在这部作品中，人物的性格得到了更为丰满的刻画，特别是其中的红娘形象，更是为人所称道。

《柳毅传》写的是人和龙女相恋的故事。主人公柳毅是一个具有豪义性格的落第书生，他在回乡的途中邂逅了远嫁异地、被丈夫和公婆虐待的洞庭龙女，得知她的悲惨遭遇后，柳毅决定为她带信给她的父亲洞庭君。洞庭君之弟钱塘君闻知此事，勃然大怒，飞至泾阳，把侄婿杀掉并吞下，救回了龙女。之后，钱塘君威令柳毅娶龙女，但遭到了柳毅的严词拒绝。后来，柳毅娶了范阳卢氏，实际上是龙女的化身，最终，二人过上了幸福的生活。这部传奇着重表现了柳毅的性格。他虽然是一个落第书生，但个性很刚强豪爽，这在之前的唐传奇中是很少见的。他路见不平，仗义相助，但毫无私心，当钱塘君威逼他娶龙女时，他表现出不为强暴所屈的品质。而当二人终成眷属后，他又对龙女作出了深情的表白，表现出他性格中感情丰富的一面。除了柳毅之外，小说中还塑造了勇猛暴烈、知错即改的钱塘君，文中把钱塘君的勇猛强悍也描写得非常突出。他虽粗暴而不蛮横，所以能够接受柳毅的责难而改变自己的态度，还和柳毅结为知心朋友。在这篇小说中，灵怪、侠义、爱情三者得到了有机的结合，展现出奇异浪漫的色彩，是唐传奇中不可多得的佳作。

从整体上看，中唐时期的传奇作品既提高了传奇的地位，也扩大了唐传奇的影响。

晚唐是唐传奇的演变时期。这一时期的传奇作品数量更甚中唐，但在题材方面，很多传奇小说远离现实，剑侠、鬼神、灵异故事较多，呈现志怪色彩。所以，晚唐传奇的演变从总体上说，并不是新的发展，而是在一定程度上向六朝志怪为代表的古小说的回归。它反映了晚唐文学创造精神的衰落和小说发展的曲折。这一时期的代表作品有房千里的《杨娼传》、薛调的《无双传》、无名氏的《郑德磷传》及传为杜光庭作的《虬髯客传》等。

《无双传》是唐代后期单篇传奇中的佳作，写王仙客与他舅舅刘震的女儿无双的爱情故事。王仙客和无双青梅竹马，王仙客母病危托孤，与无双的父亲刘震约定二人婚姻。但当仙客服丧期满，回到京师之后，刘震否认曾经许婚。这时，节度使李希烈、姚令言反叛，皇室及百官奔逃。危急中，刘震急召仙客称：“与我勾当家事，我嫁与尔无双。”而等仙客先押送财物逃出城外，刘震全家却被关在城里。三年后，叛乱平定，仙客回到京城，遇见刘家老仆塞鸿，才知道舅父因任朱泚的伪官已被处极刑，无双被没入后宫。但王仙客并没有死心，因金吾将军王遂中推荐，做了富平县尹，知长乐驿，继续探听无双的下落。功夫不负有心人，有一次宫中派三十名宫女到园陵去，途经长乐驿，王仙客终于探听到无双的下落。而仙客则假作理桥官，与无双相会。无双在床褥下留书给仙客，告诉他富平县的古押衙是人间有心人，可去求他设法。王仙客果然去求了古押衙。古押衙老谋深算，耐心等待时机，先从茅山道士那里弄来了麻醉药，再让无双的婢女采苹假作中使，说无双是逆党，赐药令她自尽。当时死去，再把尸体赎出来，让她复生。古押衙把所有参与这个行动的人，包括塞鸿都杀死灭口，最后自杀，一共死了十多人。仙客不知其术，初以为无双已死。直到最后王仙客与刘无双团聚才知始末，逃回故乡，终为夫妇五十年。小说富于神奇色彩，它的神奇在于古押衙救出刘无双的秘谋险举，并不是用奇袭强夺，而是采用假死的手法，把爱情和豪侠的题材结合在一起，构成了曲折离奇的情节，有强烈的传奇性，这正是唐代传奇的特征之一。

《虬髯客传》以杨素宠妓红拂与李靖私奔的爱情故事为线索，结合了豪侠、爱情、历史、志怪方面的题材，写成的一篇绚丽多彩的传奇，充分体现了一个“奇”字。红拂和李靖在赴太原途中与隋末豪侠虬髯客相逢，结为至交。虬髯客志向甚大，欲谋帝位，但见到李世民后，为其英气所折服，遂与李靖、红拂慨然辞别，退避海上，另谋出路。作者着力描写了主人公虬髯客的神异事迹，然而就人物形象而言，红拂的形象却更为突出。她赏识李靖，主动与之私奔，结为夫妇；又是她识别了虬髯客，结为兄妹，从而得到厚重的资助，又支持了李世民的事业。红拂的智慧，加上勇敢和热情，使她成为唐传奇中的一个奇特的女性形象。

作为一种成熟的小说形态，唐传奇无论在人物艺术、叙事艺术和语言艺术等方面都取得了很高的成就。唐传奇开辟了古代小说作为一种文学体裁独立发展的道路。

二、唐传奇的文体特征

唐传奇主要有以下文体特征。

(1)唐传奇具有独立的主题。在唐代之前的一些志人、志怪的小说中，往往以片段叙事为主，虽然也有一些具有完整的构思和主题，但是更多的是服务于小说集的整体主题思想，而不具有完全的独立性。到了唐传奇中，故事开始有了主题倾向，而且唐传奇在主题上常有寄寓，增加了主题的独立性。例如，《南柯太守传》侧重描写了人生的变化无常。淳于棼因槐安国国王赏识，被招为驸马，并荣任南柯郡太守。守郡二十载，甚有政绩，大受宠任，锦衣玉食，权势显赫，不可一世。后来檀萝国军队入侵，淳于棼带兵应战，兵败边关，获罪被贬。不久公主病故，淳于棼护丧回都。因广为交游，威福日盛，国王颇为疑忌，遂夺其侍卫，禁其交游。后又将其发落遣送“原籍”，于是淳于棼一灵复苏，方知是梦，因倍感蹊跷便去追索梦游之处，发现“槐安国”和“檀萝国”原来都是蚁穴，而“南柯郡”则是古槐上南向的树枝。由此感叹人生无常，世界虚幻，遂弃绝酒色，栖心佛门。作者以非现实的形象构成和具有讽刺意味的笔法，写出了士人沉迷于利禄的心态及官场的险恶，表现了中唐文人沮丧迷惘的心理和逃离现实的愿望。

(2)唐传奇多以人物形象为中心。在唐传奇中，很多传奇的篇名是以人物的名字来命名的，事件的叙述也是紧紧围绕题目中的人物来开展的，也非常关注人物的心理活动，如《柳毅传》《李娃传》《莺莺传》《霍小玉传》等。

(3)唐传奇文备众体。所谓文备众体，是指唐传奇具有其他文体的特点。在写作上，其借鉴了史传的写法，偏向于传记类，虽然传奇往往并不完整记述人物的一生，但也习惯在开篇交代人物的姓氏、里籍等，末尾落实人物的结局，且在具体笔法上，叙述简洁，具有史传的特点。在叙述过程中，唐传奇韵散结合，有时会用写诗的笔法来绘景状物、渲染气氛、调节节奏、暗示结局、评论点题等。

(4)唐传奇重视情节的曲折发展。唐传奇的篇幅一般不长，短的仅有几百字，因此唐传奇的作者大多追求在有限的文字中生出无限的波澜，用曲折委婉的情节引人入胜。

总之，与魏晋南北朝时期的小说相比，唐传奇具有更为独立的文体，标志着中国古代文言小说走向了成熟，为中国文学开辟了一个崭新的艺术天地。

第七节　燕乐的兴起与词的初创

词是一种与音乐结合很紧的文学体裁。与词所合之音乐，是隋唐以来兴起的雅郑不分、中外合流的新型的音乐——燕乐。正是燕乐直接导致了词体的产生。燕乐也称"嚥乐"或"宴乐"，是因经常在宴会上演奏而得名。燕乐的兴起可以追溯至北朝。由于少数民族入主中原，包括边地及境外音乐的胡乐通过进献、通婚、贸易、传播宗教及战争等方式陆续传入内地，如高丽、天竺、安国、康国、龟兹、疏勒、高昌七部皆可寻到域外的源头。胡乐以琵琶为主要伴奏乐器。琵琶有 28 调，音域宽广，音律富于变化，能够演奏繁复曲折的曲调，适应宫廷及民间的各种场合，具有鲜明的时代风格，所以为中原音乐广泛吸收。为了适应娱乐的需要，乐曲需要配以歌辞，由于形式过于规整的五、七言诗不易与之配合，所以更为自由的长短句就应运而生了。词本来是可以配乐演唱的，后来音乐消亡，词便成为脱离音乐而独立存在的新体裁了。

在初唐和盛唐时期，词就已经开始被一批文人创作，中唐时期，词体已基本确立，至晚唐，词得到了极大的发展。

词有许多调子，每调都有一个特定名称，称为词牌，如《菩萨蛮》《念奴娇》等。不同的词牌，其音乐哀乐不同，音色迥异。由于词乐已经失传，现在只能凭不同词牌的文字形式，诸如各调的句数、字数，以及用韵的位置、字声的平仄来作些判断。为了与音乐的反复吟唱相配合，词一般分为上下两阕，或称上片、下片。当然，这不是绝对的，也有一些不分阕的单调和多于两阕的三片、四片的长调，如《瑞龙吟》《莺啼序》等。

词最初本是以整齐的五、七言诗来配乐歌唱的，只是在具体歌唱时往往出现词少音多或者词多音少的情况，于是就不得不以虚声等方法去进行处理。久而久之，后人在填词时，把这些虚声的地方也逐一填上实词，于是原来整齐的词句也就变成长短句了，但基本的格律并没有实质性的变化，或者说在这一变化过程中，原来五、七言诗的格律也就渗入了词中。这样，词在内容、手法、声律上都有了相应的积累，为其体性与特征做好了准备。

敦煌曲子词是现传最早的唐代民间词。这些词作内容十分丰富，有反映国家政治、经济生活的；有抒发对战争频繁、边疆多故等情况不满的；有较多反映妓女内心不平的。有写商人、渔父、书生等各类人物的作品，还有大量宣说佛、道思想的作品，显然是和尚、道士之流用来宣传其教义的工具。大多数敦煌曲子词在艺术上是比较粗糙的，格律不够严；但也有一些艺术成就较高的，不仅想象丰富，比喻贴切，语言通俗易懂，还清新质朴、生活气息浓厚。例如，《浣溪沙》：

> 五里竿头风欲平，长风举棹觉船行。柔橹不施停却棹，是船行。
>
> 满眼风波多闪烁，看山恰似走来迎。子细看山山不动，是船行。

这首词的前面一部分从人的动作写风向的转变，后面一部分写顺风行船的痛快，人在船上满目波光粼粼的视觉印象，以及山从对面迎来的错觉，所描绘之景显得真切生动。

又如，《菩萨蛮》：

枕前发尽千般愿，要休且待青山烂。水面上秤锤浮，直待黄河彻底枯。

白日参辰现，北斗回南面。休即未能休，且待三更见日头。

这首词叠用一连串自然界所不可能出现的现象作为比喻，用正话反说立下山盟海誓，这种热烈急切的口吻正是民间情歌的本色，读来能使人感觉到扑面而来的生活气息。

敦煌词里还有不少反映女子在爱情生活中的痛苦。例如，《望江南》：

天上月，遥望似一团银。夜久更阑风渐紧，为奴吹散月边云，照见负心人。

在这首词中，作者指出被乌云蒙蔽的明月就像女主人公纯洁的心地，她要风吹散这云，以自己的光明照出负心人的面目。这比喻从夜阑更深、久待情人不至的情景中随手取来，显得十分自然。这种朴拙可喜的风格代表了词在草创时期的风貌。

中唐时期，较为著名的词作家主要有刘长卿、戴叔伦、韦应物、王建、刘禹锡、白居易、张志和等。他们的词各有风格。

例如，韦应物的两首《调笑令》：

（一）

胡马，胡马，远放燕支山下，
跑沙跑雪独嘶，东望西望路迷。
迷路，迷路，边草无穷日暮。

（二）

河汉，河汉，晓挂秋城漫漫。
愁人起望相思，江南塞北别离。
离别，离别，河汉虽同路绝。

前一首词着力刻画了一匹迷路的胡马着急而又茫然的可爱动态，衬托出边塞日暮时苍凉寥廓的意境。后一首写离别之人清晓愁望银河的情景，将古诗中常见的题材浓缩在一首小令中，含蓄而别有风味。两首曲词用同一曲调而内容完全不同，已经初具词的特点。

再如，白居易的《望江南》：

江南好，风景旧曾谙。日出江花红胜火，春来江水绿如蓝，能不忆江南？

江南忆，最忆是杭州。山寺月中寻桂子，郡亭枕上看潮头，何日更重游？

作者截取对江南的回忆中最深刻的几个印象，以红似火焰、青如蓝染的色彩对比强烈地渲染出江南浓郁的春意，以及作者对江南深长的情意。

他的《长相思》：

汴水流，泗水流，流到瓜洲古渡头。吴山点点愁。

思悠悠，恨悠悠，恨到归时方始休。月明人倚楼。

情思如流水，声调亦如流水，读来声情并茂，更觉意味悠长。这些长短句词，风格仍与绝句和民歌相近，可以说是文人词的先驱。

张志和写过非常著名的《渔歌子》：

西塞山前白鹭飞，桃花流水鳜鱼肥。

青箬笠，绿蓑衣，斜风细雨不须归。

他用鲜明的色彩描绘出一幅渔父在春雨中垂钓的情景。雪白的鹭鸶、粉红的桃花，与渔翁的青箬笠、绿蓑衣，都融合在微凉的细雨中，境界优美闲静，神情潇洒惬意，被后人称赏为“风流千古”的名作。

晚唐词人中对后世影响最大的一位是温庭筠。他的词大多以华丽的文字、婉约的表现手法集中描写女性的美貌与服饰的鲜艳等，表达人的离愁别恨及男女相思之情。这类词在当时形成了一个流派，即花间词派。

温庭筠(812—866)，字飞卿，太原祁(今山西祁州)人，唐初宰相温彦博之裔孙。年少敏悟，长于诗赋，又善音乐。因“不修边幅”，“与新进少年狂游狭邪”，为当时士大夫所不齿。虽屡次应考，均未得中，又家道中落，坎坷终身。他生性耿直，疾恶如仇，喜讽刺权贵，多触忌讳，又疏狂不羁，纵酒放浪，多游坊曲妓馆，不合封建士大夫的道德规范，这些让他的仕途更加不顺畅。约在48岁时才得以授隋县尉，后为幕府僚吏，任方城尉，官终国子助教，世称“温助教”。

温庭筠在描写妇女形象时，往往从容貌、服饰、情态上细致描画，笔触柔媚，设色绮丽，散发着浓烈的脂粉气，如《菩萨蛮》其一：

小山重叠金明灭，鬓云欲度香腮雪。懒起画蛾眉，弄妆梳洗迟。

照花前后镜，花面交相映。新贴绣罗襦，双双金鹧鸪。

这首词抒写的是闺怨之情，描写了一少妇初醒的容态和梳妆打扮的生活片段，先用明丽的色彩和细腻的笔致勾画出闺中女子醒后娇卧未起的情状，然后写弄妆梳洗的神情动作，以“懒”和“迟”形容人物情态，微微显露女主人公内心的孤寂和惆怅。最后一句以鹧鸪成双成对，暗示着主人公对幸福生活的希望和目前孤独无偶的感伤。全词用华丽的辞藻敷设鲜艳的色彩，点染浓烈的粉香，将居室之富丽、少妇之美艳、情思之慵懒表现得穷极妍态，但着色浓艳而心情黯淡，但失望孤独之感全不明说，只借服饰、动作暗示出来。

温庭筠在人物感情的描绘上十分细腻，不仅能抓住情感中的每一丝细微波澜，而且能运用一些暗示性的词语，让读者通过联想去体察词中隐含的绵密情思，从而产生“言有尽而意无穷”的艺术效果，如《菩萨蛮》其二：

水晶帘里颇黎枕，暖香惹梦鸳鸯锦。江上柳如烟，雁飞残月天。

藕丝秋色浅，人胜参差剪。双鬓隔香红，玉钗头上风。

这首词写的也是闺中怀人。上阕的前两句写居者的处境，列举水晶帘、颇黎枕、暖香、鸳鸯锦等精美名物；后两句写离人的处境，列举江天、柳树、飞雁、残月等凄清之景，由富丽的闺帏到凄寂的江天，由居人到离人，写出两个人物、两种环境、两种心情，两相映衬，别有情趣。下阕写闺中人醒后妆成之像，以藕丝、人胜、香红、玉钗等物句状其服色之美、首饰之丽，但女主人公黯然凝伫之态，意在言外。整首词景物明净、色彩和谐、意境缠绵旖旎，通过截取女主人公感情生活的几个片段，以及意象的不断转换，营造了一个需要靠读者的想象力去填补的艺术空间，从而取得了言有尽而意无穷的艺术效果。

温庭筠也有一些淡远清丽、明快自然的词，如《梦江南》其二：

> 梳洗罢，独倚望江楼。过尽千帆皆不是，斜晖脉脉水悠悠。肠断白蘋洲。

这是一首思妇盼归之作，词人用素描的手法，避去一切华丽辞藻，写得朴素自然、开朗清新。

温庭筠的词还极富音乐性，突出表现在用字谨严上。他讲究平仄四声、双声叠韵的运用，多用声音响亮的去声字，如《菩萨蛮》“小山重叠金明灭”，换头处多用去声，再加上“明灭”“鬓云”等双声叠韵，显得既跌宕飞动，又和谐动听。

总的来说，温庭筠上承齐梁，下开花间词的道路，并成为婉约派的奠基人，不但在词史上曾经放射出异彩，而且一直影响到后来清代的常州词派。

第五章　市民文化，雅俗交融：宋元时期的文学

宋元时期，伴随着商品经济的发达和市民阶层的兴起，文化开始趋于市民化，不再像以前一样只属于权贵等某一特定阶层。除此之外，宋元时期的文学也呈现出雅俗交融的特点，这个特点在诗歌、词、散文和小说方面都有体现。宋元时期的文学十分发达，本章将对西昆体的盛行与革新诗的创作、陆游与中兴诗人的诗歌、花间词风的延续和俚俗词风的兴起、婉约与豪放词风的对立、尚骈崇散文道并重的散文、文言小说的转型与话本小说的产生进行研究。

第一节　西昆体的盛行与革新诗的创作

西昆体是宋初诗坛上声势最盛的一个诗歌流派，这一诗派的形成，是以《西昆酬唱集》为标志的。《西昆酬唱集》共收录了 17 位诗人的 250 余首诗，全书共有 70 题次，其中由杨亿、刘筠、钱惟演三人首唱的分别为 44 次、12 次和 8 次，共占全书题次总数的十分之九。由于他们所创作的诗歌的风格风行一时，引起了很多人的效仿，被称为“西昆体”。西昆体具有用事极密、文字华美，对仗工整等特点。到了北宋中叶时，面对西昆体典丽雕饰之风所带来的流弊，欧阳修等一批复古运动的提倡者也对当时的诗风进行了革新，从而为宋诗的定型做出了不可磨灭的贡献。下面将对西昆体和革新诗的几个代表人物的诗歌创作进行研究。

一、西昆体的盛行

(一)杨亿的诗歌创作

杨亿(974—1020),字大年,建州浦城人(今属福建)人,少有文名,才思敏捷,为人耿直,为宋太宗赏识,淳化三年(992)赐进士及第,官至工部侍郎、翰林学士,兼史馆修撰。宋真宗后期,杨亿受到了王钦若、丁谓、陈彭年等人排挤,多次到地方任职。卒赠礼部尚书,溢曰文。杨亿的著作颇丰,也有一些优秀的散文,但最有影响的还是他编写的,收录了自己和他人诗作的《西昆酬唱集》。

从《西昆酬唱集》中杨亿的诗作来看,他的诗歌多用优美的言辞来充分地想象状写自然景物或个人心绪,且在描述中能恰如其分地运用典故和故事。例如,《七夕》:

清浅银河暝霭收,汉宫还起曝衣楼。
共瞻月树怜飞鹊,谁泛星槎见饮牛。
弄杼暂应停素手,穿针空待睨明眸。
匆匆一夕填桥公,不似人间有造舟。

这首诗中既有写景,也有抒情、议论,还运用了多个典故,但无论是写景、抒情、议论,还是用典,都无生涩难懂之嫌。

杨亿受李商隐诗歌的影响很深,因此在他的诗歌中,常会呈现出整饬、典丽的艺术特征,如《南朝》:

五鼓端门漏滴稀,夜签声断翠华飞。
繁星晓埭闻鸡度,细雨春场射雉归。
步试金莲波溅袜,歌翻玉树涕沾衣。
龙盘王气终三百,犹得澄澜对敞扉。

在这首诗中,诗人通过典故将南朝君主的游幸、狩猎、歌舞享受、吟诗作赋及最终的王气终消巧妙地组合在一起,工稳妥帖,锻炼无痕。特别是"繁星晓埭闻鸡度,细雨春场射雉归。步试金莲波溅袜，歌翻玉树涕沾衣”对仗极为工整，显示出诗人深厚的文字功底。整首诗音节铿锵，用意深密，与李商隐的同类诗歌有着极为相似之处。

（二）刘筠的诗歌创作

刘筠（971—1031），字子仪，大名（今河北大名）人。咸平元年（998）进士，景德元年（1004）为大名府观察判官。大中祥符七年（1014）迁右司谏、知制诰，加史馆修撰。乾兴元年（1022），迁给事中，后来成为翰林学士。仁宗天圣二年（1024），刘筠担任枢密直学士、礼部侍郎等职。天圣四年（1026），刘筠为翰林学士承旨、权判都省。天圣六年（1028），刘筠以龙图阁直学士知庐州。天圣九年（1031），刘筠卒，谥文恭。所著的《册府应言集》十卷、《荣遇集》二卷、《肥川集》四卷、《表奏》六卷、《刀笔集》二卷等，已佚，今存《肥川小集》一卷，见《两宋名贤小集》，另外就是收录于《西昆酬唱集》的 72 首诗。

西昆体诗善用典，词句华丽，这一点在刘筠的诗歌中也有所体现，如他所写的《泪》其二：

含酸茹叹几伤神，呜咽交流忽满巾。
建业江山非故国，灞陵风雨又残春。
虞歌决别知亡楚，宴酒初酣待报秦。
欲断青天销积恨，月娥孀独更愁人。

在这首诗中，刘筠选用了与杨亿诗中不同的典故，虽然是写泪，但依然是终篇不见泪字。通过对历史上有名的几个与泪有关的场景的描写，突出了“泪”所承载的情感，整首诗有雅、丽的特点。

刘筠的咏物诗往往能能够超越物的本身，使其承载自己所要表达的情感，如《馆中新蝉》：

庭中嘉树发华滋，可要螳螂共此时。
翼薄乍舒宫女鬓，蜕轻全解羽人尸。

风来玉宇乌先转，露下金茎鹤未知。

日永声长兼夜思，肯容潘乐到秋悲。

这首诗的首联描写了蝉所生活的环境，颔联和颈联对蝉的特点进行了描述，尾联借蝉抒情。整首诗通过对蝉的描写，表达出蝉所具有的悲苦的意义。

（三）钱惟演的诗歌创作

钱惟演(977—1034)，字希圣，钱塘（今浙江杭州）人，是吴越忠懿王钱俶第十四子。太平兴国三年(978)，钱惟演随父降宋，任右屯卫将军，后来受到宋真宗的赏识，官至枢密使，后数遭贬谪，卒于随州。因钱惟演为人好趋炎附势，尤善以联姻手段巴结皇室，攫取权利，为时论所鄙薄，死后先谥“思”，后经其子诉请后改谥“文僖”，时人及后世常称“思公”“文僖公”“汉东公”“彭城公”等。其著作很多，但大多散佚。

钱惟演的诗歌创作虽然也深受李商隐诗歌的影响，讲究辞采妍华，追求辞藻，好用典故，但他所运用的意象并不似杨亿诗歌中那样繁密，而是会给人以流畅之感。例如，《荷花》：

水阔雨萧萧，风微影自摇。

徐娘羞半面，楚女妒纤腰。

别恨抛深浦，遗香逐画桡。

华灯连雾夕，钿合映霞朝。

泪有鲛人见，魂须宋玉招。

凌波终未渡，疑待鹊为桥。

在这首诗中，诗人主要对将荷花的袅娜风姿进行了多方面的描写，并使用了多个典故，如“徐娘岁老，犹尚多情”之典出自《南史·梁元帝徐妃传》，“楚灵王好细腰”的典出自《韩非子》。这些典故的运用丰富了诗歌的内容，也进一步衬托出荷花的美丽。除了描写荷花给人的整体感觉之外，诗人还从荷花的香气、形态等方面着手，进一步刻画了荷花的形象。在诗的结尾处，诗人描写了荷花在傍晚华灯初放、夕阳映照的雾霭中一直到明朝红霞辉映下的身姿，描写之细腻，让人有亲睹其景之感。

在咏史诗方面，钱惟演也能够从营造氛围的角度出发来抒发自己对历史事件的感慨。例如，《明皇》：

山上汤泉架玉梁，云中复道拂瑶光。
丝囊暗结三危露，翠幰时遗百和香。
枉是金鸡亲便坐，更抛珠被掩方床。
匆匆一曲凉州罢，万里桥边见夕阳。

在这首诗中，诗人对唐明皇宠爱杨贵妃最终导致兵变，几乎招致亡国的事情进行了吟咏，该诗以景作结，虽无直接的讥讽之辞，但是整首诗能引起人们更深的思考。

二、革新诗的创作

在这里，我们主要对欧阳修、梅尧臣、苏舜钦的诗歌创作进行分析。

（一）欧阳修的诗歌创作

欧阳修（1007—1072），字永叔，号醉翁，晚年又号六一居士，庐陵（今江西吉安）人。他出身于一个小官吏家庭，但四岁丧父，家贫无资，生活贫困。母亲郑氏用芦苇在沙地上教他识字，还经常对他讲述其父生前廉洁仁慈的事迹。他天资聪颖，又刻苦勤奋，自幼爱读书，因为家贫买不起书，常从城南李家借书抄读，往往书没抄完，已能成诵。少年时期习作诗赋文章，文笔老练，有如成人。

在诗歌革新运动中，欧阳修是位重要的领导者，对于诗歌革新运动来说，他的主要贡献是进行诗风改革，力矫西昆体的浮艳诗风。受韩愈诗歌的影响，欧阳修的诗歌创作体现了“以文为诗”的特点。一方面，他的诗有以古文笔法为诗的特点，在诗中关键处往往突发议论，标新立异，振起全诗；另一方面，他的诗歌的句子结构呈现出散文化，创作的古诗几乎通首散行，长短句杂出，骈偶对仗者甚少，句子结构与散文无异。

从整体上来看，欧阳修的诗歌内容主要可以分为三类。第一类是以反映现实国计民生为主的。在这些诗歌中，欧阳修对朝廷的各种黑暗腐败现象进行抨击，同时表现出了对广大底层劳动者充满同情，这类诗歌也反映了他个人在政治上的政治理想，以及他对时政、国事、百姓疾苦的关注。例如，《食糟民》：

田家种糯官酿酒，榷利秋毫升与斗。
酒沽得钱糟弃物，大屋经年堆欲朽。
酒醅瀺灂如沸汤，东风吹来酒瓮香。
累累罂与瓶，惟恐不得尝。
官沽味醲村酒薄，日饮官酒诚可乐，
不见田中种糯人，釜无糜粥度冬春。
还来就官买糟食，官吏散糟以为德。
嗟彼官吏者，其职称长民，
衣食不蚕耕，所学义与仁，
仁当养人义适宜，言可闻达力可施。
上不能宽国之利，下不能饱民之饥。
我饮酒，尔食糟。
尔虽不我责，我责何由逃！

在这首诗中，诗人对农民中糯米酿酒供给官家之后自己却因为贫困而不得不吃酒糟的现象进行了揭露，深刻反映了民间生活的贫困化。在诗的结尾，诗人对自己作为参政者却不能消除这种现象进行了深深的自责，更加突出了诗的批判性。

第二类是以感慨人生世态，反映其思想情怀为主的。这类作品多与欧阳修的人生经历有关，抒发了他自己的人生心态。例如，《去思堂手植双柳今已成阴因而有感》：

曲栏高柳拂层檐，却忆初栽映碧潭。
人昔共游今孰在，树犹如此我何堪。

壮心无复身从老，世事都销酒丰酣。

后日更来知有几，攀条莫惜驻征骖。

在这首诗中，诗人将眼前的景与深沉的感慨结合在一起，边叙写，边议论，从而传达出一种惜别的忧伤之情，其中“人昔共游今孰在，树犹如此我何堪”二句简直如同散文，从另一个侧面体现出了欧阳修诗歌“以文为诗”的特点。

第三类是以写景咏物为主的。这类作品饱含哲理，体现了诗人的人生思考，别有韵味。例如，《远山》：

山色无远近，看山终日行。

峰峦随处改，行客不知名。

这首诗与苏轼的《题西林壁》有着异曲同工之妙，充分显示了欧阳修本人凝练的诗风。

总之，欧阳修的诗以议论和散文笔法入诗，开拓了诗歌艺术美的新领域，又多家借鉴，自成一家，有力地促进诗歌革新运动的发展，对王安石、苏轼等人的诗歌也产生了很大影响。

(二)梅尧臣的诗歌创作

梅尧臣(1002—1060)，字圣俞，又称宛陵先生，宣城(今安徽宣城)人。梅尧臣出身农家，数次应举落第，靠做官的叔父的提携，得以进入仕途，曾为主簿、县令，因顿于州县之间十余年，直到50岁，才因诗名赐同进士出身，官至都官员外郎，有《宛陵集》等传于世，存诗2800多首。

他认为诗歌应该有所为而作，有所感而写，要敢于正视现实，要有兴寄。同时，在艺术上他认为一首好诗应当是平淡而含蓄。他的诗歌创作，内容能够反映现实，风格平淡朴实。他在《陶者》一诗中以极为质朴的语言，写出了当时阶级对立的情况：

陶尽门前土，屋上无片瓦。

十指不沾泥，鳞鳞居大厦。

一方面是劳动者无所获，另一方面则是有的人不劳而获，对比何其鲜明！当然，在梅尧臣2500多首诗中，这类反映现实的诗只占很少一部分，却给当时诗坛带来了生气。

此外，他的一些抒情写景诗也写得不错。例如，《鲁山山行》：

适与野情惬，千山高复低。
好峰随处改，幽径独行迷。
霜落熊升树，林空鹿饮溪。
人家在何许？云外一声鸡。

这首诗细致地描写山行所见景物，给人们以亲临其境之感，并于笔端融入诗人情怀，意境深远。尤其是诗的末两句，写得颇有情趣。

（三）苏舜钦的诗歌创作

苏舜钦（1008—1048），字子美，原籍梓州铜山（今四川中江），自曾祖起迁居开封（今河南开封），遂为开封人。27岁进士及第，历任县令、大理评事、集贤校理等职。曾受御史中丞王拱辰打击，罢居苏州，后复起为湖州长史，未赴任而病卒。今存有《苏子美文集》。

苏舜钦与梅尧臣齐名，号称“苏梅”。在诗歌的内容上，苏舜钦与梅尧臣的看法一样，也认为诗歌应该具有现实主义的精神，应该关注国计民生，要有补于时。他在《石曼卿诗集序》中说：“诗之于时，盖亦大物。”此处的“大物”，是指诗可以反映“风教之感，气俗之变”，可以帮助统治者“弛张其物”，达到“长治久安”。因此，苏舜钦也有很多反映现实的诗。

与梅尧臣相比，苏舜钦的诗歌多具有鲜明的政论性和强烈的现实针对性，并且往往就当时的政治事件和社会问题直抒己见，毫不避讳。因此，他的诗歌多呈现出慷慨之气。例如，《庆州败》：

无战王者师，有备军之志。
天下承平数十年，此语虽存人所弃。
今岁西戎背世盟，直随秋风寇边城。

屠杀熟户烧障堡，十万驰骋山岳倾。
国家防塞今有谁？官为承制乳臭儿。
酣觞大嚼乃事业，何尝识会兵之机？
符移火急搜卒乘，意谓就戮如缚尸。
未成一军已出战，驱逐急使缘崄巇。
马肥甲重士饱喘，虽有弓剑何所施。
连颠自欲堕深谷，虏骑笑指声嘻嘻。
一麾发伏雁行出，山下掩截成重围。
我军免胄乞死所，承制面缚交涕洟。
逡巡下令艺者全，争献小技歌且吹。
其余劓首放之去，东走矢液皆淋漓。
道无耳准若怪兽，不自愧耻犹生归！
守者沮气陷者苦，尽由主将之所为。
地机不见欲侥胜，羞辱中国堪伤悲。

这是以宋朝与西夏在庆州一战为背景所创作的诗篇。在这首诗中，诗人对宋朝将相世袭制度给予了无情批判与贬斥，并谴责了西夏“背世盟”，“直随秋风寇边城”“屠杀熟户烧障堡”的罪行，也对宋军边防将帅怯懦无谋，坐失地利，造成惨败结局作了无情谴责，整首诗情感激昂，气势奔放，语言质朴，抒意畅达。

苏舜钦的诗歌除了能够直抒己见之外，还具有“豪放”“奇壮”“纵横”“险绝”等特征，如他所写的《对酒》：

丈夫少也不富贵，胡颜奔走乎尘世！
予年已壮志未行，案上敦敦考文字。
有时愁思不可掇，峥嵘腹中失和气。
倚官得来太行颠，太行美酒青如天。
长歌忽发迸泪落，一饮一斗心浩然。
嗟乎吾道不如酒，平褫哀乐如摧朽。
读书百车人不知，地下刘伶吾与归！

在这首诗中，诗人抒发了怀才不遇之感，字字情真，其间充满着一种大丈夫的豪气。

第二节　重大主题与日常题材:陆游与中兴诗人

宋王朝南渡之后,民族矛盾上升和战争成为当时政治斗争的主要内容。南宋孝宗时期,经过一段时间的修养生息,国家在一定程度上有了“中兴”的势头,这时的诗歌也开创了一个新局面,呈现“中兴”,中兴诗人以尤袤、陆游、范成大和杨万里最为有名。本节我们将对陆游、杨万里和范成大的诗歌创作进行阐述。

一、陆游的诗歌创作

陆游(1125—1210),字务观,号放翁,越州山阴(今浙江绍兴)人。高宗绍兴二十三年(1153)中进士,因名列秦桧之孙前,又喜论恢复,被除名。孝宗初,赐进士出身。历任镇江、隆兴、夔州通判,提举福建、江西常平茶盐公事,以及朝议大夫、礼部郎中等职。累遭朝廷投降派的打击排斥,历经坎坷,一生很不得意。但是,家庭的教育,严酷的现实,尤其是乾道八年(1172)到南郑前线的军旅生活,使他的思想闪烁着爱国的光辉,成为一位伟大的爱国诗人。

在陆游的近万首诗中,有不少反映了民族矛盾极其尖锐的时代特点,洋溢着强烈的爱国情感。爱国主题成为他诗歌创作的基调。

在他的诗中,对投降派进行了强烈的谴责,对沦陷区人民倾注了同情和关心,对收复失地充满了信心。例如,《关山月》:

> 和戎诏下十五年,将军不战空临边。
> 朱门沉沉按歌舞,厩马肥死弓断弦。
> 戍楼刁斗催落月,三十从军今白发。
> 笛里谁知壮士心,沙头空照征人骨。

中原干戈古亦闻，岂有逆胡传子孙！
遗民忍死望恢复，几度今宵垂泪痕。

诗中深刻地揭示了朝廷向金人屈辱求和带来的恶果，对朝廷奉行的投降路线进行了尖锐的批判，既表现了广大人民抗金的决心，又反映了沦陷区人民的爱国愿望，对收复失地充满信心，于悲歌中显露出慷慨的情绪。《金错刀行》一诗也抒发了诗人“千年史策耻无名，一片丹心报天子”的报国之心；诗人还在诗中喊出“楚虽三户能亡秦，岂有堂堂中国空无人！”对收复中原信心十足。

还应指出的是，陆游的爱国诗歌表达了诗人以身许国的决心。他早年立下的“上马击狂胡，下马草军书”（《观大散关图有感》）的志向，贯穿在他的爱国诗歌中。即使他遭到排挤，或年老多病，以身许国的决心仍未动摇，尤其是那首绝笔诗《示儿》写得尤为感人：

死去元知万事空，但悲不见九州同。
王师北定中原日，家祭无忘告乃翁。

从这里看到了诗人至死不变的爱国精神在闪光。以身许国的决心贯穿陆游爱国诗歌的始终，是它铸就了诗人的伟大形象，这也是陆游爱国诗的一个明显特点。

在陆游诗中，“忧国复忧民”这两种思想情感是自然地交织在一起的。他揭露当时严重的阶级矛盾，表现对农民疾苦的深切关怀，如《农家叹》：

有山皆种麦，有水皆种粳。
牛领疮见骨，叱叱犹夜耕。
竭力事本业，所愿乐太平。
门前谁剥啄？县吏征租声。
一身入县庭，日夜穷笞搒。
人孰不惮死？自计无由生。
还家欲具说，恐伤父母情。

老人侥得食,妻子鸿毛轻。

这首诗前六句描写农民辛劳一年,没日没夜地劳作,只要有地就全种上粮食,只为了能过上太平的生活,农民之辛劳足见一斑。然而无尽的劳作并未给农民带来太平,因缴不足赋税,这位可怜的农民被县吏抓进官衙,日夜鞭笞,受尽折磨,几难生还。至此,沉重的税赋、严苛的租税已清晰可见。满身是伤的农民回到家后甚至不敢拜见父母,只恐父母见到儿子的伤而伤心,遭毒打后不能说的恓惶被展现得淋漓尽致。虽然"有山皆种麦,有水皆种粳。牛领疮见骨,叱叱犹夜耕"地用尽全力,但全家在缴纳租税后,粮食仍然不够吃,只能先紧着父母,而管不了妻子儿女,农人的辛酸与无奈催人泪下。

陆游诗一扫江西诗派的某些积弊,为宋诗开了新的生面,对当时和后世诗人有很大的影响。

二、中兴诗人的诗歌创作

(一)杨万里的诗歌创作

杨万里(1127—1206),字廷秀,号诚斋,江西吉水人。高宗绍兴中任零陵县丞时,曾三次前往拜访谪居在家的爱国将领张浚,张勉以"正心诚意"四字,遂号诚斋。历任太常博士、宝谟阁直学士等职。一生为人正直,为官清正,品格很高。韩侂胄当国,居家15年不出而卒。著有《诚斋集》。杨万里是一位别开生面、独具一格的诗人,又是一位高产作家,"游居寝食,非诗无与",所作极有特色,时人谓之"诚斋体"。

杨万里早年学诗,亦曾从江西派入门。后脱离江西派藩篱,转学唐人及王安石绝句,尽毁少作千余首,并自立门户。诚斋诗在取材上较前人有新的开拓,其主要兴趣在天然景物和日常生活方面。他在《诚斋荆溪集序》中说:"步后园,登古城,采撷杞菊,攀翻花竹,万象毕来,献余诗材。"总之,其内容俯拾即是,而形式则多用七绝，如《小池》：

泉眼无声惜细流，树阴照水爱晴柔。
小荷才露尖尖角，早有蜻蜓立上头。

如《晓出净慈寺送林子方》：

毕竟西湖六月中，风光不与四时同。
接天莲叶无穷碧，映日荷花别样红。

这些诗如揣摸蜻蜓先得小荷之乐，如着眼自然赋予蝴蝶以保护色等，都表现出作者所具的稀有天才和十足童心，他到处都有发现的喜悦，能为小到一片落叶、一只昆虫写一首诗。在人们熟视无睹的寻常景物和生活现象中，总能发现不平常的意趣。

（二）范成大的诗歌创作

范成大(1126—1193)，字致能，号石湖居士，平江吴郡（今江苏苏州）人。绍兴中进士，出使过金国，不辱使命。历任静江、成都、明州、建康等地行政长官，拜参知政事，加大学士。在成都时，曾是陆游依附的对象。晚年隐居石湖，又是年轻词人姜夔的靠山。著有《石湖居士集》。

文人田园诗首创于陶渊明，经王维、孟浩然、储光羲等唐代诗人大力创作，蔚为诗派，以后作者不断。宋代诗人大多有田园之作，范成大称得上宋代写作田园诗最多而又最具特色的作家。

历来田园诗，除陶渊明外，较少有真实的生活内容和生活气息，只描绘一些带有鸡犬桑麻的美丽图景，《四时田园杂兴》把王、孟式的田园风光描写和李绅、聂夷中式的悯农情感融为一体，把以前田园诗的两大系统结合起来，算得上中国古代田园诗的新的范本，组诗分春日、晚春、夏日、秋日、冬日五部，各12首，好比一幅农村风俗画长卷，全面、生动、真实地反映了当时农民一年四季的活动，诸如岁时、风俗、劳动、困难、忧虑、灾难、压迫等各式各样的生活，纤细毕登，鄙俚尽录，曲尽田家况味，如《四时田园杂兴》其一：

昼出耘田夜绩麻，村庄儿女各当家。
童孙未解供耕织，也傍桑阴学种瓜。

其二：

采菱辛苦废犁锄，血指流丹鬼质枯。
无力买田聊种水，近来湖面亦收租。

这些诗或通过乡村儿童的活动来表现农忙，或通过采菱者的不幸遭遇揭露封建剥削的无孔不入，或通过连夜打稻的场面写丰收时节的喜悦，内容相当丰富，农村生活气息十分浓厚。

第三节　花间词风的延续和俚俗词风的兴起

北宋初期的词坛，深受南唐花间词风的影响，而且当时文人普遍存在一种远离政治生活的心态。在这种风气的影响下，花间词风得以延续，相思相恋的题材、婉丽的风格成为这一时期词坛的主要特征，这时的代表词人有晏殊和张先等。后来，随着经济的繁荣和社会生活的丰富，以柳永为代表的俚俗词风开始兴起，追求俗趣、为迎合受众而作是这种词风的主要特点。下面将对晏殊、张先和柳永这三位词人的词创作进行具体分析。

一、晏殊的词创作

晏殊(991—1055)，字同叔，抚州临川(今江西临川)人。小的时候家境清贫，但聪明过人，14 岁被人以“神童”推荐到朝廷中，次年受特召试于殿内，赐进士出身。受到真宗的赏识。他一生仕途顺利，不断升迁，官至同中书门下平章事。政治上他倾向革旧立新，热心擢拔人才，范仲淹、富弼、欧阳修等都出自他的门下。他的文章成就颇有声望，但以词作最有影响。词集有《珠玉词》，存词 130 余首。

其词的情感基调是雍容和缓，淡淡的忧愁中时而透露出自我解脱的气度；语言也一洗五代花间词的脂粉气和浓艳色彩，而变得清丽淡雅，温润秀洁。

晏殊的词大部分体现了对生命的反思与忧虑。晏殊虽然少年得志，在官路上比较顺畅，当着太平宰相，享着荣华富贵，但其多愁善感的个性使他并不安于现状，而是时不时地对人生进行较为深刻的反思和体悟。他想要将圆满美好的人生延长，但无奈人生非常短暂，因此，他总在词中抒发忧思。其中，他的《浣溪沙》最能代表这种特色：

一曲新词酒一杯。去年天气旧亭台。夕阳西下几时回？

无可奈何花落去，似曾相识燕归来。小园香径独徘徊。

这首脍炙人口的小词，以词新台旧昭示环境物象如旧，而年光岁月非昔；以花落燕归隐寓宇宙万象周而复始，而美好事物难免凋残。全词涵蕴沉厚，在伤春怀人的表层意象中，蕴含着强烈的时间意识和生命意识。“夕阳”“落花”两种流逝难返的意象，象征着年华的流逝和情爱的失落，体现出作者对时光迫促、生命有限的沉思和体悟。因此，这首词让人寻味不尽。

晏殊的词还有很多是描写男女之情和离情别意之作，如《蝶恋花》：

槛菊愁烟兰泣露，罗幕轻寒，燕子双飞去。明月不谙离恨苦，斜光到晓穿朱户。

昨夜西风凋碧树，独上高楼，望尽天涯路。欲寄彩笺兼尺素，山长水阔知何处？

这首词描写了离别相思之情，缠绵悱恻，但又表现得委婉含蓄。词人并没有直接吐露相思之苦，而是运用移情于景的手法，将主观情感融进客观景物，点出离恨，并借助于对秋天清晓和夜晚自然景物的描绘曲折地传达出抒情主人公与情人离别后郁结于胸的愁苦与哀怨，创造了一种深远含蓄的抒情意境。

晏殊的词在描写男女之情和离愁别意时，并不仅仅是作简单的描写，而是常常对人生进行感悟和反思，对传统的庸滥题材作含蓄化、典雅化和“情中有思”“以理节情”的审美处理，从而显示了他的艺术创新和自己的独特风格。例如，《清平乐》：

金风细细。叶叶梧桐坠。绿酒初尝人易醉。一枕小窗浓睡。

紫薇朱槿花残。斜阳却照阑干。双燕欲归时节，银屏昨夜微寒。

在这首词中，词人以精细的笔触描写了细细的秋风，衰残的紫薇、木槿及斜阳照耀下的庭院和双燕归去等意象，表现了主人公是在安雅闲适的庭园中从容不迫地品尝着暑去秋来那一时间的自然界变化给人心灵牵动之感。这些意象所构成的意境柔婉动人，具有一种闲静优美的诗意。同时，词人通过这些含蓄的意象，将自己的心理感触通过对外物的描写平缓地宣泄出来，节序更替、岁月流逝虽然也引发了主人公的一丝闲愁，但是这一丝闲愁是细柔的、淡淡的。

二、张先的词创作

张先（990—1078），字子野，吴兴（今浙江湖州）人，是北宋年寿最高的著名词人。他出身贫寒，入仕较晚，41 岁中进士，做过吴江知县，渝州、虢州知州，75 岁以都官郎中致仕，享年 89 岁。他对诗文都很擅长，但文已不传，诗仅存 20 余首，词有《张子野词》，存词 180 余首。张先性格开朗，交游广泛，词中有不少唱和寄赠之作。他长期外任州郡充当幕僚，聚散无常，因而词作以抒写离怀别绪、羁情乡思为主要内容。他一生勤于游赏，涉历甚广，各地的山川妙景、人物风情也进入其辞章的视野。

张先常把听歌看舞的场面和感受形之于词，传神地表现出那些歌妓的才艺和表演时的情态，使人如临其境、如闻其声、如见其人。例如，《减字木兰花》写舞姿："垂螺近额。走上红裀初趁拍。只恐轻飞。拟倩游丝惹住伊。"《庆春泽》写善歌者："冰齿映轻唇，蕊红新放。声宛转，疑随烟香悠扬。对暮林静，寥寥振清响。"他非常善于用形象化的语言传达出琵琶、胡琴等美妙动人的乐音，如"三十六弦蝉闹，小弦蜂作团。"（《定西番》）"啄木细声迟，黄蜂花上飞。"（《醉垂鞭》）长于表现歌舞音乐艺术的精妙，是张先词的显著特色。

三、柳永的词创作

柳永（984—1053），字耆卿，初名三变，崇安（今福建武夷山）人。祖父柳崇，是五代末年的"处士"。柳永在少年和青年时期，主要活动地点是在汴京。这时他流连于秦楼楚馆之中，恣情游宴，是一个风流浪子型的人物。

柳永在词上的最大成就是慢词。从敦煌曲子词中看，慢词早已在民间流行，但文人创作慢词则较少。柳永长期生活在市民之中，为了适应歌妓们演唱的需要，大量制作慢词，这就为词人在小令之外找到了一种可以容纳更多内容的新形式，并为词中抒情、写景、叙事、说理提供了有利条件，为开拓词的境界做出了新的贡献。

柳永不仅从音乐体制上改变和发展了词的声腔体式，而且从创作方向上改变了词的审美内涵和审美趣味，即变"雅"为"俗"，着意运用通俗化的语言表现世俗化的市民生活情调。

柳永的词有不少表现了世俗女性大胆而泼辣的爱情意识。当时很多文人在写这类题材的词时，所写的女子往往是爱情缺失的深闺女性，经常自怨自艾，逆来顺受，内心的愿望含而不露。而柳永词中的女性则大胆而主动地追求爱情，直率地表述心中对平等自由的爱情的渴望。例如，《定风波》：

自春来、惨绿愁红，芳心是事可可。日上花梢，莺穿柳带，犹压香衾卧。暖酥消、腻云亸。终日厌厌倦梳裹。

无那。恨薄情一去，音书无个。

早知恁么，悔当初、不把雕鞍锁。向鸡窗、只与蛮笺象管，拘束教吟课。镇相随、莫抛躲，针线闲拈伴伊坐。和我。免使年少，光阴虚过。

这是一首脍炙人口的闺怨词。通篇以第一人称的口吻，应用白描手法，把闺妇热烈追求爱情生活的心曲和盘托出，表现得淋漓尽致。语言通俗，风格明快，怨妇形象活灵活现，跃然纸上，带有浓厚的市民色彩。

小令由于篇幅短小，只适宜用传统的比兴手法，通过象征性的意象群来烘托、传达抒情主人公的情思意绪。而慢词则可以尽情地铺叙衍展。因此，柳永为适应慢词长调体式的需要和市民大众欣赏趣味的需求，还创造性地运用了铺叙和白描的手法。在一些词中，他也铺陈描绘情事发生、发展的场面和过程，以展现不同时空场景中人物情感心态的变化。例如，《雨霖铃》：

寒蝉凄切，对长亭晚，骤雨初歇。都门帐饮无绪，留恋处，兰舟催发。执手相看泪眼，竟无语凝噎。念去去，千里烟波，暮霭沉沉楚天阔。

多情自古伤离别。更那堪、冷落清秋节！今宵酒醒何处？杨柳岸，晓风残月。此去经年，应是良辰好景虚设。便纵有千种风情，更与何人说？

这首词写离情别绪。上阕依次把送别的气氛、地点和过程逐层地呈现出来，焦点由近而远，感情由浅入深。“念去去”二句景色中主人翁黯然销魂的心情给天空水色渲染上迷茫淡远的阴影，达到情景交融的艺术境界。下阕写离别，从狭隘的个人遭遇，领悟出人生聚散无常的哲理。“今宵”二句以点染的笔触，烘托出漂泊江湖的感受。结尾处推开一层，从别后着想，表现对情人的眷恋和彼此关切的心情。全词意绪缠绵，凄恻哀婉，有泛叙，有特写；有联想，有细节；有感叹，有议论；有景物描绘，也有心理刻画。

第四节　婉约与豪放词风的对立

婉约派和豪放派是宋词风格的两大流派。在历史转折期间,词人的人生价值的观念变化是形成这两种词风对立的主要原因。两派词人有不同的个性特色,使词坛呈现双峰竞秀、万木争荣的气象。也应看到,两种风格既有区别的一面,也有互补的一面。豪放派词往往豪放而含蕴深婉,并非一味叫嚣,力竭声嘶;婉约派词婉约而清新流畅、隐有豪气潜转,不是半吞半吐、萎弱不振。两种派别的词相互影响、相得益彰,共同繁荣着我国的古典文学。下面将对婉约派代表人物李清照和豪放派代表人物辛弃疾的词作进行研究。

一、李清照的婉约词创作

李清照(1084—1155),号易安居士,济南章丘(今属山东)人。李清照出身书香门第,早期生活优越,自小就受到了很好的文学教养,由此打下了深厚的文学底蕴,16 岁前后已经在词坛崭露头角,写了一首名震朝野的《如梦令·昨夜雨疏风骤》,成了名动京师的"词女"。18 岁时,李清照嫁与宰相赵挺之的儿子赵明诚为妻,两人情投意合,又志趣相投,共同校勘古籍、整理金石文物,唱和诗词,赏玩书画鼎彝,生活舒心而惬意。可惜好景不长,新旧党之争使赵挺之被罢相,赵明诚被捕送下狱。不久,赵明诚罢官,携李清照退归青州,开始了近十年的屏居生活。这段时期两人的生活虽然不再优渥,但得到了居于乡里的安宁,他们互相支持,共同研究文学,度过了一段平生少有的和美岁月。靖康之变发生后,她和赵明诚避兵江南,但赵明诚在战乱中得病死于建康(今南京),两人用半生心血收藏的文物图书也在战火中丧失殆尽。此后,她只能孤身一人四处奔逃避难,先后辗转漂泊于杭州、越州

（今绍兴）、台州和金华一带，过着流亡难民的生活。晚年孤苦伶仃，极尽凄凉痛苦。绍兴二十五年（1155），她怀着对死去亲人的绵绵思念和对故土难归的无限失望悄然辞世。

李清照就其词的创作而言，不论是在意境、语言、神情、韵味还是格调上都是非常高超的，具有历久不衰的艺术魅力；在思想上敢于冲破封建的规范，超出“非礼勿思”的雷池，成为“写情圣手”；在内容上以南渡为界，可以分为前后两期。李清照前期的词多写自己天真烂漫的少女生活及夫妻间的爱情，表现的多是闺情，深挚清隽、含蓄秀婉，例如《点绛唇》：

蹴罢秋千，起来慵整纤纤手。露浓花瘦，薄汗轻衣透。

见客入来，袜刬金钗溜。和羞走，倚门回首，却把青梅嗅。

这首词塑造了一个活泼顽皮而又情窦初开的少女形象，写出了少女可爱娇羞的情态。上阕形象地描绘了少女刚下秋千，懒洋洋地擦拭着双手，轻衣透出香汗，天真娇憨、活泼妩媚、好奇而又脉脉含情；下阕生动地表现了少女的内心世界，看到人后慌忙穿着袜子就走，滑落了金钗，却又倚门假装嗅青梅，既将少女初恋的情态写得传神入化，又表现出少女对封建礼教束缚的轻视。

又如《一剪梅》：

红藕香残玉簟秋。轻解罗裳，独上兰舟。云中谁寄锦书来，雁字回时，月满西楼。

花自飘零水自流。一种相思，两处闲愁。此情无计可消除，才下眉头，却上心头。

这首词作于词人新婚后不久，是词人写给丈夫赵明诚的。词中以别出心裁的艺术构思，从不同角度表现了女性特有的深婉细腻的感情。上阕写在荷花凋零、竹席嫌凉的秋天里，词人因丈夫的离家过着独居的日子。为了排解心中的愁苦郁闷，她轻手轻脚地换上便装就独自上了小船。但词人并没有把自己的这种愁苦归咎于对方的离别,而是设想对方也会思念着自己的,“云中谁寄锦书来,雁字回时,月满西楼”。下阕写词人由想象回到现实,进一步描绘她对丈夫的思念之情。花与水的各自飘流为眼前所见,又自然比喻两人分居的处境。“才下”“却上”两词连用,极其生动而逼真地表现出深藏在心头的时刻都无法放下的愁情,以及这种愁情在短暂中起伏变化的波澜。

李清照前期的词虽然多表现闺阁之情,但她并未完全将自己封闭在闺房之内,而是经常走向大自然,亲身感受大自然的美丽与和谐,以陶冶情操,开阔胸襟。因此,李清照前期的词作中也有一部分表达了她对大自然的喜爱之情,例如《如梦令》:

常记溪亭日暮,沉醉不知归路。兴尽晚回舟,误入藕花深处。争渡,争渡,惊起一滩鸥鹭。

在词中,词人通过“溪亭”“日暮”“藕花”“鸥鹭”等意象勾勒出了一幅五彩斑斓的画面,又通过“回舟”“误入”“争渡”“惊起”等动词在这幅画面上渲染了迷离动荡的欢悦氛围,使人、景、物、情巧妙地融合在一起。全词笔调轻松活泼,语言明白晓畅,意境耐人寻味。

李清照在词作中表现对大自然的喜爱之情时,也时常会流露出一定的感伤情绪,如《如梦令》:

昨夜雨疏风骤,浓睡不消残酒。试问卷帘人,却道海棠依旧。知否,知否?应是绿肥红瘦。

这首词通过女主人公与卷帘侍女的一问一答,暗示出词人惜春而又不伤春的内心感受。前四句化用了孟浩然《春晓》中“夜来风雨声,花落知多少”的诗意,春夜里大自然经历了一场风吹雨打,词人预感到庭园中日前盛开的花朵定会惨遭蹂躏,而树木受到雨水的浸润必然是绿叶繁茂。在翌日清晨,词人急切地向“卷帘人”询问室外的情况,而粗心的“卷帘人”却说“海棠依旧”。为了纠正“卷帘人”的粗疏与错误答案,词人一连用了两个“知否”。“绿肥红瘦”既形象地写出了经雨之后绿叶的丰润和红花的憔悴,也形象地反映出词人对春天将逝的惋惜。

李清照在南渡之后，经历了国家的沦亡、民族的屈辱、生灵的涂炭、个人的不幸等一系列变故，苦难的生活给她的创作带来了深刻的变化。李清照后期的大部分词所写的个人生活前后变化的剧痛深愁之中都蕴含着国家兴衰之感。身为封建社会上层妇女的遭遇尚且如此，广大人民的命运更可想而知了。因此，这些作品绝不是个人的无病呻吟，而是那个社会的缩影。如《菩萨蛮》：

> 风柔日薄春犹早，夹衫乍著心情好。睡起觉微寒，梅花鬓上残。
>
> 故乡何处是，忘了除非醉。沉水卧时烧，香消酒未消。

这首词描写的是词人的不幸遭遇，情调也比较消沉。其中“故乡何处是，忘了除非醉”等句则是表达了南渡初期许多离乡背井、骨肉分离的人们的悲惨命运和共同的感受，在当时应该说是有着重要的现实意义的。

李清照后期词作中所体现出来的悲哀可以说是深到骨髓的，而正是因为这刻骨铭心的悲哀和伤痛，她的抒情艺术取得了很高的成就，最有代表性的作品是《声声慢》：

> 寻寻觅觅，冷冷清清，凄凄惨惨戚戚。乍暖还寒时候，最难将息。三杯两盏淡酒，怎敌他、晚来风急！雁过也，正伤心，却是旧时相识。
>
> 满地黄花堆积。憔悴损，如今有谁堪摘？守着窗儿，独自怎生得黑！梧桐更兼细雨，到黄昏、点点滴滴。这次第，怎一个愁字了得！

这首词是词人后期的绝唱，也是词人晚年的生活缩影和精神状态。全词一气贯注，直抒愁怀，在结构上打破了上下阕的局限，着意渲染愁情，一字一泪，如泣如诉，缠绵哀怨，感人至深。“愁”是词人晚年生活的核心，支配着她的一切思想行为，但词人在这里所写的愁不是闺怨闲愁、生离之愁、暂时之愁，而是金兵入侵、朝政腐败、国土沦丧、百姓流离失所这样一个社会背景之下产生的非比寻常的凄苦哀愁，是她饱经忧患后个人遭遇与家国之痛交织在一起的愁，是她历尽折磨后凝结成的死别之愁、永恒之愁，因而感情也更加深沉哀痛。词中一开头就劈空而来 14 个叠字，“寻寻觅觅，冷冷清清，凄凄惨惨戚戚”的运用，可以说是词人在艺术上的新奇创造，从动作、环境到心理感受多层次地表现出寡居老人闷坐无聊、茫然若失而四顾寻觅的恍惚悲凉的心态，历来受到世人的激赏。秋末忽寒忽暖的天气已使词人感到不适，当看到由北南来的大雁时不禁平添了一层国破家亡的天涯沦落之感。词人坐在窗前独自面对着满地的黄花和黄昏的细雨，更加深了悲哀之感。全词纯用口语，仄声押韵，屡用叠字和双声字，使调子由舒缓变为急促、由哀惋变为凄厉。

总之，李清照作为婉约派的代表人物，在词史上独树一帜，给词这一文学形式增添了不少光彩，为后代抒情歌词留下了多彩多姿的文艺表现手法。她不愧为中国封建社会一位最杰出的女词人。

二、辛弃疾的豪放词创作

辛弃疾是南宋词坛的第一大家，豪放派的代表人物。辛弃疾(1140—1207)，初字坦夫，后改字幼安，号稼轩居士，山东历城(今山东济南)人。年少时曾组织义兵抗金，归宋后，虽然也曾担任地方长官且卓有政绩，但是他并没有得到朝廷的重视。

辛弃疾一生以恢复为志，以功业自许，却命运多舛，备受排挤，壮志难酬。另外，他恢复中原的爱国信念始终没有动摇，而是把满腔激情和对国家兴亡、民族命运的关切、忧虑，全部寄寓于词作之中。其词作艺术风格多样，以豪放为主，风格沉雄豪迈又不乏细腻柔媚之处。辛弃疾的词今存 620 多首，数量很多。这些词内容广阔，题材多样，如吊古伤时、谈禅说理、评论政治、咏物等。

但不论是吊古伤时、谈禅说理之词,还是咏物之词,都融入了政治内容,如《贺新郎·赋琵琶》:

凤尾龙香拨。自开元霓裳曲罢,几番风月?最苦浔阳江头客,画舸亭亭待发。记出塞、黄云堆雪。马上离愁三万里,望昭阳宫殿孤鸿没。弦解语,恨难说。

辽阳驿使音尘绝。琐窗寒、轻拢慢捻,泪珠盈睫。推手含情还却手,一抹《梁州》哀彻。千古事,云飞烟灭。贺老定场无消息,想沉香亭北繁华歇。弹到此,为呜咽。

这首词借琵琶以写怀。上阕先借唐说宋,追忆当日汴京之盛,接着借浔阳江头商妇、昭君出塞琵琶故事写怨。下阕先写辽阳望远,感慨宫车北去之不返,接着用“琐窗”“推手”四句正面咏琵琶中含一片哀情,“云飞烟灭”总结上文,谓千古往事,已烟消云散。结句沉香亭荒废,天宝年间琵琶能手贺怀智亦飘零无消息,无主之琵琶宜其罢弹呜咽,不复成声也。可以说,此词大气包举,写国难家仇悲慨无穷,运用史事典实虽多却扣紧题旨,与词人的内心情感相呼应,故不嫌堆垛,反而丰富了作品的思想内涵,使抒情的气氛更加浓郁,真正达到“心中有泪,笔下无一字不呜咽”的目的。

由于南宋最高统治集团偏安一隅,反对抗战,再加上主和派的压制,辛弃疾渡江南来渴望收复中原的理想逐渐幻灭,于是发出了苍凉忧愤的浩叹,在词作中更多地表现了壮志难酬、报国无门的苦闷,如《破阵子·为陈同甫赋壮语以寄》:

醉里挑灯看剑,梦回吹角连营。八百里分麾下炙,五十弦翻塞外声。沙场秋点兵。

马作的卢飞快,弓如霹雳弦惊。了却君王天下事,赢得生前身后名。可怜白发生!

在这首词中,词人以激动而又自豪的心情飞快地追忆了自己少年时驰骋沙场、抗击金兵的英雄气概和战斗经历,回顾了当年为国立功的非凡抱负,写得龙腾虎跃、激昂慷慨。然而,这一切都已经成为醉梦中的回忆,渴望恢复大业、名垂青史的幻想已经被年华老大、不受知遇的现实无情地粉碎了。这都是因为南宋小朝廷腐败懦弱,主和派得势,一味妥协投降,爱国志士被排斥、被迫害,正气不伸,壮志难酬。“可怜白发生”一句包含了词人无穷的感慨,极尽悲壮苍凉。

尽管一直不受重视,但是辛弃疾始终未曾放弃自己的理想,这在《永遇乐·京口北固亭怀古》一词中有所体现:

> 千古江山,英雄无觅,孙仲谋处。舞榭歌台,风流总被雨打风吹去。斜阳草树,寻常巷陌,人道寄奴曾住。想当年,金戈铁马,气吞万里如虎。
>
> 元嘉草草,封狼居胥,赢得仓皇北顾。四十三年,望中犹记,烽火扬州路。可堪回首,佛狸祠下,一片神鸦社鼓。凭谁问,廉颇老矣,尚能饭否?

这首词作于词人65岁时,当时词人登上北固亭,触景生情,感叹了自己报国无门的失望,但词人借廉颇喻己,表示了自己收复中原的决心未曾改变,以及对统治者不能尽用人才的不满。

辛弃疾的词取得了很高的艺术成就,主要体现在以下方面:第一,辛弃疾的词不仅有豪迈奔放的气势,还有清新明媚的意境、细致缠绵的感情、闲淡自然的神韵和幽默诙谐的趣味,还总是集中和融合多样化的风格以表现潇洒豪爽、英伟勇武的独特个性。第二,辛弃疾的词继承了《离骚》“香草美人”的比兴传统,并结合婉约派的表现特点对其进行了运用和发展。第三,辛弃疾的词大量运用典故和诗文句法入词,使诗词散文达到了合一的境界。第四,辛弃疾的词好用口语,还有时文白夹杂,既通俗又浑然天成,别有一番风味。

总之,辛弃疾的词“慷慨纵横,有不可一世之慨,于倚声家为变调,而异军特起,于剪红刻翠之外,屹然别立一家,迄今不废”(《四库全书总目提要》)。

第五节　尚骈崇散、文道并重的散文

从晚唐到五代，古文衰落，骈文复兴。北宋初期仍然流行着艳冶浮华的“五代体”，虽有一些文人比较关注文风的变革，但一时之间还难以起到什么效果。由于历代文人以能赋为荣，科举要考试诗赋，官场诏令书启都用骈文，编纂文集也多首列辞赋，辞赋写作成为文人难以改变的习惯。宋代文坛风气直到柳开、王禹偁等大力提倡复古，矫正五代文风，以继承韩愈之文，学习圣人之道相号召，才有所改变。他们力涤排偶之习，崇尚散行之文，要求语言自然平易。从仁宗天圣年间开始，文坛上逐渐兴起以明道、致用、法唐、崇散为特征的散文之风。这一时期，著名的散文大家有柳开、王禹偁、范仲淹、欧阳修、苏舜钦、曾巩、王安石、苏轼、苏洵、苏辙等。以下主要对王禹偁、欧阳修、苏轼的散文进行研究。

一、王禹偁的散文创作

王禹偁(954—1001)，字元之，济州钜野(今山东巨野)人。北宋白体诗人、散文家、史学家。太平兴国八年进士，历任右拾遗、左司谏、知制诰、翰林学士。敢于直言讽谏，因此屡受贬谪。宋真宗即位，召还，复知制诰。后贬至黄州，故世称王黄州，后又迁蕲州病死。

王禹偁的成就主要在于倡导古文。他在《小畜集》卷十八《答张扶书》指出：“姑能远师六经，近师吏部(韩愈)，使句之易道，义之易晓，又辅之以学，助之以气，吾将见子以文显于时也。”所以，他的文章，大多骈散兼行，节奏明快，简易醇质。

王禹偁一生致力于改革弊政，因此在文章中也最喜欢议政论事。王禹偁议政的代表作，是太宗雍熙四年(987)所写的《待漏院记》，文中用正反对比的手法和骈散交错的文笔，揭示贤相和佞相临朝待漏之际不同的思绪和心态：

待漏之际，相君其有思乎？其或兆民未安，思所泰之；四夷未附，思所来之。兵革未息，何以弭之？田畴多芜，何以辟之？贤人在野，我将进之；佞臣立朝，我将斥之。六气不和，灾眚荐至，愿避位以禳之；五刑未措，欺诈日生，请修德以厘之。忧心忡忡，待旦而入。九门既启，四聪甚迩。相君言焉，时君纳焉。皇风于是乎清夷，苍生以之而富庶。若然，总百官、食万钱，非幸也，宜也。

其或私仇未复，思所逐之；旧恩未报，思所荣之。子女玉帛，何以致之；车马器玩，何以取之；奸人附势，我将陟之；直士抗言，我将黜之。三时告灾，上有忧色，构巧词以悦之；群吏弄法，君闻怨言，进谄容以媚之。私心慆慆，假寐而坐，九门既开，重瞳屡回。相君言焉，时君惑焉。政柄于是乎隳哉，帝位以之而危矣。若然，则死下狱、投远方，非不幸也，亦宜也。（《小畜集》卷十六）

这篇散文以“勤”字开端，然后以设想“待漏”宰相的所思所想来点明正题，分别引出作者对贤相和佞相的生动刻画和不同评价，最后以“慎”字总结全文，深化“待漏”所蕴含的主题。全文论述就像剥笋一样，层层深入，脉络分明，一气贯注。以道德言政，可以说充分体现了宋代议政文章的特点。

王禹偁不满于晚唐五代的浮靡文风，曾说：“咸通以来，诗文不竞。革弊复古，宜其有闻。”（《送孙何序》，《小畜集》卷一九）他的散文言之有物，清丽疏朗，在宋初文坛上独树一帜。例如，王禹偁被贬黜到黄州时，借谪居之乐，作《黄州新建小竹楼记》抒写屡遭贬谪的不满之情。文中骈散结合，既有古文的疏朗流畅，也不废骈体文字对称、音调铿锵的优点。其中描绘竹楼佳景一节，笔致最为隽绝：

远吞山光，平挹江濑。幽阒辽敻，不可具状。夏宜急雨，有瀑布声。冬宜密雪，有碎玉声。宜鼓琴，琴调和畅;宜咏诗,诗韵清绝;宜围棋,子声丁丁然;宜投壶,矢声铮铮然:皆竹楼之所助也。

这段文字纯从听觉落笔,用六个“宜”字,将夏闻急雨、冬听密雪的静趣,鼓琴、吟诗、围棋、投壶的雅兴,均借竹楼所添的清韵表现出来。文章结尾表达了希望后人“嗣而葺之,庶斯楼之不朽”的心愿,意趣的萧疏闲淡,处境的幽冷凄怆,不慕高楼华屋的自傲,对志同道合者的期待,都深蕴在旷达的襟抱之中。此节中对闲情逸趣的赞美和末段对贬谪生涯的感慨前后照应,更增强了全文的抒情意味,堪称欧阳修、苏轼散文的先导。

实际上,王禹偁的文章在当时并不为人所称道,到数十年后,才得到众人的认可,成为古文写作的精神偶像。

二、欧阳修的散文创作

欧阳修(1007—1072),字永叔,号醉翁,晚号六一居士,吉州永丰(今江西省吉安市永丰)人,北宋政治家、文学家,且在政治上负有盛名。因吉州原属庐陵郡,以“庐陵欧阳修”自居。官至翰林学士、枢密副使、参知政事,谥号文忠,世称欧阳文忠公。累赠太师、楚国公。与韩愈、柳宗元、苏轼、苏洵、苏辙、王安石、曾巩合称“唐宋八大家”,并与韩愈、柳宗元、苏轼被后人合称“千古文章四大家”。

欧阳修的散文内容充实,形式多样,无论是议论,还是叙事,都是有为而作,有感而发。欧阳修论事以义理取胜,追求平淡简洁的文风。用词实际上是很锋利的,但能藏锋敛锷,写得雍容舒缓,抑扬有致。例如,《与高司谏书》从自己闻高司谏之名以来,14年间三次怀疑对方是否君子的心理活动谈起,先作出高司谏决非君子的结论,然后才根据范仲淹被贬,高司谏随众人加以排诋的事实,将得出该结论的缘由有条有理地说出来。他先退一步为高司谏着想,说他为顾利禄而不敢得罪宰相,也是庸人之常情,至多做个不才的谏官罢了。高司谏却昂然自得,毁谤贤人,这就不是庸愚的问题，而是君子之贼了。然后反过来假设范仲淹不是贤人，高司谏也不应当在范仲淹受重用时无一言之谏，等范仲淹出事才跟着非议。一进一退，一正一反，从两面分析，再以尹洙等人因范仲淹被贬，挺身而出要求同贬的行动作反衬，鲜明地揭示出高司谏的卑鄙品质。笔锋极其锐利，而论证却从容委婉，滴水不漏，使对方无可辩驳。

《五代史伶官传序》是欧阳修最著名的一篇史论。作者由后唐庄宗死于伶人之乱的下场，追想他当初得天下时的意气。先写庄宗消灭燕梁时告成太庙的得意情景，与他后来困于乱兵、断发哭泣的狼狈模样相对照，在叙事中作一层扬抑，又从史事中生发出“忧劳可以兴国，逸豫可以亡身”的感慨，用议论再作一层扬抑，低昂反复，情从词出。

欧阳修的游记散文名篇《醉翁亭记》写于他被贬滁州时期。寄托很深，但不见构思的痕迹。作者将山水之乐归结到与民同乐，因此这篇山水记写得十分快活热闹，毫无孤冷幽清的情调。章法也很有特色：劈头一句“环滁皆山也”，以突兀的文势展开了气势雄伟的全景。然后作者的笔顺峰巅舒徐下行，一步步将人从群山中带到琅琊山，再从琅琊山带到酿泉，以一句“有亭翼然”，托出峭拔飞耸的醉翁亭。接下去分写山水之乐和游人之乐，大赋全面铺叙的章法凝缩为骈散相间的两对排偶句，概括四时朝暮的典型景色，使不以奇特取胜的琅琊山也有了独特的佳趣。而兴味更浓的还是与众人同乐的醉翁：

> 至于负者歌于涂，行者休于树，前者呼，后者应，伛偻提携，往来而不绝者，滁人游也。临溪而渔，溪深而鱼肥。酿泉为酒，泉香而酒洌；山肴野蔌，杂然而前陈者，太守宴也。宴酣之乐，非丝非竹，射者中，弈者胜，觥筹交错，起坐而喧哗者，众宾欢也。苍颜白发，颓然乎其间者，太守醉也。

引文先展开一幅欢乐的大全景，然后让视野渐次缩小到太守宴上来，在觥筹交错的众宾之中，把焦点凝聚到太守身上，集中刻画了一个不拘形迹的可爱的醉翁形象。最后写游人去后禽鸟之乐，归束全文。全文写景逐圈缩小视野，从全景推到特写，章法也随之逐层脱卸，逐步顿跌。此外，文章语言平易晓畅，晶莹秀润，既简洁凝练又圆融轻快，毫无滞涩窘迫之感。深沉的感慨和精当的议论都出之以委婉含蓄的语气，娓娓而谈，纡徐有致。这种平易近人的文风显然更容易为读者所接受，所以具有广阔的发展前景，其后宋代散文的发展历程就证明了这一点。

欧阳修还有不少为纪念友人所写的诗文集序和祭文，都是相当感人的抒情散文。这里就不具体分析了。总的来说，欧阳修的散文富有变化和创新，而其基本风格则平易简洁、委婉流畅。

三、苏轼的散文创作

苏轼(1037—1101)，字子瞻，又字和仲，号东坡居士，世称苏东坡、苏仙。汉族，北宋眉州眉山(今属四川眉山)人，祖籍河北栾城，北宋著名文学家、书法家、画家。苏轼在文学上是公认的天才全才，于诗、词、文、赋均有极高的成就。在散文方面，他也取得了极为出色的成就。

苏轼的文学思想是文道并重。首先，苏轼认为文章并不仅仅是载道的工具，其自身的表现功能便是人类精神活动的一种高级形态。其次，苏轼心目中的“道”不限于儒家之道，而是泛指事物的规律，如“日与水居”的人“有得于水之道”。所以苏轼主张文章应像客观世界一样，文理自然，姿态横生。此外，他认为，作文除了个人的道德修养以外，还要有丰富的生活阅历，才能“充满勃郁而现于外”。他崇尚自然奔放的风格，提倡个性化和独创性，认为文章应当能使“物了然于心”，并“了然于口与手”，做到意会言传，“辞达而已”。这些理论都是他从自己的创作体会中总结出来的宝贵经验。正是在这种独特的文学思想指导下，苏轼的散文呈现出多姿多彩的艺术风貌。与韩文的深厚雄博、柳文的峻洁精密、欧文的优游有余不同，苏文是以奇纵恣肆、波澜迭出见长的。他称自己的文章“如万斛泉源，不择地而出，在平地滔滔汩汩，虽一日千里无难”（《文说》），可说是准确地道出了他的散文特色。他的散文大致可分为下列三类。

第一类是奏议、进策、史论和制科文字。虽然有些应试的文章反映了传统的书生之见，但也有不少有的放矢、反映现实、抒写政治抱负的优秀篇章。政论文如《进策》，是有组织、有系统的宏文巨制，共 25 篇，提出了一系列具体的改革意见，体现了苏轼对北宋中叶政治形势的清醒认识。他早年写的史论有较浓的纵横家习气，博采史事，借古鉴今，且善于从旧史料中翻出新见，有时故作惊人之论而不合义理，如《贾谊论》责备贾谊不知结交大臣以图见信于朝廷，《范增论》提出范增应为义帝诛杀项羽。《平王论》批评周平王避寇迁都之失策，见解新颖深刻，富有启发性。这些史论在写作上善于随机生发，翻空出奇，表现出高度的论说技巧，成为当时士子参加科场考试的范文，所以流传极广。随着阅历的加深，苏轼纵横家的习气遂逐渐减弱，元祐以后所写的一些奏议，内容上有的放矢，言辞则剀切沉着，接近于贾谊、陆贽的文风。

第二类是记、赋、传、碑等写景抒情、记人记事的散文。其中为楼台亭榭所作的题记最多。特点是描绘、叙述和议论错杂并用，结构布局随内容需要而变幻无穷。前后《赤壁赋》是苏轼最享盛名的两篇散文赋。它们摒弃了辞赋全面铺陈的传统形式，融入了古文的疏宕萧散之气，吸收了诗歌的抒情意味，达到了抒情、叙事、说理、写景完美结合的诗一般的境界。全文沿用赋体主客问答、抑客伸主的传统格局，抒写了自己的人生哲学，同时描写了长江月夜的幽美景色。《前赤壁赋》写“苏子与客泛舟游于赤壁之下”的兴致：

> 清风徐来，水波不兴。举酒属客，诵明月之诗，歌窈窕之章。少焉，月出于东山之上，徘徊于斗牛之间。白露横江，水光接天。纵一苇之所如，凌万顷之茫然。浩浩乎如冯（凭）虚御风，而不知其所止，飘飘乎如遗世独立，羽化而登仙。

幽美、澄澈的景色与轻松愉悦的心情构成开阔明朗的艺术境界，而那种渺渺茫茫、若有若无的虚幻感觉，又直接为后文写超然物外的人生哲理作了铺垫，体现出作者高超的表达能力和语言技巧。人生在世，犹如“寄蜉游于天地，渺沧海之一粟”，至于“挟飞仙以遨游，抱明月而长终”，不过是徒然的幻想而已。因此，“哀吾生之须臾，羡长江之无穷”的伤感，便只有托之于箫声悲风了。苏子却反驳了这种见解：

客亦知夫水与月乎？逝者如斯，而未尝往也；盈虚者如彼，而卒莫消长也。盖将自其变者而观之，则天地曾不能以一瞬；自其不变者而观之，则物与我皆无尽也，而又何羡乎？且夫天地之间，物各有主，苟非吾之所有，虽一毫而莫取。惟江上之清风，与山间之明月，耳得之而为声，目遇之而成色，取之无禁，用之不竭。是造物者之无尽藏也，而吾与子之所共适。

作者认为，从变的角度看，天地没有一刻停滞，从不变的角度看，物我都是无尽的。所以应当解脱烦恼，尽情享受大自然无尽的风光。这些超脱的玄理使客人转悲为喜。虽然主客是在辩论宇宙观和人生哲学，但旷达的情怀、丰富的想象，使这些高深的哲理融合在清风明月、山水箫声之中，交织成一个诗意盎然、韵味深远的优美境界。

苏轼作文以“辞达”为准则，所以当行即行，当止即止，很少有芜词累句，这在他的游记散文中也表现得很为突出。例如，《承天寺夜游》记他在黄州与友人夜半步月的情景，像一则简短的日记：

元丰六年十月十二日夜，解衣欲睡，月色入户，欣然起行。念无与乐者，遂至承天寺寻张怀民。怀民亦未寝，相与步于中庭。庭下如积水空明，水中藻荇交横，盖竹柏影也。何夜无月？何处无竹柏？但少闲人如吾两人耳。

全文仅 80 余字，但意境超然，韵味隽永，为宋代小品文中的妙品。作者对寺庭中景物稍加点染,就勾勒出一个空明奇幻的境界:月光泻地、庭院里像浮着一池清水。竹柏的影子纵横交错,宛如藻荇飘浮的错觉,更增加了积水的真实感。这样优美娴静的景色无人欣赏,不免使人惋惜世上像自己和张怀民这样的闲人太少。结尾议论很含蓄,一切都留在“闲人”二字中让人回味。

第三类散文是书简、杂著和序跋等。这类杂文或叙友情,或写襟怀,或谈文艺,或论学术,最能见出苏轼的心胸、性情和见识,是散文中最自由活泼的体裁。例如,《日喻》介于杂说和寓言之间,形式十分新颖,文中的两段比喻:

> 生而眇者不识日,问之有目者。或告之曰:“日之状如铜盘。”扣盘而得其声。他日闻钟,以为日也。或告之曰:“日之光如烛。”扪烛而得其形。他日揣籥,以为日也。日之与钟、籥亦远矣,而眇者不知其异,以其未尝见而求之人也。
>
> 南方多没人,日与水居也,七岁而能涉,十岁而能浮,十五而能没矣。夫没者岂苟然哉?必将有得于水之道者。日与水居,则十五而得其道。生不识水,则虽壮,见舟而畏之。故北方之勇者,问于没人而求其所以没,以其言试之河,未有不溺者也。故凡不学而务求道,皆北方之学没者也。

作者先从反面举出盲人识日的故事作为比喻,指出他人以太阳的形状和光亮来形容,虽有巧譬善导,也不能使盲人认识太阳的全貌。这与学道一样,只凭所见一端,甚至意中揣度,是不能理解道的本意的。然后从正面打比方,说南方人会潜水,是因为天天与水相处,由会游泳到会潜水要有一个过程。文章本意虽是反对当时科举考试只取声律或只取经术的两个偏向,论证了对事物的认识不能依赖片面的见闻,必须经过实践才能掌握事物规律的道理,说理十分透辟,但它的说理是借助生动的事例,或者说是通过形象来展现的,所以它给读者的印象不但深刻,而且生动鲜明,既能使人得到知性的认识,又能带来审美的愉悦。

苏轼以扎实的功力和奔放的才情，发展了欧阳修平易晓畅的文风，并全面吸取前人散文的精华，大大开拓了散文的题材内容，丰富了散文的艺术技巧。苏轼是继欧阳修之后主持北宋文坛的领袖人物，在当时的作家中间享有巨大的声誉，一时与之交游或接受他的指导者甚多，北宋文学家黄庭坚、秦观、晁补之和张耒都曾得到他的培养、奖掖和荐拔。

第六节　文言小说的转型与话本小说的产生

唐代文言小说归根结底是高雅士人自我表达和交流的文学样式。而进入宋代以后，这种情况明显发生了变化。北宋初期的文言小说作者身份地位相对较高，他们的创作还属于高级士人的余事，与唐人有共通之处。但是，随着文化的普及与下移，北宋中期的文言小说作者既有著名的才子文人、显要的政治人物，也有在政界、文学界和思想界都有所建树的大家，还有中下层文人。除了文言小说的转型之外，宋朝还诞生了话本小说，话本小说是伴随“说话”技艺出现的一种文学样式，是我国古代的白话短篇小说，有着自己的发展历史和体式特征，与文言小说和白话章回小说有着明显的区别。下面我们将对文言小说的转型与话本小说的产生进行具体的阐释。

一、文言小说的转型

文言小说在北宋转型的主要特征表现为以下几点。

首先，文言小说出现总结性的著作。例如，宋初有官修五百卷的《太平广记》，广泛搜罗唐五代及以前的各种文言小说；此外还有按主题分类的专集和选集，如张君房的《丽情集》、吴淑的《江淮异人录》等。

其次，文言小说与白话小说相互影响。宋代白话小说兴起并走向成熟，不少文言小说的题材被改编为白话小说，也有根据说话或白话小说而来的文言小说。文言小说主要向两方面分化：一是保持语言的雅洁，在故事主体框架不变的前提下，扩展、详述、维持或延缓原有情节，篇幅比唐传奇更长，如《西池春游》等；二是语言趋于浅显，注重故事的伦理意义。

最后，在伦理观念上，北宋文言小说由政治伦理向日常世俗伦理的转化，思想家们讨论的主题主要是个人情欲与社会伦理及形而上的理念之间的关系。在《青琐高议》中，如果人间男子有负于狐女或鬼女，也会被视为"不仁"。叙述者在故事开头或结尾常常发表议论或劝诫，以使听众对故事的理解不至于偏离集体的道德准则。小说也常有因果关系贯穿其中，其结构原则也不同于唐传奇。文言小说的文化功能也比先前更宽。

从文体类型上看，北宋以来的文言小说大体具有两种倾向。一种倾向是继续保持六朝志怪篇幅较短的特点，忠实于材料的来源，而不以技巧、文采见长，因而显得平实简朴，如徐铉的《稽神录》、张君房的《乘异记》、黄休复的《茅亭客话》等。另一种倾向是沿着唐传奇的路子继续前进，不管艺术水平高或低，都具有"创作"的特点。这一类作品通常有较为完整的情节或人物形象，常常体现出叙述者的个性，注重对叙述技巧的选择，其中代表性的作品很富有文采，如《青琐高议》《云斋广录》等书中的许多作品。

张齐贤的《洛阳缙绅旧闻记》是北宋前期较为著名的作品。张齐贤(943—1014)，字师亮，曹州冤句(今属山东)人。由五代入宋，太平兴国二年(977)进士，官至兵部尚书、同中书门下平章事。《洛阳缙绅旧闻记》的主要特点是记述小人物的故事，或大人物的琐事、细节。这其实也是别传或外传的基本特点。这本书中所涉及的张相、白廷诲、梁太祖等，都是五代至宋时期实有的、曾居高位的人物。在小说中，作者并没有记述他们的仕途经历和政治生涯。《张相夫人》记述某女子在成为张相夫人之前备尝艰辛的故事。《白万州》记述太保白廷诲昆仲被假剑客骗去良马和钱财的故事。《梁太祖》记述梁太祖先后与杜荀鹤掷骰子、令杜秀才题

《无雨诗》、与文士徐夤调侃、“憩于高柳树下”的故事。这些故事对于历史学家来说无足轻重，但对于小说的作者和读者来说是耐人寻味的事。作者自序说他在“未应举前十数年中”，就感到这些故事“使人终日听之忘倦”。张相夫人“先困而后遇”的经历牵动人们在现实生活中的体验，引发读者对命运和人生际遇的感叹。白万州昆仲对于剑术的好奇及对于假剑客的毕恭毕敬，与假剑客的傲慢和装模作样构成有趣的反讽性效果。对于假剑客精心设计的圈套及白万州昆仲进入圈套的过程，叙述者当然是了如指掌的。但他并不介入故事，而以局外人的姿态来叙述骗子和被骗者的情形，目的是让人物本身的行动给读者造成意外的喜剧效果。《梁太祖》则以夸张的细节描写来凸显梁太祖、杜秀才、徐夤等人的性格特征，从而使读者产生如见其人、如闻其声的感觉。

北宋中期的文言小说属《青琐高议》最为出众。它是刘斧编撰的，内容非常庞杂。刘斧，北宋中叶人，生卒年及生平事迹不详。人称刘斧秀才。有人据书中所涉及年号及人物，推知刘斧的生活年代大约为宋仁宗至哲宗时期(1023—1086)。晁公武《郡斋读书志》《宋史·艺文志》皆著录《青琐高议》18 卷。今存本共 27 卷。书中有些作品署有不同作者的姓名，包括柳师尹、秦醇、孙实、丘濬、钱易、杜默、张实等，这些作者大多是刘斧同时代或稍早时期的人。其中有些未署作者姓名的作品是否纂辑者刘斧所作，今已无从考定。在《青琐高议》中，虽然不少作品取材于前人的小说或谈丛，但也自然而然地体现出宋代文言小说的转型。《流红记》所讲述的故事最早见于唐代孟綮的《本事诗》和范摅的《云溪友议》，情节的偶然而离奇是这一故事吸引不同时代的作者和读者的主要因素。但在环境和场景、人物语言和动作的描写上，《流红记》显然比前人的记述更加细致、委婉。《赵飞燕别传》是由托名汉伶玄的《赵飞燕外传》发展而来。这一故事以后妃之间的争风吃醋、邀爱固宠为主题，以作者和读者的男性心理为取向。不同个性的女子争相获得男主角的欢心，这无疑使男性的作者和读者得到虚幻的、替代性的满足。赵飞燕其实就是这种男性心理的产物，而不是对历史人物的记录。对于大家女子、宫女、后妃等贵小姐或贵夫人的向往也是普遍心理的反映，中外文学史上都有不少以此为主题的作品。因为在现实生活中，一般男子并没有这样的条件，所以人们把故事的男主角寄托在汉帝、唐明皇这样的帝王身上，或者像《周秦行纪》那样，让“余”在似真似幻的夜晚直接与太真妃子、潘淑妃、王嫱、绿珠等宫中美女邂逅。正是在这种心理的作用之下，赵飞燕这种人物原型在不同时代被不同的作者、以不同的表现方式染指，其中的情节被设想得越来越细致。

南宋时期王明清的《摭青杂记》也是当时具有代表性的文言小说。《摭青杂记》主要以市井人物为主角，并以市井趣味和伦理价值为刻画人物、构筑情节的基本原则。如书中《盐商义嫁》叙述盐商项四郎义嫁徐氏女子，《全州佳偶》叙述单符郎与沦落风尘的表妹邢春娘的悲欢离合及赎出李氏妓女的义举，《茶肆高风》叙述茶肆主人拾金不昧的义德，但这些人物并没有被神奇化或典范化，而是像其他人物一样有自身利益的考虑和动机。项四郎义嫁徐氏之前，曾“欲留之为子妇”；徐氏自愿嫁给金尉时，项四郎曰：“汝自愿如此，吾岂可固执。但去后或有不是处，不干我事。”单符郎在赎出李氏之前，也曾经颇感为难。只是在表妹一再催促之下，他才“拼一失色，恳告太守”。茶肆主人之“所以然者”，是因为“常恐有愧于心”，这一特点使他们不同于以道义为使命、为他人而存在、力量超常因而具有神秘色彩的侠客。尽管这些人物和故事深层次上是由先前的侠客故事变形而来，但给人的感觉仿佛来自作者和读者所生存的现实生活。在语言层面，这些小说更多地使用了双音节或多音节词语、结构助词、限定性词语、介词判断及其他关联词语，如“本分人”“里边”“又曾在甚处劫掠某人财物”等，都具有诉诸听觉的口语特点。

二、话本小说的产生

话本小说的本源是“说话”。“说话”的发展与成熟为话本小说的出现创造了良好的条件。不过，话本小说毕竟属于书面文学，它还不能以口头讲述而仍以书面作品为据。

在唐代繁荣的社会经济基础上，宋代城市繁荣，因而市民阶层空前壮大，形成了一股强大的社会力量。市民们不仅需要物质生活，也需要文化生活。因而文化娱乐活动越来越多。尤其是“说话”技艺非常受市民的欢迎。与唐代“说话”相比，北宋“说话”表现出一些新的特点。例如，北宋的“说话”有了固定的演出场所，即瓦舍勾栏。“瓦舍”也称为“瓦”“瓦子”“瓦市”“瓦肆”，是宋人市语，主要指都市中的游乐场所。“勾栏”也称为“勾肆”，原是栏杆的意思，用栏杆围成一座演艺场所，后来就将演艺场所称为“勾栏”。“勾栏”往往是“瓦舍”的中心。北宋时，京城汴梁的瓦舍勾栏有很多，一个瓦子可以容纳几千人，规模不小。北宋出现了很多专业化的“说话”艺人。据胡士莹先生统计，在《东京梦华录》《西湖老人繁胜录》《梦梁录》《武林旧事》及其他笔记中，出现的“说话”人非常之多，这些“说话”艺人主要是男性。

正是在“说话”大兴盛的厚实基础上，宋人话本大量产生。而话本的大量产生就促进了宋代话本小说的发展。据《醉翁谈录》《也是园书目》《宝文堂书目》的记载，有大约140篇小说话本名目。

现存的北宋话本有《梁公九谏》和《大唐三藏取经诗话》，前者属于讲史类，后者属于说经类。它们能够让我们对早期话本的面目有一定的认识。

《梁公九谏》原名《梁公九诗词》，共一卷九节，梁公的每一谏为一节，无名氏撰。话本全篇基本上以唱词为主，与变文较为接近。小说主要讲述了唐代武则天废太子庐陵王，想传位于侄儿武三思，经梁国公狄仁杰九次进谏劝阻后，复召李显为太子的故事。全篇围绕“九谏”，对梁国公狄仁杰的刚正不阿，以及为国家利益而宁死不屈的可贵精神进行了颂扬。很显然，作者在塑造狄仁杰这一人物形象上倾注了较大的热情。该话本主要是通过人物的语言来刻画人物的性格，因而在人物神态、场景的描写上不够绘声绘色，导致话本的艺术感染力不是很强。此外，情节也不够曲折，全篇平铺直叙，语言不够通俗易懂。由此可看出，北宋话本与“说话”相比，显得较为粗糙和简朴，也没有脱离文言小说的樊篱。

《大唐三藏取经诗话》又名《大唐三藏法师取经记》，分上、中、下三卷，内容有一定残缺，撰者不详。全篇夹杂“诗”和“话”而成，以“话”为主。话本主要讲述了主人公玄奘前往西天取经过程中克服各种困难后终于取得成功的故事。作者想借此故事磨砺宗教徒众求佛的坚强意志，鼓励他们为获得佛家真谛一定要不畏艰险、坚持不懈。从艺术方面来看，话本较为粗糙和简单，只有情节的发展没有故事的铺陈，人物描摹也不够细腻，当然文学作品的各种基本要素已经具备。要说本篇话本的亮点，就属虚构了“猴行者”这一人物，作者赋予了这一人物非凡的本领，使其在玄奘取经的过程中发挥了重要作用。

从上述两篇话本小说可以看出，早期话本小说在艺术上还不够成熟。

第六章　文学复古，迈步通俗：明代的文学

明代时期，随着社会秩序的逐渐稳定，历经战乱破坏的社会经济逐步得到恢复和发展，城市日渐兴旺，商业经济迅速繁荣，生活在城市里的市民阶层迅速扩大。这些阶层人数众多，人员复杂，多是生活于社会底层的手工业者、一般贫民、作坊主、商人、一般文人士子等。在这些市民阶层中，商人们经济实力雄厚，生活奢靡，逐渐引起人们的瞩目和羡慕。与此同时，商人们喜欢附庸风雅，常常与一些文人士子往来唱和；而文人士子也逐渐改变了不屑于与商人为伍的态度，习惯于出入市井，乐于与商人、手工艺人交游，在文学创作上也表现出越来越强的世俗化特征。此外，明代中期以后，伴随着要求变革的时代精神，以及反抗权贵和宦官黑暗统治的社会心理的高涨，文学上出现了一股复古风气。

第一节　吴中四杰的诗文创作与文学复古风潮的涌起

明代时，诗歌"已经度过了它的辉煌顶峰——唐代，也已经度过了它的变异时代——宋代，后来的诗歌大体上已经翻不出唐宋两家，或是宗唐，或是学宋，在诗体、语言、思维、审美追求等方面都已经缺少实质性的创新"(张国风，2003)，但仍有大量的优秀诗歌作家和作品陆续问世。就明代初期而言，随着汉民族政权的建立，士人阶层对于新兴政权抱有强烈的期望，期望它能开创一个类似于李唐王朝的政权，因此在诗歌创作上也出现复古的势头，其中最具代表性的当属吴中四杰。

一、吴中四杰的诗文创作

在元明易代之际，诗文创作不乏佳作，其中影响较大的诗文名家是“吴中四杰”，即高启、杨基、张羽和徐贲。这些文人大多放浪不羁、风流自赏、不走封建统治者为士子所规定的道路，而且追逐纵情享乐、追求现实人生的价值。因此，他们的诗文不法古也不为形式所约束，取径极宽，且不拘一格，有着浓郁的浪漫色彩。同时，他们的诗歌注重运用富于色彩的辞藻，且七言歌行、五七古体、五七言近体等诸体兼备。吴中四杰的诗文多咏物、写景、怀古之作，其中成就较高的是高启和杨基。在这里，我们主要对他们的诗文创作进行分析。

高启（1336—1374），字季迪，号槎轩，又自号青丘子，长洲（今江苏吴县）人。自小警敏博学，工于诗歌。元代末年，张士诚占据吴地，高启被迫在其部下饶介幕中做幕僚。明代建立后，于洪武二年（1369）被朱元璋召去参与《元史》的编修，并授翰林院国史编修官，后擢户部右侍郎。但不久，高启便以“逾冒进用”“年少未谙理财之任”为由辞官，并因此遭到朱元璋的记恨。洪武七年（1374），高启被朱元璋借故腰斩于南京，终年39岁。

高启的一生都致力于学诗写诗，有《吹台集》《江馆集》《凤台集》《姑苏杂咏》《娄江吟稿》等多部诗集，共计诗2000余首。《四库全书总目提要》评高启诗云：“高启诗天才高逸，实踞明一代诗人之上。其于诗，拟汉魏似汉魏，拟六朝似六朝，拟唐似唐，拟宋似宋，凡古人之所长，无不兼之。振元末纤秾缛丽之习而返之于正，启实有力。”

高启生活在元明之交，既经历过元末的战乱，又面临着明初封建君主对文人的政治压制和迫害，其诗因此烙上了某些鲜明的时代特征，并被认为是有明一代诗歌创作成就最高的诗人。根据内容，其诗大体可以分为三类。第一类是描写当时的社会现实的作品，如《吴越纪游·过奉口战场》采用了现实主义的创作手法，通过一系列的描绘展现了战后的景象：空荒的村落，横地的白骨，枯萎的蓬根，还有不时发出凄厉叫声的饥鸢……侧面表现了战争的惨烈，但诗人对此甚为无力，只能在内心添加一份悲伤。整首诗的基调凝重悲怆，充分表达了诗人面对战乱的无可奈何的心情。第二类是怀古咏史之作，如《岳王墓》写岳飞的北伐事业被秦桧破坏，被迫班师回朝，十年之功，毁于一旦。面对历史的沧桑变化，高启有很多的感慨和自己的看法。他将这些感慨和看法融入了诗歌创作当中，表现了对历史上具有崇高的民族气节的民族英雄、爱国将领的敬佩。第三类是抒发个人生活志趣的作品。早年的高启有一种睥睨世俗的高远情怀，因此在他的诗歌中常会表达出自己所崇尚的生活志趣，如《青丘子歌》中就塑造出了一个遗世独立、恃才傲物、耿介绝俗的自我形象。在日常的生活中，高启常常会感到忧郁、彷徨和孤独，他把这些情绪融入了诗歌当中，如“惆怅未眠人，空斋几回听”(《闻钟》)，“人事诚多乖，忧来卧闲房”(《春日言怀》)，“两事不可齐，人生苦难足”(《晓起春望》)，“不向此乡居，飘零复何处”(《渡吴淞口》)等，皆表达了诗人忧郁和孤独的情怀。

高启在善于作诗的同时，善于作文。而高启的散文，总体来说有以下三个鲜明的特色。一是有着形象而精警的析理。例如，在《清言室记》一文中，对人言之间复杂的多层次关系进行了生动形象的论述，并提出观人必先观言及内外言行一致的观点。不难看出，这里包含着一些辩证法思想。二是有着流畅、劲健的叙述，如《书博鸡者事》中在叙述博鸡者严惩豪民时就体现出这样的特色。三是有着真切而凝练的描写，往往用三言两语就能形象地勾勒出描写对象，从不拖泥带水。例如，在《游天平山记》一文中，他是这样对山上的景物进行描写的：

山多怪石，若卧若立，若搏若噬，蟠孥撑拄，不可名状。复有泉出乱石间，日白云泉，线脉萦络，下坠于沼。举瓢酌尝，味极甘冷。泉上有亭，名与泉同。草木秀润，可荫可息。过此，则峰回磴盘，十步一折，委曲而上，至于龙门。两崖并峙，若合而通，窄险深黑，过者侧足。

这段文字只有短短的几句话，却将山上景物的特征形象地展现了出来，给人身临其境之感。

杨基（1326—1378），字孟载，号眉庵，原籍世嘉嘉州（今四川乐山），生长于吴中。元代末时曾入张士诚幕，未几谢去，又客饶介所。明代初年，他被起为荥阳知县，累官至山西按察使，后被谗夺官，谪服劳役，卒于工所。有《眉庵集》存世。

相较于高启的沉雄伉见，杨基的诗歌表现出很强的纤秾浏亮的特色，他的诗在内容上主要是写景、赠答之类，此外还有一些感怀、咏物、怀古及少量反映社会动荡的诗篇。在艺术风格上，他少以《铁笛歌》被杨维桢称赞并收入门下，故其诗受杨维桢影响，“诗颇沿元季秾纤之习”（《四库全书·眉庵集提要》）。例如，他的名作《岳阳楼》：

春色醉巴陵，阑干落洞庭。
水吞三楚白，山接九疑青。
空阔鱼龙气，婵娟帝子灵。
何人夜吹笛，风急雨冥冥。

此诗由画入景，描写的洞庭湖可谓气象壮阔、气势磅礴，再加上诗中的情感真切自然，历来受到人们的称赞。胡应麟在《诗薮续编·国朝上》中称此诗“壮丽欲亚孟浩然”，沈德潜在《明诗别裁集》中称此诗“应推五言射雕乎，起结尤入神境”。

杨基在吴中四杰中的诗名是仅次于高启的，是一位十分敏感的诗人。他在入明前创作的诗歌，主要对其在元末大动乱中的复杂思想和情绪进行了展现，如《感怀》其一：

剑可敌一人，书足记姓名。
学之十二年，书剑两不成。
归来吴楚间，豪杰已起兵。
揽镜照须眉，一二白发生。
老母在高堂，未敢即远行。

太息在长夜，鸡鸣星斗横。

在这首诗中，诗人自认文武双全，渴望成就一番事业，可在豪杰起兵之时，发现自己已是满头白发，还要奉养年老的母亲，只能暂时放弃自己的事业理想。由此，诗人传达出因无法完成一番事业而产生的叹息、无奈之情。

除了诗歌外，杨基的散文也很出色，《明史》本传称他“所为文章，气昌而奇，与宋濂并为一代之宗”。他的作品中的语言散文颇有特点，元末弃官归田后所著的《郁离子》具有一定代表性，其中包含了不少寓言故事，这些故事揭露了现实生活中的弊端，表达了愤世嫉俗的态度和拯救时弊的政治意图，如他那篇著名的《卖柑者言》，借卖柑人之口，毫不留情地讥讽了元末社会中那些“金玉其外，败絮其中”的达官贵人，有力地抨击了元末统治者及统治集团的腐朽无能还有社会当下的黑暗，抒发了作者愤世嫉俗的情感。这篇文章虽然较短，但巧妙地将长、短排比交杂使用，使得文章虽短而气势壮阔，言语不多却说理充分，具有很强的论理性特点。

二、文学复古风潮的涌起

元代时由于戏曲的兴盛，诗歌、散文等传统文学不可避免地呈现出衰落之势，而到了元末明初时，随着诗歌缛丽之气的弥漫，复古风潮逐渐兴起。明代初期，经历了元末动乱的文人对新王朝有着较高的期望，希望它能如同唐朝一样开创一个盛世，因此，明代的文坛开始兴起了一股复古风气。

由于明初国家刚刚统一，文学尚维持着元末割据下以地域分野的形态，因此明初的文学复古运动并没有形成统一的组织和浩大的声势，而是表现为众多以地域划分的既相对独立又相互影响的文学流派（如以宋濂和刘基为首的浙东学派、以高启为首的吴中诗派、以林鸿为代表的闽中诗派、以孙蕡为代表的岭南诗派等）在多元化中有所趋同的复古现象。其中，以宋濂和刘基为首的浙东学派继承了南宋理学的观点，强调“文以载道”（宋濂）和“美刺风戒，莫不有裨于世教”（刘基），即文章要有所寄托。可以说，宋濂和刘基对于为文的观点是相同的，但是两人在复古的方式上有所不同。

宋濂（1310—1381），字景濂，其先世为金华潜溪人，故号潜溪，后迁居浦江（今浙江金华）。他文宗韩愈、欧阳修，直承元末黄溍诸家之统，他的文章雄浑博大，笔力雄健，遣词造句融化了经史子集的精华，自然流畅，具有一种雍容温润、娴雅醇正的气度，开创一代风气，被刘基推崇为“当今文章天下第一”。《四库全书总目·别集类二二》说：“濂文雍容浑穆，如天闲良骥，鱼鱼雅雅，自中节度。”但是，他的文章也包含着缺点，就是雍容有余，简练不足。他的文学主张，是养气明道，崇实务本。他说：“人能养气，则情深而文明，气盛而化神。”又说：“大抵为文者，欲其辞达而道明耳，吾道既明，何问其余哉？虽然，道未易明也，必能知言养气，始为得之。”（《宋濂全集·芝园后集》）这种主张，是承袭孟子、韩愈而来的，强调作者的内功修炼，即道德品格修养，对纯艺术论起了一定的纠偏作用（吴志达，2010）。而刘基与宋濂有所不同，他勾勒的诗文正统是唐虞三代、西汉、唐（李、杜、韩、柳）宋（欧阳、曾、苏、王）、元（刘、许、姚、吴、虞、黄、范、揭）（见《诚意伯文集卷一五《苏平仲文集序》、卷六《王师鲁尚书文集序》）。

宋濂长于文章，被认为是明初散文成就最高的作家，朱元璋称他为“开国文臣之首”。在当时，宋濂的文章就已经名闻天下，据《明史》记载，他“为文醇深演迤，与古作者异。在朝郊社宗庙山川百神之典、朝会宴享，律历衣冠之制，四裔贡赋赏劳之仪，旁及元勋巨卿碑记刻石之辞，咸以委濂，屡推为开国文臣之首。士大夫造门乞文者后先相踵。外国贡使亦知其名，数问宋先生起居无恙否？高丽、安南、日本至出兼金购文集。四方学者悉称为‘太史公’，不以姓氏。”

从思想内容上说，宋濂的文章能将对皇帝的忠心与他的理学修养、文学才能很好地结合在一起，适合新王朝文治的需要，成为一代文章的典范。宋濂是一位儒家学者,也是一位古文家,其创作主张继承韩愈、欧阳修等唐宋古文学家“文以明道”的观点,注重“以道为文”的文道一元论,以为“文非道不立,非道不充,非道不行”(《宋学士文集》卷八《銮坡集》卷八《白云稿序》),强调“文”要贯穿“圣贤之道”的内核。在他看来,“所谓文者,乃尧、舜、文王、孔子之文,非流俗之文也”,“非专指乎辞翰之文也”(《宋学士文集》卷八《芝园后集》卷五《文原》)。这一创作主张使得他的不少文章多道学气。

以吴中四杰为代表的吴中诗派,也是复古思潮的积极实践者。这里着重阐述一下高启较为明确的复古主张。高启在《独庵集序》中对自己的复古主张进行了集中阐明:“诗之要三,曰格,曰意,曰趣而已……夫自汉、魏、晋、唐而降,杜甫氏之外,诸作者各以所长名家,而不能相兼也……故必兼师众长,随事模拟,待其时至心融,浑然自成,始可以名大方而免夫偏执之弊矣。”也就是说,高启认为作诗在注重模仿的同时,应达到格、意、趣的统一,不可偏执一端。而对于高启的复古主张和艺术实践,人们并没有给予正确评价,如四库全书《大全集提要》认为,高启只是一味地模拟古人而未能自成一家,《神弦曲》《竹枝歌》《见耕者》等诗中能够很容易地看出陶渊明、刘禹锡、李贺等人的影子。这种观点虽然看到了高启的复古行为,但完全忽略了高启的创造性,因而是失之公允的。

闽中诗派可以说是明代初年倡导文学复古的最得力力量,其中以林鸿最为著名。林鸿(生卒年不详),字子羽,福清(今福建福清)人。明代洪武初年(1368),因《龙池春晓》《孤雁》二诗得到明太祖的赏识而被授予将乐训导,迁膳部员外郎,后自免归隐。他认为:“汉魏风骨虽雄,而菁华不足,晋祖玄虚,宋尚条畅,梁以下但务春华,少秋实。惟唐作者,可谓大成,然贞观尚习故陋,神龙渐变常调,开元、天宝间,声律大备,学者当以是为楷式。”(尹恭弘,2012)在宗法盛唐理论的指导下,林鸿作诗实践着“作诗要师法盛唐”的诗歌创作理论,注意对盛唐诗的格调及意境进行学习,如《塞下曲》其一：

交河冰堤路，天山雪作花。
举头犹汉月，没足已胡沙。
远戍连烽火，严更起清笳。
将军帐中卧，万马夜不哗。
国耻犹未雪，壮士莫思家。

在这首诗中，诗人热情洋溢地对正义战争进行了歌颂，充满了建功报国的激情和壮志，形成了梗概多气、慷慨激昂的高亢之气。“国耻犹未雪，壮士莫思家”一句更是直抒胸臆，表达了诗人建功报国的决心，也透露出壮烈的情怀，有着鲜明的盛唐气象。

总体来说，林鸿作诗强调学习盛唐诗的格调和意境是有一定道理的，但他的诗作有时模拟痕迹很重，或者只停留在对表面色象音节的模仿，缺乏内在神韵，因而被李东阳批评道：“开卷骤视，宛若旧本。”

以孙蕡为代表的岭南诗派，也积极提倡文学复古，其中佼佼者是孙蕡。孙蕡(1337—1393)，字仲衍，号西庵，南海(今广州广东)人。明代洪武三年(1370)中进士，授工部织染局使，后出任虹县主簿，颇有政绩。洪武九年(1376)，他迁官平原主簿，两年后因失职被罚修南京城垣，不久便罢官归乡。洪武十五年(1382)，孙蕡被再次起用，拜为苏州府经历，但在洪武二十二年(1389)又被贬谪，戍守辽东。洪武二十六年(1393)，大将军蓝玉因谋反罪被杀，而孙蕡因为其题过画，受株连处死。有《西庵集》存世。孙蕡的诗歌创作，明显对唐代诗人的诗歌创作进行了模仿，如《送翰林典籍张敏行之官西上》一诗：

敦煌城下沙如雪，敦煌城头无六月。
关西劲卒筑防秋，捷书夜半飞龙楼。
九重下诏征貔虎，推毂上将开都府。
黄旗卷日大军行，旄头化石夜有声。
敦煌迢迢五千里，十月即渡黄河水。

上将翩翩才且雄，平戎不数贰师功。
叱咤犹在轮台北，匹马已入渠黎国。
左校偏裨晚射雕，倚鞍醉索单于朝。
西山黑风吹堕瓦，霜角吹秋塞垣下。
太平今见远宣威，君往从戎几日归？
幕下文儒能耀武，词林从此有光辉。

这首诗写得气势浩荡、沉雄有力，颇有盛唐边塞诗人岑参的风格，故被誉为“嘉州（岑参）遗韵”（沈德潜《明诗别裁集》）。可见，孙蕡作诗也在着意复古，并取得了一定成就。

总的来说，明代初年涌起的文学复古思潮是对传统文学发展趋势的响应，同时这一时期提出的文以载道、关注现实及尊崇汉魏盛唐的风尚等被中晚期的文学复古者继承，从而深刻影响了明代中晚期的文学复古运动。

第二节　前后七子的文学复古实践

明代中叶以后，伴随着要求变革的时代精神及反抗权贵和宦官黑暗统治的社会心理的高涨，诗歌领域开始进行革新。而在诗歌革新的文艺思潮中，最为突出的一个现象是复古与反复古的斗争，其中以李梦阳、何景明为首的前七子和李攀龙、王世贞为首的后七子在复古的旗帜下追求复古，他们认为“只有通过这种入门须正、直截根源地学习和模拟，才能使诗歌创作走向正道，才能克服诗歌‘萎靡’的现象”（尹恭弘，2012），因而在明代文坛上再树复古旗帜，并展开了轰轰烈烈的复古实践，为众人所瞩目。

一、前七子的文学复古实践

明代中期文学复古思潮发轫于前七子的文学活动。前七子是活跃在明中叶弘治（1488—1505）、正德（1506—1521）年间的一个文学流派,成员有李梦阳、何景明、王九思、边贡、康海、徐祯卿、王廷相,这是一个以李梦阳为核心代表的文学群体,他们主张古诗要学习汉、魏,近体诗要宗法盛唐,企图改变台阁体诗文的反感和反栓,恢复汉魏盛唐那种卓然奋发的雄浑之体,以复古求革新,这样的主张在当时可谓振聋发聩,一时应者趋之若鹜,成为当时文艺思潮的主流。

前七子的领袖是李梦阳,这里就以他为代表对前七子的文学复古实践进行分析。

李梦阳(1473—1530),字献吉,号空同子,庆阳(今属甘肃)人。弘治六年(1493),李梦阳举陕西乡试第一,次年成进士,授户部主事,后升迁为郎中。弘治十八年(1505)四月,因弹劾"势如翼虎"的张鹤龄而入狱。正德元年(1506),因积极参与韩文等反对刘瑾宦官集团的斗争,并代韩文草拟劾刘瑾群阉疏,又被逮下狱,幸得康海说情得释。刘瑾被武宗朱厚照铲除后,李梦阳又重新出任旧官职,并升迁为江西提学副使。后来又因事下狱,罢官回开封。李梦阳因反对朝廷的腐败势力,多次被贬、入狱,几乎死于非命。著有《空同集》。

在政治上,李梦阳是正派、要求革新的有志之士,在文坛上又是倡导以复古求革新的领袖。他首次提出文学复古主张,是在弘治十八年(1505)写的《与徐氏(祯卿)论文书》中:"诗贵宛不贵险,贵质不贵靡,贵情不贵繁,贵融洽不贵工巧……三代以下,汉魏最近古。"(徐朔方等,2006)李梦阳表明,他所反对的险、靡、繁、巧,不仅针对皮、陆而言,而且连中唐元(稹)、白(居易)和韩(愈)、孟(郊)那样"连联斗押,累累数千言不相下"的酬答也被否定了。他指斥这种唱和无异是"入市攫金,登场角戏"。同年作的《章园饯会诗引》(《空同集》卷五六)中又进一步提出:"今百年化成,人士咸于六朝之文是习是尚,其在南都为尤盛。予所知者顾华玉(璘)、升之(朱应登)、元瑞(刘麟)皆是也。南都本六朝地,习而尚之固宜。庭实(边贡)齐人也,亦不免,何也?大抵六朝之调悽宛,故其弊靡;其字俊逸,故其弊媚。"(徐朔方等,2006)何景明与李梦阳一样，尊崇汉魏盛唐，但是他二人对学古的方法和途径看法不同：李梦阳认为应该“独守尺寸”之“法”，恪守古人的法式；何景明则认为要“舍筏登岸”，不舍筏就不能登岸，不能“自创一堂室，自开一户牖，成一家之言”。

李梦阳的创作主要是诗文，赋可以略而不论。前人特别称道他的七律，王维桢曾经这样赞美他：“七言律自杜甫以后，善用顿挫倒插之法，惟梦阳一人。”从古诗和乐府诗来看，李梦阳不愧为明代一位重要的诗人。例如，《石将军战场歌》：

清风店南逢父老。告我已巳年间事。店北犹存古战场，遗镞尚带勤王字。

忆昔蒙尘实惨怛，反覆势如风雨至。紫荆关头昼吹角，杀气军声满幽朔。

……

行人来折战场柳，下马坐望居庸口。却忆千官迎驾初，千乘万骑下皇都。

乾坤得见中兴主，杀伐重开载造图。姓名应勒云台上，如此战功天下无！

呜呼战功今已无，安得再生此辈西备胡。

《石将军战场歌》是一首古体七言叙事诗，创作于明武宗正德四年(1509)，此时是他第三次被罢官入狱又回家的第二年。诗人先写了局势的紧急和战争的残酷，然后将笔墨落在石亨身上，将其与霍去病和郭子仪相比。然后诗人笔锋一转，写大明江山如今再次受到北方鞑靼的兵扰，可惜却没有当年杨洪、石亨那样的战将来保家卫国。他们的功绩和名字都被刻在云台之上，流芳百世，让后人敬仰、效法。这首诗热情洋溢地赞扬了于谦、杨洪和石亨的功绩，尤其是论石亨最多，对其战绩反复吟咏，赞其杀敌英勇，希望今天能有石亨那样武艺超群的猛将御边抗敌，寄托了自己的爱国思想。这首诗雄健浑厚、流丽婉转，直追盛唐之风。

应该看到，李梦阳提倡复古，不过是标举高格以其学习对象，他的理想是要创作出情质宛洽、比兴错杂、像盛唐以前那样的优秀作品。他批评排律，是因为它们没有情性；批评宋人的主理诗，是因为它们“薄风云月露”、缺少情感比兴。李梦阳十分重视诗歌的情感活动。他认为情因“物”而动，诗因“情”而成。并且，李梦阳要求的是“真”情，因而他提出要向民歌学习。但是，李梦阳认为，能够表现情质宛洽的诗歌规矩是在盛唐以前，这无疑是一种对文学缺乏辩证发展的观点。另外，李梦阳所注意的那些优秀诗歌的规矩法则也较为狭窄，仅限于一些章法结构，这必然会扼杀诗歌不断变化、创新的生机。

二、后七子的文学复古实践

明代前七子的文学活动于嘉靖(1522—1566)前期逐渐偃旗息鼓。嘉靖、隆庆年间，以李攀龙、王世贞为首的后七子登上文坛，再树复古旗帜，声势赫然，为众人所瞩目。其成员除李、王外，还有谢榛、吴国伦、宗臣、徐中行、梁有誉。后七子中以王世贞声望最显，影响最大。《明史》卷二八七《王世贞传》称：“世贞始与李攀龙狎主文盟，攀龙殁，独操柄二十年。才最高，地望最显，声华意气笼盖海内。一时士大夫及山人、词客、衲子、羽流，莫不奔走门下。”(袁行霈，2005)他们继续提倡复古，主张文必秦汉，诗必盛唐。“汉”指西汉。后七子的主张并非完全一致，就某个作家而言，也不是一成不变。

同前七子一样，后七子的基本文学主张也是强调文必秦汉、诗必盛唐，认为汉代之后的文章、盛唐之后的诗歌不值得学习。王世贞在《艺苑卮言》(卷三)中就说：“西京之文实，东京之文弱，犹未离实也。六朝之文浮，离实矣。唐之文庸，犹未离浮也。宋之文陋，离浮矣，愈下矣。元无文。”后七子认为古文已有成法，今人作文只要“琢字成辞，属辞成篇，以求当于古之作者而已”(王世贞《李于鳞先生传》)。下面以王世贞为例对后七子的文学复古实践进行分析。

王世贞(1526—1590)，字元美，号凤州，又号弇州山人，太仓

(今江苏)人,嘉靖二十六年(1547)进士。隆庆二年(1568),王世贞起任大名府兵备副使,他为官正直,不附权贵,历任浙江左参政、湖广按察使等,累官至南京刑部尚书,后病归。王世贞学识渊博,诗文以外,兼涉戏曲、词曲,著作甚丰,有《弇州山人四部稿》《弇州山人续稿》《弇山堂别集》《艺苑卮言》等。

作为后七子集大成者,王世贞主张诗与文的创作都要重视"法"的准则,所谓"语法而文,声法而诗"。"法"落实到具体作品的语词、句法、结构上都有具体的讲究。他还提出:"思即才之用,调即思之境,格即调之界。"他推崇西汉文章、盛唐诗歌,但他不是一味复古,而是强调诗歌要有一定的格调,要"本于情实"(《陈子吉诗选序》)和"因意见法"(《五岳山房文稿序》),重视作家的思想感情在艺术创作中的主导作用。特别是到了晚年,他提出了"有真我而后有真诗"(《邹黄州鷦鷯集序》)的主张,明确将主格调者分成两种:"用于格者"和"用格者",前一种"先有他人而后有我",后一种在"先有己"的基础上学习古人。

王世贞的诗文集合起来接近400卷,其文学影响也远远高出后七子中其他人。就创作风格而言,拟古的习气在他的作品中仍然显得比较浓厚,锻炼精纯、气势雄厚,或时寓变化,神情四溢,乐府及古体诗更是如此,如其五言古体《伤卢柟》:

> 北风摧松柏,下与飞藿会。词人厄阳九,卢生亦长逝。
> 桐棺不敛胫,寄殡空山寺。蝼蚁与乌鸢,耽耽出其计。
> 酒家惜余负,里社忻安食。孤女空抱影,寡妾将收泪。
> ……
> 我昔报生札,高材虚见忌。自取造化余,何关世途事。
> 呜呼卢生晚,竟无戢身地。哭罢重吞声,皇天有新意。

诗中,诗人运用真实而感伤的笔触,对卢柟生前的困厄遭遇及死后的凄凉境况进行了生动描绘,并在字里行间都传达出自己对这位生前不得志且过早夭折的才士的深切同情。全诗的感情真挚自然,完全不同于其他刻板拟古的诗作。

王世贞的诗歌创作取材赡博,纵心触象,皆能化为诗料,形诸歌咏。在其繁富的诗歌创作中，诸体诗皆有一些颇见艺术匠心的佳作。他的古诗、歌行中，有一些诗甚见才思，构思精妙，善于章法。例如，《钦䳍行》就是一首绝妙的寓言诗。诗中让自封为“凤凰”的五色鸟“钦䳍”自我出丑：晨在东门之阴啄腐鼠，夕在西门之阴媚苍鹰，梧桐不栖，竹实不食，这使“众鸟”认清了它的本来面目，使“钦䳍”的名声臭不可闻。《过长平作长平行》感情充沛，反复咏叹战争的残酷，并且说明战争得到的东西后又会失去，的确能“使穷兵黩武者知戒”。章法跌宕，但感情始终如一。

王世贞的律诗中有一些写得精切雅致，颇见功力，如其五律《登太白楼》、七律《盘山》。其中，《盘山》将“峡转”“峰排”的奇异景色与“箕坐风前”的潇洒人物融为一体，铸造诗境，也颇有韵味。王世贞的绝句也有一些意到调成、自然婉转的佳作，如《送妻弟魏生还里》《戚将军赠宝剑歌》之一、《西城宫词》之二等。

王世贞绝句体裁的短诗中也有一些清新隽永之作，如《送内弟魏生还里》：“阿姊扶床泣，诸甥绕膝啼。平安只两字，莫惜过江题。”寥寥几笔，形象而生动地刻画出亲人离别之际依恋伤感的情景。

晚年，王世贞的诗作往往不复检束，任意挥洒，有些诗作尚能做到语俗而意深，如《弃官》《暮秋村居即事》。

王世贞还善于作词，一些词作颇见艺术功力，如《浣溪沙·窗外闲丝自在游》《望江南·歌起处》。前一首抒写清愁淡怨，借助窗外景物的渲染，烘托其凄凉的况味；后一首以“斜日半江红，柔绿篙添梅子雨”来勾勒江南景色，历历如画。

王世贞的文章十分繁富，其中一些游记及杂文文笔较佳，如《游摄山栖霞寺记》《猱说》。前一篇写出了作者的情趣，并将描写与叙述有机结合起来，既刻画了历历如画的景色，又烘托出游人的愉悦心情。其中，从“千佛岩”进发的情况就是出色的一段，文笔清新爽达。后一篇是发人深省的寓言，文笔活泼自然。作者试图说明识不破阿谀奉承的真面目，最终必遭大祸。

第三节　文言小说的新变与通俗小说的崛起

明代是我国小说创作空前繁荣的时期。小说代表了明代文学的主要成就，打破了正统诗文在以往文学史上的垄断地位，跻身正统文学之列。其中，文言小说，文士们在笔记中记叙带有小说性质的琐事轶闻开始成为很普遍的寻常事，逐渐贴近现实，但也有不少作品是重志怪轻传奇。另外，随着《三国演义》《水浒传》等作品的刊印行世，人们开始对通俗小说产生了浓厚的兴趣。明代万历时期，《西游记》成书之后，至明末的几十年间，涌现出近30部内容各异、长短不同的类似题材的通俗小说，明代通俗小说很快步入高峰。

一、文言小说的新变

所谓文言小说，是指由知识分子或官吏创作的不见于经典的传闻、杂说或民间故事，主要包括笔记小说和传奇小说两类。文言小说篇幅较短，语言是文言文，多采用夸张、比喻等虚构手法。自从唐传奇出现后，文言小说的发展速度逐渐减缓，但它仍然具有通俗小说不可替代的艺术魅力与读者群体。宋元时期，文言小说的发展呈现出两个明显的趋向：一是文言小说的总结，主要表现为文言小说的辑集出版；二是文言小说与新兴的白话小说相互影响，促进了文言小说中传奇小说的新变。

首先，在笔记小说上，到了明代正德嘉靖时期，读小说的士大夫日渐增多，他们还时常发表各种观感和议论，由此构成了这个时期小说创作的舆论环境。入明以后，尤其是朝廷命令禁毁小说的正统朝以来，紧绷的气氛出现了某种程度的松动。加上印刷业的进一步发展，小说史上的一些重要作品在此时终于出现了明代刻本，如南朝刘义庆的《世说新语》、宋人洪迈编撰的《夷坚志》、小说集《太平广记》等。此外，有的虽已有明刻本，但仍须再版，如张华的《博物志》、赵令畤的《侯鲭录》、岳珂的《桯史》等。这些世上已久违了的优秀作品的刊刻与流传，无疑是明代小说史上的重大事件，它们的刊行无疑增强了小说对当时社会及文学创作的影响，使得这个时期的文言小说得以在原有基础上继续向前推进。

嘉靖年间，逸事小说创作状况基本同于上一个阶段，但其现实批判性则有所加强。这个阶段的逸事小说多散见于各种文集之中。相比之下，由何良俊编撰的专叙历代士人隽语轶事的《语林》(又称《何氏语林》)显得十分突出，它问世于嘉靖三十年(1551)。《语林》的形式明显地体现出《世说新语》的影响，全书共分 38 门，每门之前都撰有一篇小序。《语林》所记的内容起于两汉，止于宋元，其素材虽采自历代典籍，但经作者取舍、剪裁、润色与按一定次序编排之后，已形成统一风格。这部作品专记古事旧闻，本身和现实没有太大关系，但作者通过对大量素材的筛选和编排，寄寓了自己对现实的感慨与批评。由于作者将着眼于现实作为编选原则之一，《语林》虽在叙述古人轶事，却也能使人窥见明代的时代色彩，新增设的“言志”“博识”更是如此。“博识”的“序”一开始就引孔子告诫子贡的话：“女以予为多学而识之者与？非也，予一以贯之。”接着又指出，后世对孔子的话作出了片面理解，强调“约”而忽视“博”，但这两者应该“互相为用，不可废也”。从这一观点出发，何良俊通过各则故事，力图解释一些当时人还不易理解的海内外事物。

其次，在传奇小说上，产生于初唐的传奇小说到了明代出现了复兴之势，明初洪武年间瞿佑的《剪灯新话》首开其端，其后仿效之作纷纷出现，永乐年间李桢的《剪灯余话》、宣德年间赵弼的《效颦集》、成化年间的玉峰主人的《钟情丽集》可谓代表。弘治至嘉靖年间，《龙会兰池录》《丽史》《荔镜传》《怀春雅集》等纷纷问世。万历年间邵景詹的《觅灯因话》追踵瞿佑，这些作品共同构成了沟通唐传奇和清代《聊斋志异》这两个高峰之间的桥梁。于是传奇风韵大行天下，易代而不改。其中尤以《剪灯新话》成就最高。

瞿佑的《剪灯新话》诞生于明代初年，书中大多描述了元末天下大乱时期的一些故事，虽然带有一定的幽冥怪奇的色彩，但这种以荒诞形式展现出来的故事记录了乱世时期的文人心态。如《华亭逢故人记》写全、贾二子，于“国兵围姑苏”时起兵援张士诚，因兵败赴水而死。后游魂遇故人于郊外，坐论怀才之士在乱世之中“贫贱长思富贵”与“富贵复履危机”的两难心理，很能反映当时士人的心理。因此，从这一层面来说，《剪灯新话》传颂的不是科第中人和北里名媛之间的风流韵事，而是兵火之余发生在风光如画的江南水乡的如梦如幻的悲欢离合。它不是旧传奇的简单复活，而带有元末明初特定社会背景的印迹。

另外，《剪灯新话》具有浓厚的市民气息，这一点不仅体现在书中的爱情故事散发着浓郁的市民生活气息上，而且体现在其主人公多为世俗的平民、商人上，更加体现在小说中的主人公对礼教的蔑视和对婚恋自主的追求上。以《联芳楼记》为例，这篇小说写了一对富商姐妹，她们不仅十分聪明秀丽，而且在诗赋上有很高的造诣。一天，因为窥见年轻商贩郑生洗澡，就主动对其示爱，甚至晚上偷偷将郑生引入绣楼。这件事被双方父母知道后，不仅没有责怪子女不守礼教，反而开明地成全了他们，显示出浓厚的市民气息。

《剪灯新话》以文言写成，其语言与言情的题材十分吻合。同时，作品不乏意致深婉之笔，以《秋香亭记》为例，篇中商生与采采嬉戏时商氏之语，以及对中秋之夜商生与采采同游的描写都浅近而不鄙俚，浓艳而不刻露。此外，文中常插入一些诗词或骈文，但适可而止，并不令人生厌。

二、通俗小说的崛起

明代中期，统治者重农抑商政策有所松动，小农经济不断发展。这两方面的因素共同奠定了城市工商业发展的基础，于是商业开始繁荣，城市经济成为主导。随着国家经济的繁荣和城市的发展，人口不断增加，市民阶层不断扩大，文人的思想观念和文化意识发生改变，创作出了许多深受广大市民欢迎的通俗文艺，其中尤其值得一提的便是白话通俗小说的盛行。另外，这一时期，印刷业的迅速发展也为通俗小说的传播提供了客观条件，更加为小说的商业化奠定了基础。随着印刷业的快速发展，小说文化逐渐商业化。这一方面使小说因有物质条件而得以迅速发展，另一方面使得小说作者们为迎合市民的一些低级趣味而不惜胡编滥造，致使一些低级下流的东西泛滥成灾，从而丧失了自己独立的品格和艺术的神圣。因此，在明代中期，如何使小说更加符合大众通俗化的需求，又不流于庸俗，就成为当时广大文人小说创作的一个难点。从其成果上来看，明代时期，通俗小说创作成就斐然，我国的四大名著中的三部都出自这一时期。以下就以这三部著作为例分析明代的通俗小说。

《水浒传》是中国古代小说中一部优秀的英雄传奇小说，它塑造了一批栩栩如生的英雄好汉的形象，是一出绿林豪杰的忠义悲歌，在文学史上享有极高的地位。它以丰富的内容和精湛的艺术表现形式成为我国古典小说发展史上的一个高峰。

《水浒传》在歌颂宋江等梁山英雄“全忠仗义”的同时，深刻地揭露了上自朝廷、下至地方的一批批贪官污吏、恶霸豪绅的“不忠不义”。高俅是小说中第一个正式登场的人物，他由于善于踢球而得到皇帝的宠信，从一个市井无赖遽升为殿帅府太尉，于是倚势逞强，无恶不作。整部小说以此人为开端，确有“乱自上作”的意味。这样，从手握朝纲的高俅、蔡京、童贯等，到称霸一方的江州知府蔡九、大名府留守梁世杰、青州知府慕容彦达、高唐知州高廉，直到横行乡里的西门庆、毛太公、蒋门神、祝朝奉，乃至陆谦、富安、董超、薛霸等爪牙走狗，相互勾结，狼狈为奸，把整个社会弄得暗无天日、民不聊生，不反抗就没有别的出路。于是，许多忠义之士不得不“撞破天罗归水浒，掀开地网上梁山”（第三十七回）。《水浒传》就是通过众多好汉上梁山的形形色色的故事，揭示了官逼民反这样一个伟大的主题。作为一部通俗作品,《水浒传》的语言继承了宋元话本的优良传统,吸收了讲唱文学和元明杂剧中的营养,创造了准确生动、明快朴素、色彩浓烈、具有生活气息的语言。例如,第十四回写林冲去草料场的时候:“林冲就床上放了包裹被卧,就坐下生些焰火起来。屋里边有一些柴炭,拿几块儿来生在地炉里。仰面看那草屋时,四下里崩坏了,又被朔风吹撼,摇振得动。林冲道:‘这屋如何过得一冬?待雪晴了,去城中唤个泥水匠来修理。’”叙述语言平实朴素,在萧瑟凄凉的气氛中衬托出林冲忍辱负重的心情。

《三国演义》是我国第一部长篇章回小说,也是历史演义小说的开山之作。所谓“历史演义”,就是用通俗的语言,将争战兴废、朝代更替等为基干的历史题材组织、敷演成完整的故事,并以此表明一定的政治思想、道德观念和美学理想。这种独特的文学样式受到了中国人民的喜爱,刺激了文士和书商们继续编写和出版同类小说的热情。自嘉靖之后,各种历史演义小说如雨后春笋般不断问世。《三国演义》在民间有着广泛深远的影响,它的出现标志着我国古典历史小说的最高成就。

《三国演义》以描写战争为主,大致可以分为黄巾之乱、董卓之乱、群雄逐鹿、三国鼎立、三国归晋五大部分。全书大约可以归纳为五条线:以汉亡为引线,以晋国一统天下为终局,中间的主线是魏、蜀、吴三方的兴衰。这几条线此起彼伏,构建了一个完整的艺术整体,反映了魏、蜀、吴三个政治集团之间的政治和军事斗争。小说在叙事时,将各个空间分头展开的故事化成以时间为序的线性流程。在魏、蜀、吴三条线中,尤以魏、蜀两大集团的矛盾斗争为全书的主干;在写魏、蜀两方时,又以蜀汉的故事为重点。在写蜀汉时,则以诸葛亮为中心;在写诸葛亮时,更以隆中决策为关键。从某种意义上说,这部小说用浓墨重彩所描绘的隆中决策就是全书的主脑;诸葛亮在决策开头所分析的形势,从董卓谈到曹操、孙权,实际上就是小说前七卷情节内容的概括;诸葛亮出山后的主要故事,就是隆中决策内容的具体演绎。诸葛亮死后,姜维九伐中原,则是“受丞相遗命”,“以继其志”;直至最后一卷,才写三国归晋以作结。这样的艺术构思,看起来头绪纷繁,却又脉络分明,使全书的结构既宏伟,又严整。全书人众事繁、矛盾复杂,却组织得主次分明、井井有条,充分显示了作者的叙事才能,兼用了顺叙、倒叙、插叙、补叙等笔法,时而实写、明写、正写、详写,时而又虚写、暗写、侧写、略写,使全书的故事详略得当,摇曳多姿。另外,在这部小说中,作者将兵法三十六计融于字里行间,既有情节,也有兵法韬略,采用不以敌我叙述方式对待各方的历史描述,对后世产生了极其深远的影响。

《西游记》自诞生以来就一直为人民群众津津乐道,达到家喻户晓、妇孺皆知的地步。这部神魔小说讲述的是孙悟空、猪八戒、沙悟净保护唐僧西天取经的故事。小说成功地运用了积极浪漫主义的创作手法,吴承恩以他丰富的想象、大胆的夸张,辅以变形、象征等手法,创作了一个神奇瑰丽、变幻奇诡的幻想世界,开拓了我国古代文学浪漫主义的新境界。其天上地下光怪陆离的场景铺设,意趣横生、曲折精彩情节的展开,无不显现着理想主义和浪漫主义的色彩。同时,小说的人物形象具有多角度、多色调的特点。故事中的人物既以现实的人性为基础,又加上作为其原型的各种动物的特征,再加上浪漫的想象所赋予的神性,而显得各具特色、生动活泼、饶有趣味。这种人物形象,是过去的文学作品中未曾有过的,显示出人物塑造更趋真实、日常和复杂多样的发展方向,是中国古代长篇小说在塑造人物形象方面取得进步的一个重要标志。

第四节　话本短篇小说的编纂和拟话本的繁荣

如果说作为口头文学的说话艺术在宋元最为发达的话,那么话本与拟话本在明代更为流行。明代嘉靖年间,人们已开始对话本发生兴趣。而这种行为也在很大程度上促使了编纂话本小说集的兴起。据考察,现知明代最早的话本集是嘉靖时洪楩编刊的《清平山堂话本》。到了万历后期与天启年间,由于城市经济的繁荣与人们消费欲望的增强,读者对话本的兴趣日益浓厚。因此文人与书商在搜集旧本的同时,更模仿话本重新创作,推动了拟话本的诞生。在内容上,拟话本保留着宋元话本表现市民生活与市民情趣的特点,但由于文人的介入,在品位与境界上又有所提高。而在艺术形式上,拟话本一方面继承了话本的结构模式与行文特点,另一方面经过了文人加工,行文更富于诗意,更加注意修饰刻画与技巧运用,因此逐渐繁荣起来,一时间拟话本的创作成为一种风气,并一直延续到清代前期。

一、话本短篇小说的编纂

明代早期,话本小说的繁荣促使当时社会上出现了大批短篇话本,其中有很多十分出色。书贾们为了迎合大众文化的流行趋势,对其中长期流传的短篇小说进行了搜集、整理和编纂,从而出版了多部短篇话本小说集,主要有《清平山堂话本》《京本通俗小说》《熊龙峰刊行小说四种》等。这里主要对《清平山堂话本》《京本通俗小说》进行一下分析。

《清平山堂话本》是明代现存最早的话本小说丛刻。据马廉先生《清平山堂话本序目》的推定,其刊刻时间“当在嘉靖二十年至三十年间(1541—1551)”。

1957年,上海古典文学出版社出版了谭正璧先生校点的《清平山堂话本》,全收已发现的27篇,附录阿英先生介绍另两篇的文章。而当前已经发现的《清平山堂话本》,各篇版框大小,字体粗精,参差不一,说明当初多系单篇刊印,后来才汇合成集的。编纂而成的小说集中错误较多,体制驳杂,语言质朴,可见刊刻时加工不多,基本保存着话本小说的原始风貌。已发现的《清平山堂话本》有24篇为《宝文堂书目》所著录,也可说明这一点。但是《清平山堂话本》是今天研究话本小说最可靠的资料,极为研究话本小说者所重视。

《京本通俗小说》编者不详，出版年代也不详。最早见于缪荃孙《烟画东堂小品》。它包括七篇残存话本：《碾玉观音》《菩萨蛮》《西山一窟鬼》《志诚张主管》《拗相公》《错斩崔宁》《冯玉梅团圆》（以上依次自卷十至卷一六）。这七篇话本同时见于"三言"。例如《碾玉观音》见于《警世通言》第八卷《崔待诏生死冤家》，《菩萨蛮》见于《警世通言》第七卷《陈可常端阳仙化》，《西山一窟鬼》见于《警世通言》第十四卷《一窟鬼癞道人除怪》，《志诚张主管》见于《警世通言》第十六卷《小夫人金钱赠少年》，《拗相公》见于《警世通言》第四卷《拗相公饮恨半山堂》，《错斩崔宁》见于《醒世恒言》第三十三卷《十五贯戏言成巧祸》，《冯玉梅团圆》见于《警世通言》第十二卷《范鳅儿双镜重圆》。

二、拟话本的繁荣

明代中后期，随着文人士子参与到话本创作过程中，逐渐诞生了拟话本，各文人和书商也为了满足当时人们的消费欲望，编纂并出版了一批话本短篇小说集，其中以"三言""二拍"成就最大，成为当时盛极一时的小说集。而"三言""二拍"的成功编纂也带动了话本短篇小说集出版的热潮。这一时期，重要的话本短篇小说集有《西湖二集》《型世言》《十二楼》等，下面主要介绍一下"三言""二拍"。

"三言"是对《喻世明言》《警世通言》《醒世恒言》三部小说集的总称，是中国历史上著名的话本小说，也是宋元明三代最重要的一部白话短篇小说的总集。

"三言"的编著者是冯梦龙。冯梦龙（1574—1646），字犹龙，一字子犹，别号龙子犹、墨憨斋主人、顾曲散人等，直隶长洲（今苏州）人。冯梦龙的一生虽然深受儒学的影响，但由于在苏州这一商品经济十分活跃的地区长大，在年轻时经常出入青楼酒馆，对市民的生活也十分熟悉。根据许自昌《樗斋漫录》卷六的记载，他曾去过李贽生活过20年的湖北麻城讲学，并深受其思想的影响，“酷嗜李氏之学，奉为蓍蔡”，因而是明代后期通俗文学的一代大家。他曾纂辑过文言小说及笔记《情史》《古今谭概》《智囊》和散曲选集《太霞新奏》，改编过长篇小说《三遂平妖传》《列国志》，创作和改编过十余种传奇剧本并合刊为《墨憨斋定本传奇》，收集和编印过《挂枝儿》《山歌》等。但是在通俗文学方面，他最大的成就是编著了“三言”。

就其内容而言，“三言”中的作品大概涵盖了以下主题：其一，揭露社会的黑暗以及官场的腐败，如《乔太守乱点鸳鸯谱》《玉堂春落难逢夫》等；有的在公正精明、为民做主的过程中不忘给自己捞点实惠，如《滕大尹鬼断家私》等。这些官吏不像以前的官吏那样正统、死板、僵化、冷酷，因而在一定程度上体现了新兴市民的意志与愿望。其二，表现文人和市民对科举制度的矛盾心态，如《老门生三世报恩》等。但是在现实的生活中，能够真正实现这一愿望的人少之又少，而且由于科举制度存在的弊端，很多有才智和真学识的人可能会名落孙山，及第者也不一定就有真学识。其三，描写了爱情婚姻生活，歌颂了婚恋自主，如《乔太守乱点鸳鸯谱》《卖油郎独占花魁》《杜十娘怒沉百宝箱》等。以《乔太守乱点鸳鸯谱》为例，故事中的乔太守，认为青年男女之间的接触和相爱就像“移干柴近烈火，无怪其燃”，故而主张“相悦为婚，礼以义起”。这种对于“情”的尊重，可以说是对封建礼教“男女之大防”和包办婚姻“父母之命，媒妁之言”的反抗。

值得一提的是，“三言”中的爱情婚恋作品也包含有丰富的社会内容。以《杜十娘怒沉百宝箱》一篇为例，在这篇小说中就展现出一种尊重女性和男女平等的思想，能使人感受到明代后期社会涌动的人文思潮。杜十娘是一个维护女性人格尊严的典型形象，虽陷落风尘，但并不像传统文学作品中的风尘女子一样以“从良”为生活目标，而是努力追求一种建立在人格平等和相互尊重基础上的爱情。因此，当她发现自己误以为“忠厚志诚”的、想要托付终身的恋爱对象李甲因千金将自己转卖给了孙富时，并没有含羞忍辱地去当孙富的玩物，而是义正词严地痛斥他破坏自己的爱情和幸福。她也没用自己价值连城的百宝箱去换取负心人李甲的回心转意，而是在沉痛悲愤地斥责了他一番后和百宝箱一起怒沉江底，以死来维护自己的爱情理想，捍卫自己的人格尊严。她的这种人格力量，震撼人心。

就其艺术特色而言，首先，“三言”中的很多作品突破了单线结构的模式，并尝试运用复线结构、板块结构和变换视角，使得情节更加曲折复杂，富有悬念。例如，《张廷秀逃生救父》一文中采用了复线结构，在写赵昂夫妇害人的同时写张廷秀逃生救父，两条线有分有合，但又交叉推进，将复杂丰富的生活场面巧妙地交织在一起。其次，“三言”大大拓展了小说创作的题材。伴随着时代的发展及社会生活的变化，明代的短篇白话小说的题材更加多样化了。明代中叶以后出现了很多新事物，如资本主义因素的萌芽等，都在“三言”中得到了生动具体的展现。例如，《施润泽滩阙遇友》一文中描写的嘉靖年间苏州地区的一个乡镇，就能够看出资本主义因素在东南城镇的萌芽，同时通过对施润泽这一小手工业主发家致富过程的描写，展示了一幅形象化的资本原始积累图画，甚至比历史书籍的一些相关记载还要具体。最后，“三言”善于根据素材的性质及人物的性格特征来安排结构，处理矛盾冲突。例如，《乔太守乱点鸳鸯谱》一文是对封建包办婚姻制度进行讽刺的喜剧，在艺术构思上奇思丽想，妙趣横生，不落俗套。

“二拍”是《初刻拍案惊奇》和《二刻拍案惊奇》的简称，是我国古代小说史上以个人创作为主的话本小说集，标志着我国短篇小说的创作进入了一个新的阶段。

“二拍”的编著者是凌濛初。凌濛初（1580—1644），字玄房，号初成，别号即空观主人，湖州府乌程（今浙江湖州）人。凌濛初一生著述甚多，除小说集“二拍”之外，还写过杂剧《虬髯翁》《北红拂》《颠倒姻缘》《乔合衫襟记》《蓦忽姻缘》等，并编有戏曲选本《南音三籁》、戏曲理论著作《谭曲杂札》，但影响最大的是“二拍”。

“二拍”主要有以下内容：其一，描写爱情婚姻和两性关系，如

《同窗友认假作真 女秀才移花接木》一文中，成都绵竹参将之女闻蜚娥卓有风韵，还自小习得了一身武艺，但由于社会上重文轻武的风气十分严重，“武弁人家”总是会受到外人的指点，于是她女扮男装入学读书，“学得满腹文章”，考取了秀才，还与同学杜子中和魏撰之意气相投，并有意在两人之间选一个做夫婿。其二，批判贪官污吏的罪行恶德，揭露社会的黑暗和官场的腐败。明代后期，社会动荡，吏治腐败，贪污成风，但很少会受到封建国家的法律制裁，为了对这种现象进行批评，凌濛初常寄幻想于剑侠，希望有一种神奇的剑术能够将贪官污吏诛杀。例如，《程元玉店肆代偿钱 十一娘云岗纵谭侠》一文中，作者借助程元玉和十一娘的谈侠，写出了自己最痛恨的几种贪官污吏，以及剑侠以其精湛的剑术惩罚了那些作恶多端却逍遥法外的贪官污吏。其三，反映资本主义因素萌芽时期人们的心理状态、价值取向和人际关系的变化，这部分内容虽然不多，但从认识价值和审美意义来看都是不可忽视的，有着鲜明的时代特色，而且运用了富于幻想性和奇异色彩的艺术表现手法。以其中的《叠居奇程客得助 三救厄海神显灵》为例，这篇小说讲述的是程士军经商失败羞于回到家乡，后得到海神女的相助获得了巨大利益的故事。值得注意的是，这里的小商人程士军与海神女结良缘、发大财的故事也是意味深长的。历来在文学作品中，能够得到仙女帮助的只有文人雅士或是在民间故事中勤劳诚实的农民，如今一个经商俗人却得到了仙女的帮助，这充分说明生气勃勃的商人在时代中地位的提高。

“二拍”追求“耳目前怪怪奇奇”，也就是使小说的传奇性在日常的题材和平凡的故事中显示出来，因而有着自身独特的艺术特色。首先，“二拍”总是能在不经意处稍加点染，从而引发读者感悟作品要传达的潜在信息。例如，《顾阿秀喜舍檀那物 崔俊臣巧会芙蓉屏》一文写的是崔俊臣与王氏夫妇由于得到御史高公的帮助得以报仇雪恨，而事后高公却要邀请门生故吏让崔俊臣和王氏当众团聚，两个人都“哭拜高公，连在座之人无不下泪，称叹高公盛德，古今罕有”。这看似很不经意的描写，却能让人明显地感觉到"行义之人其实是为了市义,他们的行事让人完全嗅不到义的气味。这是晚明追名逐利之风对义的异化,充分表现了斤斤计较的心理——做了好事虽不望当事人还报,却也要换得一个好名声才合算"(徐朔方,2009)。其次,"二拍"较为充分地描写了人物在特定的情境下的心理,能够使读者从字里行间感受到人物的真实和生动。例如,《莽儿郎惊散新莺燕 㑇梅香认合玉蟾蜍》一文中,在对素梅和凤生密约偷情的过程进行描写时,以横生波折的情节和心理描写相交错,从而使人物内心活动的丰富层次展现了出来。最后,"二拍"中的诗词颇多新制,不同于旧话本的陈陈相因。

第五节 南戏的演变与传奇的八股化

在中国戏剧文学史上,明代戏曲创作是继元杂剧创作之后的又一座高峰。其数量之多,范围之宽,成就之大,都是空前绝后的。就时间界限而言,明代初期的戏曲有北方杂剧和传奇,杂剧在元中叶以后就逐渐枯萎,到了明代,由于统治者的高压统治,杂剧亦无盛日之姿,只有朱权、朱有燉的作品以歌功颂德、粉饰太平和宣扬封建道德、宗教迷信者为多,较少社会意义。此后约有半个世纪,杂剧创作更显冷寂,未见名家名作问世。相较于杂剧的冷清,由南戏演化而来的传奇则表现得更为突出,在演出、剧本、音乐体制上有所创新,大大丰富了传奇戏曲的表现形式。然而随着明政府中央集权制度的加深,戏曲开始被统治者纳入了宣教的轨道,进行传奇戏曲创作的文人开始用八股文的格调写剧本,将封建社会的人伦纲常教化之意融入戏曲创作中,从而导致了传奇的八股化。

一、南戏的演变

南戏是南曲戏文的简称,最初流行于浙东沿海一带,称温州杂剧或永嘉杂剧。它盛行于南方，后世为跟元代北方杂剧相区别，而称元代南戏。南戏多取材于现实，偏于爱情故事及家庭纠纷，较少历史英雄故事或农民起义战争，剧情一般较杂剧曲折、丰富，剧中各个角色可以合唱或分唱，不像杂剧一本戏只能由一个主角演唱。

相比元代只能流行于浙东沿海一带，明代以后，南戏进入宫廷，成化二年的进士陆容在《菽园杂记》中说："嘉兴之海盐、绍兴之余姚、宁波之慈溪、台州之黄岩、温州之永嘉，皆有习为倡优者，名曰'戏文子弟'，虽良家子不耻为之。"稍后的祝允明(1460—1526)亦于《猥谈》中说："数十年来，所谓南戏盛行……今遍满四方。"点滴的记载，说明南戏在这一时期内获得了快速的发展，但它在上层社会中因其内容、文辞、腔调的俚俗而受到轻视。在士大夫们的心目中，杂剧仍占据着正统戏剧的地位。因此，文人作家开始进行南戏的创作，由于创作群体的转变，南戏也逐渐向传奇演化。

由南戏发展为传奇，既是由于民间艺人和文人作家的不同身份，也是由于两类剧作不同的编剧过程：一个是世代累积型集体创作，一个是文人个人创作。明代传奇继承了宋元民间南戏，并在此基础上得以发展。元末明初出现的《琵琶记》和"荆、刘、拜、杀"四大南戏(即《荆钗记》《刘知远白兔记》《拜月亭》和《杀狗记》)，就是南戏向传奇过渡后最初的剧本，因此在概念上并不十分明确。传奇与南戏相比，增加了一些新的因素，主要表现在以下方面：

第一，南戏由民间流行的曲子组成，不受宫调限制；而发展为传奇以后，逐渐采取按宫调填词的方式。

第二，在曲词的使用上，南戏通常只使用南曲，偶尔采用北曲；传奇则往往南北曲并用，形成南北合套。实际上，明代传奇是南戏与北杂剧的融合。

第三，扩大了犯调的范围，乐曲中犯调，原来在宋词元曲中就有宫、商、角、徵、羽五音，以宫犯商，或以商犯宫等。明代传奇，犯调的范围扩大化、经常化。

第四，宋元南戏不分出。明传奇里开始分出，又把各出标上名目，也经历了一个逐渐规范化的过程。

二、传奇的八股化

自从元末明初《琵琶记》和“荆、刘、拜、杀”问世之后，明永乐到景泰的50多年时间并没有产生具有代表性的传奇作家和作品。民间戏文取得了一定的发展，地方戏有海盐、弋阳、余姚、青阳等声腔，但并没有书面的剧本流传下来。这一时期，文人的传奇创作之所以比较沉寂，一方面是因为八股取士的科举制度，文人将毕生精力用于“时文”的写作，而不屑于从事传奇剧本、小说之类的“小道”；另一方面是因为杂剧的影响深远，由元入明的剧作家，惯于杂剧创作，且明成祖朱棣迁都北京，北京更是杂剧盛行之地。因此文人大多从事杂剧创作，传奇则相对冷落萧条。

文学体裁并没有阶级性，能够在群众中广为流传，统治者很善于利用新兴的、具有广泛群众性的文学样式为自己服务。在明代，弘治时期的文渊阁大学士、道学家邱濬首先效法高明《琵琶记》，利用传奇来宣扬封建礼教。邱濬著有的剧本有《五伦全备记》《投笔记》《举鼎记》《罗囊记》四种。其代表作是《五伦全备记》，又名《纲常记》。这部剧主要是道学家为了宣扬封建伦理纲常所作，剧中写伍典礼的前妻生子取名字为伦全，而继室范氏生子取名字为伦备，又将同僚的遗孤克和收为义子。典礼死后，范氏抚育三个儿子，对他们一视同仁；三子都非常孝顺，而且娶妻都是贞节之妇。父子兄弟姓名中就包含了人伦纲常的封建教化之意，其主题就是表彰慈母、孝子、节妇等事迹。可以说，用八股文的格调写剧本，大大降低了剧本的艺术性。作者在剧本中开宗明义宣称：“若于伦理无关紧，纵是新奇不足传。”这与《琵琶记》开场所说“不关风化体，纵好也徒然”非常相似，但它缺乏《琵琶记》的艺术感染力。邱濬将戏曲创作与写八股等同，因此《五伦全备记》

也就成了传奇八股化的典型代表。王世贞《曲藻》嘲笑说:“《五伦全备记》是文庄元老大儒之作,不免腐烂。”

《五伦全备记》之后又出现了许多类似的作品,最有代表性的是邵灿《香囊记》。《香囊记》关目蹈袭《琵琶记》《拜月记》,情节大半出于虚构,主题则是歌颂了张九成一家忠、孝、节、义俱全。本剧第一出《沁园春》词云:“因续取《五伦新传》,标记《紫香囊》”,直接表明是《五伦全备记》的续编,剧中故事以宋室南渡之际作为背景,张九成、张九思兄弟由寡母抚育。张九成与邵贞娘新婚半月,受母命与弟赴试,邻媪王氏允许照顾其家,不久之后,张九成中状元,张九思为探花。但因九成在策论中触犯了秦桧,受命出使金被羁留在漠北十年。某日,一乞丐用紫香囊来换取食物,这正是张母亲手为九成缝制之物,问其来由,乞丐原是兵士,此香囊是在战场上所捡,而误传九成已死。汴京陷落,宋朝南迁,张母与贞娘在逃难的途中失散,张母遇到一少女为伴,途宿驿中,恰逢九思,于是相携同行,贞娘则被周姥姥所救,但紫香囊又失落,为赵运使之子所得,于是以此为聘礼,想要强娶贞娘。贞娘持香囊向新任观察使控诉,观察使恰是张九成,见紫香囊,知投诉者为贞娘。夫妇、母子、兄弟欢庆团圆,朝廷旌表。

很显然,《香囊记》蹈袭他剧,加上曲辞的骈俪化,明代传奇的八股化不断恶化,流毒深远。徐渭《南词叙录》批评道:“以时文为南曲,元末国初未有也。其弊起于《香囊记》,《香囊》乃宜兴老生员邵文明作。习《诗经》,专学杜诗,遂以二书语句,匀入曲中,宾白亦是文语,又好用故事,作对子,最为害事。夫曲本取于感发人心,歌之使奴、童、妇、女皆喻,乃为得体;经、子之谈,以之为诗且不可,况此等耶?直以才情欠少,未免辏补成篇。”徐渭还指出它的恶劣影响:“《香囊》如教坊雷大使舞,终非本色……至于效颦《香囊》而作者,一味孜孜汲汲,无一句非前场语,无一句无故事,无复毛发宋、元之旧。三吴俗子,以为文雅,翕然以教其奴婢,遂至盛行。南戏之厄,莫甚于今。”可见,这时的传奇创作出现一股以劝忠劝孝为宗旨、形式讲究骈俪的潮流,这也正是八股时文在戏曲创作领域中的表现。

第七章　重塑辉煌，蔚为大观：清代的文学

清代是中国古代文化的一个前所未有的集大成时期。在最高统治者的积极倡导下，文化的各个方面，包括意识形态、学术思想、文学创作等，无不呈现出五彩斑斓的状态。此时的文坛，包罗万象，蔚为大观，散文、诗歌、词、小说和戏曲等文体都再度走向辉煌，取得了不容忽视的成就。

第一节　故国情怀：遗民诗人、钱谦益与吴伟业

一、遗民诗人的诗歌创作

遗民诗人的诗歌是清初最富有时代精神的诗歌，他们用血泪写成的诗篇，或谴责清兵，或讴歌贞烈，或悲思故国，或表白气节，具有抒发家国之悲和同情民生疾苦的共同主题，感情真挚，反映了易代之际惨痛的史实与民族共具的感情，沉痛悲壮，笔力遒劲，开启了清朝诗歌发展的新篇章。顾炎武、黄宗羲、王夫之、吴嘉纪、屈大均、杜濬、钱澄之、归庄、申涵光等都是当时著名的遗民诗人，限于篇幅，下面仅对顾炎武、黄宗羲、王夫之的诗歌创作进行简要分析。

（一）顾炎武的诗歌创作

顾炎武（1613—1682），初名绛，明亡后改炎武，字宁人，学者称亭林先生，昆山亭林人。明亡后，曾在家乡一带参加抗清斗争。失败后，离乡周游各地，秘密串联，企图再起。他多次拒绝清政府

的收买，受到监视，并曾因为文字狱而被囚禁，但他始终不屈，表现了崇高的民族节操。

顾炎武一生作诗400多首，大多是抒发自己的民族感情和爱国思想，反清复明和坚守气节是其诗突出的色调，如《精卫》：

万事有不平，尔何空自苦；
长将一寸身，衔木到终古？
我愿平东海，身沉心不改；
大海无平期，我心无绝时。
呜呼！君不见，
西山衔木众鸟多，鹊来燕去自成窠。

这首诗政治色彩极为强烈，讽刺了专营安乐窝的燕雀之辈，表示“我愿平东海，身沉心不改”的决心。

顾炎武倾向现实主义的诗风，缘事而发，直抒胸臆，激越苍凉，质朴浑厚，如《秋山》其一：

秋山复秋山，秋雨连山殷。昨日战江口，今日战山边。
已闻右甄溃，复见左拒残。旌旗埋地中，梯冲舞城端。
一朝长平败，伏尸遍冈峦。北去三百舸，舸舸好红颜。
吴口拥橐驼，鸣笳入燕关。昔时鄢郢人，犹在城南间。

这首诗主要写了江南人民的反清斗争和清兵屠戮烧杀的罪行，构思奇巧工致，结构井然有序，借亡国男女的悲惨命运震慑人心，呼唤着民族精神的勃发。

随着时间的消逝和希望的幻灭，顾炎武逐渐认识到局势，知道自己的希望永远无法实现了，他感伤沉郁的情绪稍增，但他不灰心，至死犹坚，所以他的诗仍然雄浑有力，慷慨悲壮。总之，顾炎武的诗在当时影响很大，为一代清诗树立了笃实、高阔的峰标。

（二）黄宗羲的诗歌创作

黄宗羲（1610—1695），字太冲，一字德冰，号南雷，别号梨洲老人、梨洲山人、双瀑院长、鱼澄洞主、蓝水渔人、古藏室史臣等，学者称梨洲先生，浙江余姚人。与顾炎武、王夫之并称明末清初三大思想家或者称清初三大儒；与弟黄宗炎、黄宗会号称浙东三黄；与顾炎武、方以智、王夫之、朱舜水并称为“明末清初五大家”，也有“中国思想启蒙之父”之誉。明末以反对阉党著名，清兵入关，积极投身抗清斗争，后隐居著述，屡拒清廷征召。

他关心天下治乱安危，以学术经世，论诗称“情者，可以贯金石，动鬼神”，强调诗要写现实；注重学问，推崇宋诗，与吴之振等选辑《宋诗钞》，扩大了宋诗影响，推动了浙派的形成。黄宗羲的诗歌作品沉着朴素，感情真实，具有爱国精神和高尚情操，如《金陵哭外舅叶六桐先生》：

泥涂身事苦，行止自难持。
春雨迷台路，秋声滞燕矶。
音尘三月断，传说数番疑。
夙昔风期在，青镫或见之。
人传星陨日，正是月亏时。
流水秦淮咽，黄花篱落衰。
编文后死责，税服礼经疑。
泪入三泉下，寒风莫浪吹。

这首诗中体现了作者的浩然之气。

黄宗羲的诗歌创作也常常借咏古来抒情，如《钓台》：

曾注西台恸哭记，摩挲老眼见崔嵬。
当时朱鸟魂间返，今日谁人雪后来。
江上愁心丝百尺，平生奇险浪千堆。
欲修故事如皋羽，同志方吴安在哉！

这首诗以南宋谢皋羽翱登严子陵钓台哭祭民族英雄文天祥的事迹为背景，诗人有感于郑成功、张苍水北征失败，觉察到完成抗清事业胜利的难度越来越大了，再要想仿效谢翱的机会恐怕是不可多得了，但是诗人并没有消沉。全诗诗风沉重、压抑而悲壮，表达了一种不甘失败的不屈意志。

《书事》其三是黄宗羲晚年的作品，虽然已步入晚年，但是岁月并没有淡化黄宗羲的意志，在他的作品中仍然流露出强烈的民族意识：

昨夕松对短风檠，病中无语不酸情。
月光今夜偏无赖，江北山头分外明。

在这首诗中，诗人以拟人手法，用月光偏照江北讽刺了投靠满清者。

《示百家》是在黄宗羲临终前的作品，此诗表现了民族志士的不屈灵魂，有一股铮铮作响的浩然之气，全诗不事雕琢，酸苦中含悲壮：

筑墓经今已八年，梦魂落此亦欣然，
莫教输与鸢蚁笑，一把枯骨不自专。

黄宗羲的诗歌内容丰富，具有强烈的时代性、深刻的思想性和高度的艺术性，他的诗歌与其学术成就一样，具有大师风范，对后世具有重要影响。

（三）王夫之的诗歌创作

王夫之（1619—1692），字而农，号姜斋，别号一壶道人，湖南衡阳人。中国明末清初思想家、哲学家。明崇祯举人，曾从永历桂王举兵抗清，南明灭亡后隐遁归山，埋首著述，贡献卓著，学者称船山先生。

王夫之生于"屈子之乡"，受《楚辞》影响，步伍《离骚》，用美人香草寄托抒怀，借舒草之心"不死"，喻坚韧不拔之志和恢复故国"春色"的理想，如《绝句》：

半岁青青半岁荒，高田草似下田荒。
埋心不死留春色，且忍罡风十夜霜。

王夫之亲身经历了家破国亡之乱，饱受了亲人别离之悲，心中充满了遗民的悲愤之情。他坚决反对凶残的民族压迫，他的这种生活经历和生平志向熔铸出如屈原一般的爱国之心。这种爱国之心也体现在他的诗作之中，如《杂诗四首》之四：

悲风动中夜，边马嘶且惊。
壮士匣中刀，犹作风雨鸣。
飞将不见期，萧条阻北征。
关河空杳霭，烟草转纵横。
披衣视良夜，河汉已西倾。
国忧今未释，何用慰平生。

该诗把一个英雄壮士无法实现报国的情绪表达得淋漓尽致。

王夫之充满了报国情怀，但是南朝政权日益腐朽，而清朝的政权又逐渐巩固，这些都导致了其满腔的复国希望无法实现，心灰意冷的王夫之誓不剃发，潜藏深山，但是大自然美景的怡心悦目并没有让王夫之忘记自己的抱负，深深的爱国之情，时时萦绕于怀，这些在《落日遣愁辛卯》一诗中可以得到充分体现：

落日群峰外，青空邀晚红。
晴山添雪色，远树缓霜鸿。
心放闲愁后，生凭大化中。
天年聊物理，楚国想遗风。

王夫之在常年的流亡生涯中，与下层群众有比较广泛的接触，所以更了解民生疾苦，如《后所旅行辛酉》其二：

厨荻根，采荻苗，蔗苗已长根粉消。
雹如弹丸雨如簇，荷锄空望青山哭。
大家仓庚皆封闭，悬望开仓如开鬓。
辈金输官援新例，红丝锦袍春风丽。
摇鞭笑指荒烟际，错落何为被苍翠。

这首诗写出了靠天吃饭的老百姓的疾苦，对他们的生活给予了同情。

在爱国主义思想的支配下，王夫之曾经参加过多次反清复明的斗争，虽然屡遭挫折，但他以朴素的唯物辩证法的思想观察社会，相信民族的复兴总是有希望的，这在他的《又雪同欧子直》一诗中可以清楚地体现出来：

溪边林外转霏微，几处新莺禁不飞。
即次青春欺白发，丁宁酒力试寒威。
连天朔雪悲明月，昨日西清忆落晖。
为报春光多蕴藉，来朝一倍报芳菲。

王夫之对自己所憧憬的未来的美好信念一直到老都没有动摇过。他70岁时，还写下了《敌筑土室，授童子读，题曰蕉畦，口占示之戊辰》其二一诗：

脆绿怜弱干，勿为霜雪侵。
春风动雷雨，须长一千寻。

总体来说，王夫之在诗歌创作方面的成就是巨大的，他的诗在某些方面超越了王世贞、何景明、李攀龙、李梦阳等明代前后“七子”，尤其是他抒写爱国情怀的诗篇，既表现了他的故国孤忠，又体现出他的高风亮节。

二、钱谦益的诗歌创作

钱谦益(1582—1664)，字受之，号牧斋，晚号蒙叟、绛云老人、东涧遗老等，江苏常熟人，人称虞山先生。他曾是东林党人，也是复社后期重要人物。清兵渡江兵临城下时，他归顺了清廷，被授礼部侍郎管秘书院事，充修明史副总裁。归顺清廷后，钱谦益有感于自己丧失大节，因此又和南明政权的抗清力量暗中联系，秘密参加反清活动，并一再忏悔自赎，希望取得世人的谅解。著有《初学集》《有学集》《投笔集》等。

钱谦益的诗歌创作以仕清为界可以分为前后两期，前期时他有感于仕途坎坷、明朝的内忧外患，因此诗歌中多感叹、愤慨之情。例如，《费县三首》《乙丑五月削籍南归十首》《狱中杂诗三十首》等诗，都表达出失意者的感喟与清正之士的孤愤，并和忧虑国事融作一体。他还曾写了《葛将军歌》讴歌了市民领袖葛成，把他与反抗阉党而牺牲的苏州五义士并列。后期时他因为经历了故国沧桑、身世荣辱的巨大变故，诗歌中多悼念亡明，指斥新朝暴行，对反清复明活动进行歌颂。例如，《后秋兴》其八：

金刀复汉事逶迤，黄鹄俄传反复陂。
武库再归三尺剑，孝陵重长万年枝。
天轮只傍丹心转，日驾全凭只手移。
孝子忠臣看异代，杜陵诗史汗青垂。

在这首诗中，诗人对郑成功反清复明的胜利进行了歌颂。

此外，钱谦益也通过诗歌创作表达出自己仕清之后的复杂心情。《西湖杂感二十首》《哭稼轩留守一百十韵》《书梅村艳诗后四首》等，哀感顽艳，沉郁苍楚，既有"冬青树老六陵秋，恸哭遗民总白头"的失国之苦，也有"水天闲话天家事，传与人间总泪零"的耻辱，以及从心底发出的"莺断曲裳思旧树，鹤髡丹顶悔初衣"的忏悔自白。特别是《西湖杂感二十首》通过寄情于景的方式，表达出自己的悔恨之情。例如，《西湖杂感二十首》其二：

潋艳西湖水一方，吴根越角两茫茫。
孤山鹤去花如雪，葛岭鹃啼月似霜。
油壁轻车来北里，梨园小部奏西厢。
而今纵会空王法，知是前尘也断肠。

在这首诗中，诗人描写了西湖的景色，通过对往事的回忆表达了"知是前尘也断肠"的悲叹。

钱谦益除了进行诗歌创作实践外，还提出了一系列的诗学主张，他在对明代复古派和反复古派进行尖锐批判的同时，各有所取，"对复古派取其借鉴古人精神，但不囿于'汉魏盛唐'，剔除模仿形似；对反复古派'取其申写性灵'，摒弃其'师心而妄'，'轻才寡学'"（袁行霈，2005），并主张转益多师，广收博取，对确立清代诗风起了"导平先路"的作用。他还延引后进，奖掖新人，对当时和清中后期的诗歌发展都起到了推动作用，其家乡的虞山诗派就是在他的影响下形成的。正是因为在清代诗歌领域中占有的重要地位，他被称为清诗的开山宗匠。

三、吴伟业的诗歌创作

吴伟业（1609—1672），字骏公，号梅村，汉族，江苏太仓人，崇祯进士。自少聪颖，师从张溥，为复社骨干。崇祯四年（1631）进士，授翰林院编修。后仕途风顺，官至宫詹学士。南明时任少詹事，因与权奸不合，旋辞归故里。清兵南下后，继续隐居不仕，以复社名宿主持东南文社，声望甚高。顺治十年（1653），被迫应诏出仕，授秘书院侍讲，升国子监祭酒。三年后，以丁母忧南归，从此不复出仕，直至终老。

吴伟业擅长于七言歌行，初学“长庆体”，后自成新吟，后人称之为“梅村体”，他的叙事诗最能代表他的诗歌成就。吴伟业继承了宋代诗人深刻关注社会的精神，并吸收了杜甫、韩愈的精髓，使叙事诗呈现出了清丽婉转、流畅自然，兼有故事性和戏剧性的特点，带有浓郁的抒情色彩，营造出了很强的史诗氛围。如著名的《圆圆曲》：

鼎湖当日弃人间，破敌收京下玉关。
恸哭六军俱缟素，冲冠一怒为红颜。
红颜流落非吾恋，逆贼天亡自荒宴。
电扫黄巾定黑山，哭罢君亲再相见。
相见初经田窦家，侯门歌舞出如花。
许将戚里箜篌伎，等取将军油壁车。
家本姑苏浣花里，圆圆小字娇罗绮。
梦向夫差苑里游，宫娥拥入君王起。
前身合是采莲人，门前一片横塘水。
横塘双桨去如飞，何处豪家强载归。
此际岂知非薄命，此时唯有泪沾衣。

熏天意气连宫掖，明眸皓齿无人惜。
夺归永巷闭良家，教就新声倾坐客。
坐客飞觞红日暮，一曲哀弦向谁诉？
白皙通侯最少年，拣取花枝屡回顾。
早携娇鸟出樊笼，待得银河几时渡？
恨杀军书抵死催，苦留后约将人误。
相约恩深相见难，一朝蚁贼满长安。
可怜思妇楼头柳，认作天边粉絮看。
遍索绿珠围内第，强呼绛树出雕阑。
若非壮士全师胜，争得蛾眉匹马还？
蛾眉马上传呼进，云鬟不整惊魂定。
蜡炬迎来在战场，啼妆满面残红印。
专征萧鼓向秦川，金牛道上车千乘。
斜谷云深起画楼，散关月落开妆镜。
传来消息满江乡，乌桕红经十度霜。
教曲伎师怜尚在，浣纱女伴忆同行。
旧巢共是衔泥燕，飞上枝头变凤凰。
长向尊前悲老大，有人夫婿擅侯王。
当时只受声名累，贵戚名豪竞延致。
一斛明珠万斛愁，关山漂泊腰肢细。
错怨狂风飏落花，无边春色来天地。
尝闻倾国与倾城，翻使周郎受重名。
妻子岂应关大计，英雄无奈是多情。
全家白骨成灰土，一代红妆照汗青。
君不见馆娃初起鸳鸯宿，越女如花看不足。
香径尘生乌自啼，屧廊人去苔空绿。
换羽移宫万里愁，珠歌翠舞古梁州。
为君别唱吴宫曲，汉水东南日夜流！

这首诗是吴伟业脍炙人口的长篇歌行，它以吴三桂、陈圆圆的悲欢离合为线索，讽刺吴三桂为一己之私情叛明降清的卖国行径。通过明末名妓陈圆圆被明末政治旋涡的几个核心人物田畹、崇祯、吴三桂、李自成部属刘宗敏角逐争夺的经过，反映出历史发展与个人情感之间的严重龃龉。全诗规模宏大，个人身世与国家命运交织，一代史实和人物形象交相辉映，运用追叙、插叙和其他结构手法，打破时空限制，不仅重新组合纷繁的历史事件，也使情节波澜曲折，富有传奇色彩。其间不乏诗人自己的人生体验，故而使诗作幽婉迷离，极富艺术魅力。诗人画龙点睛般的议论穿插于叙事中，批判力量蓄积于错金镂彩的华丽辞藻中，“恸哭六军俱缟素，冲冠一怒为红颜”，精警隽永，成了传诵千古的名句。

除了叙事诗外，吴伟业也有很多优秀的抒情诗、写景诗，如《梅村》：

枳篱茅舍掩苍苔，乞竹分花手自栽。
不好诣人贪客过，惯迟作答爱书来。
闲窗听雨摊诗卷，独树看云上啸台。
桑落酒香卢桔美，钓肥斜系草堂开。

在这首诗中，诗人描绘了自己的居所，勾勒出一个洁身自好的主人公形象，从而表现了诗人高洁的情怀，沈德潜曾评曰：“自写名士风流。”

总体来说，吴伟业的诗歌“以唐人格调，写目前近事，宗派既正，辞藻又丰”（赵翼《瓯北诗话》卷九），在中国古典诗歌史上占有重要地位，对后世影响深远。

第二节　从“格调说”到“肌理说”

一、格调说

所谓格调，就是要重视唐诗那种格律、声调。康、乾时期的格调诗以沈德潜为领袖、以其格调说诗论为中心。“格调说”的提法见于沈德潜的门人王昶所云："苏州沈德潜独持格调说，崇奉盛唐而排斥宋诗……以汉魏盛唐倡于吴下。"他所提出的"格调"二字，源于《文镜秘府论·南卷·论文意》："凡作诗之体，意是格，声是律，意高则格高，声辨则律清，格律全，然后始有调。"因而他也像明七子一样，古诗拟汉魏，近体法盛唐。强调诗歌"和性情，厚人伦，匡政治"的社会功能，宣扬"温柔敦厚"的诗教传统，要求诗歌创作"先审宗旨，继论体裁，继论音节，继论神韵，而一归于中正和平"。总体来说，"格调说"的主要风格不外乎"温柔敦厚"四个字。也就是说，作家在写诗时应该尽可能和颜悦色，不要将诗写得太过直白，充满讽刺意味。在"格调说"诗派的诗人中，成就最为突出的就是沈德潜。

沈德潜（1673—1769），字确士，号归愚，长洲（今江苏苏州）人。他从 23 岁起就继承父业，以授徒教馆为生，过了 40 多年的教馆生活。年近古稀的时候才成为进士，因其诗歌受到乾隆的喜爱而受到了重用，官运亨通，显赫一时，影响甚大。年高归里时加赠礼部尚书及太子太傅衔。卒后追赠太子太师，赐祭葬，谥文悫。

沈德潜强调诗人应该"学古"和"论法"，他非常推崇明代后七子。他认为是李梦阳、何景明等人使"诗道复归于正"。总体上而言，他的诗歌中正和平，温柔敦厚，讲求诗歌的格律、声调。例如，《过真州》：

扬州西去真州路，万树重杨绕岸栽。
野店酒香帆尽落，寒塘鱼散鹭初回。
晓风残月屯田墓，零露浮云魏帝台。
此夕临江动离思，白沙亭畔笛声哀。

在这首诗中，诗人通过生动地描绘真州的景色，表达了自己浓郁的思乡之情。全诗意趣淡雅，声韵谐朗，句法严密，情思含蕴，是一首典型的有格调的诗。

沈德潜的诗歌大多是歌功颂德之作，但也有一些反映民生疾苦，揭露时弊与社会黑暗的作品，如《凿冰行》：

月寒霜清水生骨，夜半胶黏厚盈尺。
鸣金四野鸠壮丁，晓打冰凌双足赤。
白椿乱下河腹开，一片玻璃细分坼。
大声苍崖崩巨石，小声戈矛互舂击。
水深没髁衣露肘，手足皴裂无人色。

在这首诗中，诗人通过几个细节充分地描绘了穷人砸冰时所遭受的痛苦。“水深没髁衣露肘，手足皴裂无人色”这两句更是直接使用白描的手法勾勒了穷人的惨状。

又如《后凿冰行》：

海氛既息海鲜盛，洋客贩鲜轻性命。
舳舻载冰入沧海，冰贾如金未能平。
吴中窖户惯射利，岁岁藏冰互相庆。
每当腊月河流坚，水面削平似明镜。
五更号令鸠穷民，赤足层冰立难定。
冲寒掊击裂十指，入水支撑割双胫。
大声惊破天吴宫，百丈鳞鳞河腹迸。
岸旁观者谁氏子，锦服狐裘气豪横。
欢呼拍手诧奇绝，水战水嬉无此胜。
吁嗟观者何不仁，令我转益忧心怲。
半死换得青铜钱，忘躯谋食岂天性？
至今穷民多夭札，存者纷纷软足病。

在这首诗中，诗人通过对比的手法，揭露了藏冰商家不顾穷人死活残酷剥削他们的情景，斥责了旁观富人的冷漠无情。

沈德潜的诗现存 2300 多首，有很多是为统治者歌功颂德的作品。《制府来》《晓经平江路》等虽然反映了一些社会现实，但又常常带有封建统治阶级的说教内容。

《观刈稻了有述》一方面反映了天灾为患，民生涂炭的情景：

今夏江北旱，千里成焦土。
荑稗不结实，村落虚烟火。

天都遭大水，裂土腾长蛟。

井邑半湮没，云何应征徭？

另一方面劝老百姓要安贫乐道，所以缺乏鲜明生动的气息：

吾生营衣食，而要贵知足。

苟免馁与寒，过此奚所欲。

除上述作品外，沈德潜的著作还有《沈归愚诗文全集》（乾隆刻本），包括自订《年谱》一卷、《归愚诗钞馀集》六卷、《归愚诗钞》十四卷、《矢音集》四卷、《竹啸轩诗钞》十八卷、《黄山游草》一卷、《归愚文续》十二卷、《归愚文钞》十二卷、《说诗晬语》二卷、《南巡诗》一卷、《浙江省通志图说》一卷等。

二、肌理说

肌理说是翁方纲提出的诗论主张，“肌理”二字源于杜甫《丽人行》中的“肌理细腻骨肉均”之句。肌理本来是指肌肉的纹理，翁方纲借用肌理论诗。肌理说中的“理”是指义理和文理。义理属于诗歌内容的范畴，文理属于诗歌表现形式的范畴。义理为“言有物”，指以“六经”为代表的合乎儒家规范的思想和学问；文理为“言有序”，指诗歌的写作方法，要讲究谋篇布局，遣词用字，要讲求声律和“诗法”，“穷形尽变”而又合乎“绳墨规矩”。总体来看，“肌理”说主张诗人“正本探源”，博学通经，以考据家的学问和古文家的义理入诗，同时借助于多种多样的手法、缜密细致的理路，在作品中充实地表现符合儒家传统的思想及性情，使诗歌创作达到踏实充盈的境地。在“肌理说”诗派的诗歌创作中产生重要影响的是翁方纲，下面对其诗歌创作进行简要分析。

翁方纲（1733—1818），字正三，一字忠叙，号覃溪，大兴（今属北京）人。乾隆进士，官至内阁学士，精通金石、谱录、书画、词章之学，书法与同时的刘墉、梁同书、王文治齐名。著有《复初斋全集》《石洲诗话》《两汉金石记》等。

翁方纲的诗，大量以学问、考据入诗，如《汉石经残字歌》：

石经未及洪家半，尚抵吴莱籀书换。
龙图晋玉虽旧闻，魏公资州余几段。
鸿都学开后三年，皇义篇章未点窜。
正始那误邯郸淳，隶分先估张怀瓘。
黄晁援据正宜审，蔡马姓名还可按。
六经七经孰淆讹，一字三字精剖判。
迩来邹平与北平，《商书》《鲁论》珍漫漶。
如到讲堂筵几度，我昔丰碑丈尽算。
表里隶书果征实，章句异同兼综贯。
洪释篇行记聘礼，今我诸经俨陈灿。
《春秋》严颜《诗》盍毛，只少义爻象与彖。
书云孝于复友于，鼠食黍苗三岁宦。
近人板本据娄机，追想饶州简初汗。
鄱阳石泐五百年，中郎听远焦桐爨。
岂惟西江补典故，龙光紫气卿云缦。
方今圣人崇实学，六籍中天森炳焕。
群言壹禀醇乎醇，如日方升旦复旦。
诸生切磋函雅故，不独雕琢工文翰。
宫墙斋庑探星宿，清庙明堂列圭瓒。
凤皇一羽麟一角，琪树芝华非近玩。
妍经奚必古本执，朴学幸勿承师畔。
河海方将测原委，质厚先须植根干。
越州石氏证蓬莱，余论何人续《东观》。
摩挲小阁一纪余，甫得南州映芹泮。
偏傍或裨笺传诂，参检直到周秦汉。
踟蹰凝立语学官，桂露秋香手勤盥。

在这首诗中，诗人对汉代的石经进行了考证，发表了自己的看法。该诗具有以学问为诗，用韵语做考据的特点。

由于翁方纲过于强调义理和文理，所作的诗歌多枯燥乏味，毫无诗意，遭到了广大诗人，尤其是性灵说诗派诗人的反对和嘲笑。袁枚曾在《仿元遗山论诗》绝句中写道："天涯有客太泠痴，误把抄书当作诗。抄到钟嵘《诗品》日，该他知道性灵时。"（张涤云，2006）

翁方纲有些写景诗还是有些韵味的，如《韩庄闸二首》：

其一

秋浸空明月一湾，数椽茅屋枕江关。
微山湖水如磨镜，照出江南江北山。

其二

门外居然万里流，人家一带似维舟。
山光湖气相吞吐，并作浓云拥渡头。

这两首诗用词严谨，写景较为生动，但并没有将自己的感情融入其中，显得有些韵味不够，意境不够深远。

第三节 袁枚影响下的"性灵说"

所谓"性灵"，指的是性情、灵感、个性、灵机，即诗人必须具有的主观创作条件，当一个诗人有了创作灵感，将自己的真性情写出来，就是一首好诗。这也是袁枚在总结以往性灵说的基础上发展起来的。性灵说的核心是强调诗歌创作要直接抒发诗人的心灵，表现真情实感，认为诗歌的本质就是表达感情的，是人的感情的自然流露。"性灵"二字，最早见于《文心雕龙·原道》："惟人参之，性灵所钟，是为三才。"指的是人的才智或秉性灵秀。钟嵘《诗品》评阮籍"《咏怀》之作可以陶性灵，发幽思"，指的是情性。宋人杨万里也主张诗歌"专写性灵"，对袁枚很有启示。明代李贽的"童心说"，公安派性灵说的核心理论"独抒性灵，不拘格套"，以及开始提出"心机震撼之后，灵机逼极而通"（袁中道《陈无异寄生篇序》）的创作灵感说，对袁枚的影响更大。在前人这些有关"性灵"说的基础上，袁枚形成了比较完整系统的"性灵说"诗歌理论。袁枚的性灵说是为反对沈德潜拟古主义的格调说、翁方纲以考据为诗的肌理说而提出来的。袁枚倡导性灵说纠正了神韵说的空泛，也突破了诗坛上流行的格调说、肌理说的藩篱，对文学观念的解放具有极大的促进作用，使诗歌创作向表现人之感情的轴心回归。

与其他诗歌理论相比，性灵说具有自己的特点，这些特点主要表现在以下方面：

第一，性灵说要求诗歌能自由地表现诗人的个性，真实地体现自己的欲望感情。

第二，性灵说从真实直率地表达感情的要求出发，在诗歌艺术上提倡自然清新、平易流畅之美，反对雕章琢句、堆砌典故，反对以学问为诗。

第三，性灵说由于把能否抒发真情实感作为评价诗歌优劣的标准，因此打破了传统的轻视民间文学的封建阶级偏见，大大提高了通俗文学的地位。

乾隆年间的性灵诗以袁枚为领袖，倡和者有号称“乾隆三大家”之一的赵翼，有张问陶、孙原湘、王昙、舒位、郭麐、吴嵩梁等，还有不少女弟子，如席佩兰、严蕊珠、金逸、骆绮兰、归懋仪等。下面主要对袁枚的诗歌创作进行简要介绍。

袁枚(1716—1797)，字子才，号简斋，晚年自号仓山居士、随园主人、随园老人。汉族，钱塘(今浙江杭州)人。他自幼聪颖，青年时即与年老的沈德潜同举进士，同入翰林院为庶吉事。后因满文考核为下等，外放江南为知县。在任江宁县知事时，购得小仓山旧江宁织造园，将其进行整治，改名为随园，之后托病辞去县令，退居园内，自号随园山人、仓山居士，不再出仕。著有《小仓山房诗文集》《随园诗话》《随园随笔》《随园食单》等。

袁枚的诗歌创作贯穿了其“性灵说”的精神，主要表现个人生活中的真实感受、情趣等，比较自由。例如，《所见》：

牧童骑黄牛，歌声振林樾。
意欲捕鸣蝉，忽然闭口立。

在这首诗中，诗人生动地描绘了一幅牧童意欲捕蝉的情景。由动到静的转变写得既突然又自然，把小牧童的天真烂漫充分地表现了出来。

又如，《别常宁》：

六千里外一奴星，送我依依远出城。
知己那须分贵贱，穷途容易感心情。
漓江此后何年到，别泪临歧为汝倾。
但听郎君消息好，早持僮约赴神京。

这首诗是诗人写给叔父家僮仆的，表达出他自己的真情实感，并体现了主仆平等的思想观念。

袁枚的诗歌语言通俗自然，大量运用口语，以白描为主，很少用典，灵心妙舌，生动有趣。例如，《还葵巷旧宅》：

学舍窗犹开北面，桂花枝已过西厅。
惊窥日影先生至，高诵书声阿母听。

但是他也有富含韵味、意境空冥的诗，如《水西亭夜坐》：

明月爱流水，一轮池上明。
水亦爱明月，金波彻底清。
感此玄化理，形骸付空冥。
坐久并忘我，何处尘虑撄？
钟声偶然来，起念知三更。
当我起念时，天亦微云生。

袁枚的诗还有大胆表现男女之情与好财行乐的，如《寄聪娘》六首之二：

一枝花对足风流，何事人间万户侯？
生把黄金买别离，是侬薄倖是侬愁。

《上官婉儿》是袁枚赞扬妇女的诗：

论定诗人两首诗，簪花人作大宗师。

至今头白衡文者，若个聪明似女儿？

袁枚的诗也有对民生疾苦表示关切和同情的，如《马嵬》其二：

莫唱当年《长恨歌》，人间亦自有银河。
石壕村里夫妻别，泪比长生殿上多！

在这首诗中，诗人借吟咏马嵬抒情，提出了诗歌要多反映人民苦难生活的主张。全诗虽然几处用典，但是通俗易懂，包含的内容十分丰富，给人以韵味无穷之感。此诗将白居易的《长恨歌》与杜甫的《石壕吏》作对比，将帝妃悲剧转向民间夫妻惨别，翻出新意的同时渗透着对百姓疾苦的深切同情。

袁枚性好游览，写景之作模山范水，落想不凡，笔墨放纵，如《同金十一沛恩游栖霞寺望桂林诸山》：

奇山不入中原界，走入穷边才逞怪。
桂林天小青山大，山山都立青天外。
我来六月游栖霞，天风拂面吹霜花。
一轮白日忽不见，高空都被芙蓉遮。
山腰有洞五里许，秉火直入冲乌鸦。
怪石成形千百种，见人欲动争谽谺。
万古不知风雨色，一群仙鼠依为家。
出穴登高望众山，茫茫云海坠眼前。
疑是盘古死后不肯化，头目手足骨节相钩连。
又疑女娲氏，一日七十有二变，青红隐现随云烟。
蚩尤喷妖雾，尸罗袒右肩。
猛士植竿发，鬼母戏青莲。
我知混沌以前乾坤毁，水沙激荡风轮颠。
山川人物熔在一炉内，精灵腾踔有万千，彼此游戏相爱怜。
忽然罡风一吹化为石，清气既散浊气坚。
至今欲活不得，欲去不能，只得奇形诡状蹲人间。
不然造化纵有千手眼，亦难一一施雕镌。

而况唐突真宰岂无罪，何以耿耿群飞欲刺天？
金台公子酌我酒，听我狂言呼否否。
更指奇峰印证之，出入白云乱招手。
几阵南风吹落日，骑马同归醉兀兀。
我本天涯万里人，愁心忽挂西斜月。

在这首诗中，诗人描绘桂林群山和七星岩溶洞的奇幻景象出发，并融入了神话传说，充分展现了桂林群山和七星岩溶洞诡谲奇形，整首诗纵横跌宕，兴会淋漓。

袁枚的诗常常采用白描的手法，在极简淡的勾画中，抒发出了自己的真情实感。例如，《苔》：

各有心情在，随渠爱暖凉。
青苔问红叶，何物是斜阳？

在这首诗中，诗人通过对苔与红叶之间的对话，表达出自己对自然生命的多样性的欣赏、赞美。

总之，袁枚宣扬性情至上，肯定情欲合理，在性与情上，主张即"情"求"性"(《书复性书后》)，突出尊情；在言志与言情上，认为"诗言志，言诗之必本乎性情也"(《随园诗话》卷三)，对清代乃至后世影响巨大。

第四节　以风、骚为旨的常州词派创作

嘉庆以后，阶级矛盾日趋尖锐化，农民起义四起。1796 年(嘉庆元年)爆发了白莲教农民大起义，历时九年，起义军足迹遍及四川、湖北、陕西、甘肃、河南等地。1851 年，又爆发了洪秀全领导的太平天国革命，历时 14 年，规模之大，声势之猛，时间之长，都是前所未有。鸦片战争以后，越来越暴露出大清帝国的腐朽，帝国主义的入侵更加频繁，中国沦为半封建半殖民地社会。社会的巨大变化，要求改变词坛的落后状况，要求词寄以家国之感，反映社会现实。这样，重寄托的常州词派便应运而生了。常

州词派反对无病呻吟和单纯咏物的作风。张惠言《词选》一书，标明以《国风》《离骚》之旨趣，铸温、韦、周、辛之面目；周济的《宋四家词选》，追宗北宋，主张“问涂碧山，历梦窗、稼轩以还清真之浑化”。这对于尊崇词体、开拓词域起了一定作用。常州词派的代表性词人有张惠言、张琦、周济等，下面主要对他们的词创作进行简要分析。

一、张惠言的词创作

张惠言(1761—1802)，字皋文，号茗柯，江苏武进人。嘉庆四年(1799)进士，曾任庶吉士，授翰林院编修官。清代著名经学家，并以词和散文著名。著有《茗柯词》。

张惠言的词今存46首，强调词必须以比兴寄托为主，提倡词要“深美闳约”(《词选序》)、厚重质实。因此，他的词文字简洁，少用华丽的辞藻和典故，抒情写物，细致生动。

张惠言的词中，最有价值的是抒发“寒士”不遇、仕途失意、漂泊无依或潦倒无聊等的词作。这些词作对比兴寄托的运用、对立意深隽的追求更是不遗余力，如他最享盛名的代表作《水调歌头·春日赋示杨生子掞》：

其一

东风无一事，妆出万重花。闲来阅遍花影，惟有月钩斜。我有江南铁笛，要倚一枝香雪，吹彻玉城霞。清影渺难即，飞絮满天涯。

飘然去，吾与汝，泛云槎。东皇一笑相语：芳意在谁家？难道春花开落，更是春风来去，便了却韶华？花外春来路，芳草不曾遮。

其二

百年复几许，慷慨一何多。子当为我击筑，我为子高歌。招手海边鸥鸟，看我胸中云梦，蒂芥近如何？楚越等闲耳，肝胆有风波。

生平事，天付与，且婆娑。几人尘外相视，一笑醉颜酡。看到浮云过了，又恐堂堂岁月，一掷去如梭。劝子且秉烛，为驻好春过。

其三

疏帘卷春晓，蝴蝶忽飞来。游丝飞絮无绪，点点碧云钗。肠断江南春思，黏着天涯残梦，剩有首重回。银蒜且深押，疏影任徘徊。

罗帷卷，明月入，似人开。一尊属月起舞，流影入谁怀？迎得一钩月到，送得三更月去，莺燕不相猜。但莫凭栏久，重露湿苍苔。

其四

今日非昨日，明日复如何？竭来真悔何事，不读十年书。为问东风吹老，几度枫江兰径，千里转平芜。寂寞斜阳外，渺渺正愁予。

千古意，君知否？只斯须。名山料理身后，也算古人愚。一夜庭前绿遍，三月雨中红透，天地入吾庐。容易众芳歇，莫听子规呼。

其五

长镵白木柄，劚破一庭寒。三枝两枝生绿，位置小窗前。要使花颜四面，和着草心千朵，向我十分妍。何必兰与菊，生意总欣然。

晓来风，夜来雨，晚来烟。是他酿就春色，又断送流年。便欲诛茅江上，只恐空林衰草，憔悴不堪怜。歌罢且更酌，与子绕花间。

在以上五首词中，词人通过描写春光，表达了自己的理想与襟抱，词的中心要旨乃劝勉自振不颓，历来对其评价很高。谭献在《箧中词》卷二中说："胸襟学问，酝酿喷薄而出；赋手文心，开倚声家未有之境。"陈廷焯在《白雨斋词话》中说："皋文《水调歌头》五章，既沉郁，又疏快，最是高境……热肠郁思，若断仍连，全自《风》、《骚》变出。"整组词所表现的恬淡而不颓唐的境界，正是词人胸襟怀抱，以及温文尔雅、和平忠厚的心境写照。

张惠言的咏物词写得也十分出色，多为有感而发，写得体物深微，意味醇厚，如《水龙吟·夜闻海涛声》：

梦魂快趁天风，琅然飞上三山顶。何人唤起，鱼龙叫破，一泓杯影？天府清虚，琼楼寂历，高寒谁省？倩浮槎万里，寻侬归路，波声壮，侵山枕。

便有成连佳趣，理瑶丝、写他清冷。夜长无奈，愁深梦浅，不堪重听！料得明朝，山头应见，雪昏云醒。待扶桑净洗，冲融立马，看风帆稳。

这首词的上阕从大处落墨，浮想联翩。由梦中写到梦醒，其间虚实相间，情景相生，极尽壮阔飞动之势。换头三句以伯牙之师成连的琴声作比，状涛声之清越悲凉。“夜长”三句谓伤心人别有怀抱，故“不堪重听”。“料得”以下全凭想象写景，化虚为实，明净中见沉着。“雪昏云醒”一语，写雪山云海，一动一静，颇见传神。全词围绕着听涛展开铺叙，开、合、起、落，转折腾挪，极具变化之致，堪称别开生面之作。

又如《木兰花慢·杨花》：

侭飘零尽了，何人解、当花看？正风避重帘，雨回深幕，云护轻幡。寻他一春伴侣，只断红相识夕阳间。未忍无声委地，将低重又飞还。

疏狂情性，算凄凉、耐得到春阑。便月地和梅，花天伴雪，合称清寒。收将十分春恨，做一天愁影绕云山。看取青青池畔，泪痕点点凝斑。

这是一首咏杨花的词作，被张炎《词源》评为“压倒古今”之作。词中通过晚春的杨花形象，寄托了词人的人生失意、托足无门、云山愁影、萍踪泪凝的感慨。全词在感伤情调中又透露出几分不消沉自弃的意念，充分体现了“怨而不怒”的“温柔敦厚”品格。

总体来说，张惠言的词发意甚高，命意亦严，确能以虎狼之药医鄙、淫、游词膏肓之疾，从而确立了词的正变发展观。

二、张琦的词创作

张琦（1764—1833），字翰风，初名翊，号宛邻，江苏武进人。张惠言弟。嘉庆十八年（1813）举人，历署邹平、章丘、馆陶知县。工诗、词、古文及分隶，尤精舆地之学，兼善医道。与其兄惠言同编《词选》，人称"昆陵二张"。著有《立山词》。

张琦词疏快不如乃兄，而婉转缠绵，时或过人。其代表作如《摸鱼儿》：

渐黄昏、楚魂愁绝，啼鹃早又相唤。芳心欲寄天涯路，无奈水遥山远！春过半，看丝影花痕，罥尽青苔院。好春一片，只付与轻狂，蜂儿蝶子，吹送午尘暗。

关山客，漫说归期易算。知他多少凄怨？不曾真个东风妒，已是燕残莺懒。春晼晚，怕花雨朝来，一霎芳塘满。嫣红谁伴？尽倚遍回栏，暮云过尽，空有泪如霰。

此词借伤春表现生不逢时、韶华易逝、有志难伸、有才难展的悲哀与忧伤。全词写得低回婉转、凄恻动人，写景抒情融为一体，寄意在于似有似无、若明若暗、可意会而不可言传之间。

又如《南浦》：

惊回残梦，又起来、清夜正三更。花影一枝枝瘦，明月满中庭。道是江南绮陌，却依然、小阁倚银屏。怅海棠已老，心期难问，何处望高城？

忍记当时欢聚，到花时、长此托春酲。别恨而今谁诉？梁燕不曾醒。帘外依依香絮，算东风、吹到几时停？向鸳衾无奈，啼鹃又作断肠声。

词写的是离情别恨，不过写的不是送别的情景，而是别后的思念。从"惊回残梦"到欲睡不成、寻梦不得，一路写来，有条不紊。"何处望高城"，"啼鹃又作断肠声"，感情执着而深沉。全词构思缜密，刻画细致，情绪缠绵，曲折回环，愈转愈深，极尽悲凉哀咽。谭献在《箧中词》卷三中评此词为“所谓‘深美闳约’”，这是常州词派高度评价温庭筠词时所使用的赞语。而他们认为温词所表现的“感士不遇”主题，是近于“《诗》之比兴，变《风》之义，《骚》人之歌”的。

三、周济的词创作

周济(1781—1839)，字保绪，号未斋，又号止庵，别号介存居士，江苏荆溪(今宜兴)人。嘉庆十年(1805)进士，曾官淮安府学教授。弃官后，隐居起来潜心著述。诗文有《介存斋集》，辑有《词辨》，附以《介存斋论词杂著》，并编纂《宋四家词选》。自著《味隽斋词》。

周济的《味隽斋词》计有 115 首，从总体看，明显存在创作难符其理论的缺陷，大多数作品过于强调寄托和不露痕迹，晦涩难懂。《味隽斋词》直接标明咏物、题图之作即有 40 多首，无题实为咏物者也不下 20 首。他的咏物篇什，普遍存在词义隐晦、寄托指向不明的问题，但意境优美，如《满庭芳·梨花》：

珍重经年，玲珑数朵，楼前越样丰姿。东君着意，开比海棠迟。烂漫群芳似锦，深宵露，洗净燕支。无人见，亭亭顾影，明月过墙时。

浑疑。逢洛浦，凌波佩解，天慰相思。正团圆果就，怎说将离。一剪红襟斜度，窥鸳枕，云想轻移。年年约，湔裙后侣，沉醉碧颇黎。

此词通过典实与白描手法的灵活运用，把梨花的品格、形貌、风神表现得多姿多彩、活脱自然，又充满着人对梨花的感情，意境优美，韵味无穷。

周济词佳者，多属有所感而发的咏怀一类题材，如《哨遍》：

黄叶半林，黄菊半篱，妆点秋如许。莽西风、千里卷平芜。乍登临、江山吴楚。问西塞烟波，东山裙屐，几曾留得南朝住？回首广陵涛，年年只背芜城，斜日东去。带邗沟、流恨满江湖。共酤客、愁心乱樯乌。烂锦韶华，海蜃楼台，画屏歌舞。

呼痛饮张翰，生前杯酒浇黄土。休落龙山帽，金城杨柳谁赋？任飘泊兰成，家山重到，也难写出关河暮。天际雁行斜，知他暝宿荒芦，丛荻何处？渐鸣榔、声断野烟铺。一点、渔灯伴星孤。月初弦、轻云低护。柴门归便深掩，无赖是庭梧，萧萧只管打窗萦砌，不管离人离绪。闲床倦枕漫支吾，怕重阳、满城风雨。

此词编在《味隽斋词》之末，应该是周济晚年之作。其时清王朝由盛转衰，社会黑暗，民生凋敝，江河日下。作者青少年时胸怀大志，虽一生不得志，但对社会兴衰、民生疾苦仍甚关切。因此，本篇满纸秋色、秋声、秋气，分明是当时正处于没落的清王朝的影子，极富有象征意义。其中反映出词人对国家现状的愤忧，对危机四伏的预感，因此也基本上达到了词人所标榜的“有寄托入，无寄托出”的高境。

与慢词相比，周济的令词似乎抒情色彩更加浓烈，风格也比较多样化。凄婉深沉而有寓意的如《蝶恋花·络纬啼秋啼不已》，这种好景不长，繁华难再，分明是对现实的隐忧。另一首《蝶恋花·柳絮年年三月暮》也是感慨时势之作，词中所呈现的一派衰败没落的气氛，几乎达到愁惨的境地。而结语“烟里黄沙遮不住，河流日夜东南注”，更是象征时局不可逆转，对大势已去绝望之浩叹。

清绮爽秀而又意象鲜明的，如《卜算子·山远树横烟》《蝶恋花·万柄风荷摇不定》。前一首写湖桥月夜待来人，景清入骨，情调索寞，一颗孤独之心隐约可见，后一首在荷光鹭影中融入归棹，景浓意淡，宛然一幅写生画。其他如《蝶恋花·道光十有一年，岁在辛卯五月三日，燕子矶阻风，读史感赋》六首，则是借“读史”感慨现状，虽写得曲折含蓄，但作者忧生悼世之念仍不难想见。

第五节　爱国词人的忧愤心歌

鸦片战争之后，列强相继入侵我国，使我国逐渐由封建社会转变为半封建半殖民地社会。与此同时，国内人民逐渐起来反抗日益腐朽的清政府统治，使清王朝受到了致命打击，从此一蹶不振。而面对内忧外患的这种局面，一些文人开始创作爱国主义篇章，具有爱国思想的词创作也应运而生。这不仅使词的内容得到进一步丰富，而且为词的发展增添了新的色彩。邓廷桢、龚自珍、林则徐、文廷式等都是具有爱国思想的词人。

一、邓廷桢的词创作

邓廷桢(1775—1846)，字维周，号懈筠，江苏江宁人。嘉庆六年(1801)进士，初授翰林院编修，道光时官两广总督。鸦片战争起，与英军六次交战，力挫英舰，终其任英侵略军不得入虎门。旋调任闽浙总督，继续抗英，不久被遣戍新疆伊犁。召还后任陕西巡抚，卒于任。邓廷桢精通《诗》学，兼研古音，著《诗双声叠韵谱》等。尤工词，有《双砚斋词》二卷，并有《词话》之著。

邓廷祯的《双砚斋词》，忠诚悱恻，气势辽阔，富有时代感。如《高阳台》：

鸦度冥冥，花飞片片，春城何处轻烟。膏腻铜盘，枉猜绣榻闲眠。九微夜燕星星火，误瑶窗、多少华年。更那堪、一道银潢，长贷天钱。

星槎恰到牵牛渚，叹十三楼上，暝色凄然。望断红墙，青鸾消息谁边？珊瑚网结千丝密，乍收米、万斛珠圆。指沧波，细雨归帆，明月空舷。

这首词当作于道光十九年(1839)，杨钟羲《雪桥诗话》初集卷十一云："邓懈筠尚书《妙吉羊室词》《高阳台》阕，当指林侯村查办鸦片烟封舱缴土之事。”

开头三句在描写春天景色中巧妙地嵌入“鸦片烟”三字，起到点题的作用。其下写吸烟给国家、人民带来祸害。换头三句写英、美烟商把鸦片海运到广州后，由十三洋行转售内地。“望断红墙”四句是说，虽然内外勾结，但还是收缴了万斛烟土。结语二句，把激烈的斗争淡淡写来，反映出词人对胜利的喜悦，也表达了必胜的信念。词虽幽婉，意却痛切，忧愤于鸦片之祸的情怀，隐约可见。

邓廷祯的词从整体上来看，有着十分辽阔的气势，而且忠诚悱恻，富有时代感。如《月华清》：

（中秋月夜，偕少穆、滋圃登沙角炮台绝顶晾楼。西风冷然，玉轮涌上，海天一色，极其大观。辄成此解。）

岛列千螺，舟横万鹢，碧天朗照无际。不到珠瀛，那识玉盘如此？划秋涛、长剑催寒；倚峭壁、短箫吹醉。前事，似元规啸咏，那时情思。

却料通明殿里，怕下界云迷，蜃楼成市。诉与瑶阊，今夕月华烟细。泛深杯、待喝蟾停，鸣画角、恐惊蛟睡。秋霁，记三人对影，不曾千里。

这首词作于道光十九年(1839)，当时词人正任两广总督，他与广东水师提督关天培（号滋圃），对林则徐（字少穆）在虎门的禁烟运动进行全力协助，并多次将进犯的英国兵船击退。就在这年的中秋，词人与关天培和林则徐共同登广州虎门海口沙角炮台赏月，心情极为欢快。这首词描写的就是三人当时的愉快心情，同时词人表达了自己对中华大好河山的热爱及能够对民族利益和人民利益进行有效维护的欣慰。全词充满了豪情壮志，是一首不可多得的爱国主义佳作。

邓廷祯所生活的时期，清政府太过腐败，这导致国家始终处于艰危的时局之中，而且，清政府内的投降派处处对以他和林则徐等为代表的抵抗派进行破坏与陷害，使他们的雄图难以施展。对此，邓廷祯既感到忧国忧民，也感到忧愤难平，并常常将这种感情投注在词创作之中。如《高阳台·玉泉山宴集》：

径转疏花，畦连寒菜，篮舆一路秋光。琴筑声清，泠泉缓泻鸳梁。凭高莫向阑干倚，倚阑干、容易斜阳。写闲情、细把金英，浅醉瑶觞。

欃枪。未扫铙歌唱，叹军符憔悴，战垒苍凉。饮至筵开，愁听满耳《伊》、《凉》。却怜老圃霜华重，怕孤他、晚节幽香。乍归来，灯火城南，淡月昏黄。

在这首词中，词人描写了自己与其他人参与宴会的情景。但在宴会上，所有人都为国家民族的前途命运而担心，并因此感到欲哭无泪、欲语无声。全词写得苍凉而沉郁，而且始终贯穿着一种忧国忧民的思想。

二、龚自珍的词创作

龚自珍(1792—1841)，字尔玉，又字瑟人，更名易简，字伯定，号定庵，又号羽琌山民，浙江仁和(今杭州)人。道光九年(1829)中进士。其后他历官宗人府、礼部、主客司主事，但大多官职卑微。道光十九年(1839)，因政治抱负不能实现，他辞官南归，寓居江苏昆山的羽琌山馆。1841年，不幸暴卒于丹阳云阳书院。龚自珍既是清代杰出的思想家、文学家，也是清代著名的诗人和词人。有《定庵词》存世。

龚自珍的词注重对当时黑暗的社会现实进行批判，并通过襟怀的抒发，对自己的思想进行了曲折而委婉的表达。同时，他的词中充满了忧国伤时、抑塞不平之气。比如，《贺新凉·长白定圃公子李耀示〈重阳忆菊〉词，依韵奉和》：

梦断秋无际。滞幽人、一天残照，苍凉诗意。何处帘栊何处院？金管玉箫浓醉。有词客、如云而至。侬有词场云水外，但凭栏、送尽征鸿字。芳讯杳，九华佩。

春人只为春愁死。几曾谙、篱边酒冷，笛边风起。

性懒情多兼骨傲，直得销魂如此。与涧底、孤松一例。谁料平原佳公子，也一般、识得秋滋味！秋士怨，可知矣。

在词中，词人刻画了渴望变革、寻觅光明、呼唤新生、先知先觉的仁人志士和改革者的形象。他们为了对自己的理想进行追求、为了实现国家民族的振兴，不畏艰难，也不惜牺牲性命。词的最后，词人指出面对多难的国家和艰危的时势，不论是贵族公子还是关心国事的人，全都感到担忧。全词的感情基调是悲切的，而且思绪低回，寄意深沉。

龚自珍有着强烈的爱国之情，并希望通过革新使国家走向复兴之路。但是，清王朝的专制统治实在是太昏庸腐朽了，他的一切改革弊政的建议、策划根本无法得到实行。面对这一残酷的社会现实，龚自珍既感到了自己理想的幻灭，又对国家的前途感到极度担忧。这反映到他的词创作中，就是创作了一些感慨兴亡、抒发理想无法实现、表现报国无门的词作。比如，《台城路·赋秣陵卧钟，在城北鸡笼山之麓，其重万钧，不知何代物也》：

山陬法物千年在！牧儿叩之声死。谁信当年，楗椎一发，吼彻山河大地？幽光灵气，肯伺候梳妆，景阳宫里？怕阅兴亡，何如移向草间置？

漫漫评尽千古，使汉家长乐，难寄身世。也称人间、帝王宫殿，也称斜阳萧寺。鲸鱼逝矣！竟一卧东南，万牛难起。笑煞铜仙，泪痕辞灞水。

在词中，词人对自己预感王朝即将灭亡的心境进行了生动描写，并明确指出清政府若是不进行改革，亡国的惨剧将会再次重演。全词的基调是悲伤沉郁的，既对清王朝预作了一曲挽歌，又深刻表明了自己对国家命运的担忧。

又如，《定风波》：

除是无愁与莫愁，一身孤注掷温柔。倘若有城还有国，愁绝，不能雄武不风流。

多谢兰言千百句,难据,羽岑词笔自今收。晚岁披猖终未肯,割忍,他生缥缈此生休。

这首词从表面看来,像是一首艳情之作。实际上,这是一首感慨时事的深沉之作,即一旦国家灭亡,雄武与风流都将不复存在。全词充满了绝望之语和悲伤之情,沉痛至极。

三、林则徐的词创作

林则徐(1785—1850),字元抚,又字少穆,号石麟,晚号俟村老人,福建侯官(今闽侯)人。嘉庆十六年(1811)进士,历任江苏巡抚、湖广总督。道光十八年(1838)上疏力请严禁鸦片,受命为钦差大臣。道光十九年(1839)赴广州,销烟虎门,名震中外。道光二十年(1840),鸦片战争爆发,为两广总督,痛击来犯之英军。但此时,清政府要与英人议和,于是将其革职,并加罪谪戍伊犁。直到道光二十六年(1846)才被召回,并出任云贵总督,后因病死于潮州,谥文忠。有《云左山房文钞》《云左山房诗钞》,词附其中。

林则徐的词感情充沛,基调激越,风格与邓廷祯相近,而明快疏朗过之。总数只有 14 首,与邓氏唱和之作却占了四首。他的词大多与时事有关,如《高阳台·和嶰筠前辈韵》:

玉粟收余,金丝种后,蕃航别有蛮烟。双管横陈,何人对拥无眠?不知呼吸成滋味,爱挑灯、夜永如年。最堪怜、是一泥丸,捐万缗钱。

春雷欺破伶仃穴,笑蜃楼气尽,无复灰然。沙角台高,乱帆收向天边。浮槎漫许陪霓节,看澄波、似镜长圆。更应传、绝岛重洋,取次回舷。

上阕"双管横陈""对拥无眠""爱挑灯、夜永如年"等句,形象地描绘出抽鸦片烟时的情景。"一泥丸""捐万缗钱"二句,则说明鸦片烟危害之烈。下阕写虎门烧毁鸦片烟并打退英军挑衅后,海面风平浪静,澄波如镜,"浮槎漫许陪霓节"的喜悦心情。整首词有叙述，有议论，激情洋溢，气势充沛，既是欢庆这次外交折冲所取得的胜利，又真实地反映了虎门销烟的历史事件，是一首充满豪情的爱国主义篇章。

四、文廷式的词创作

文廷式(1856—1904)，字道希，号芸阁，又号纯常子，江西萍乡人，早年侨居广州。光绪十六年(1890)进士，授编修，迁翰林侍读学士。甲午中日战争，力主抗击，上疏请罢慈禧生日“庆典”，奏劾李鸿章“丧心误国”，谏阻和议。光绪二十二年(1896)被革职驱逐出京。归里后鼓吹变法，戊戌政变后被迫流亡日本，返国后潦倒终身。著有《云起轩词钞》。

文廷式的词多感时忧世之作。晚清社会动荡，国势艰危，作者原想干一番事业，却遭到朝中恶势力的压挤，终被罢官，一腔愤慨悲郁之情怀只能倾注于词中，如《水龙吟》：

落花飞絮茫茫，古来多少愁人意。游丝窗隙，惊飙树底，暗移人世。一梦醒来，起看明镜，二毛生矣。有葡萄美酒，芙蓉宝剑，都未称，平生志。

我是垦塞倍客，二十年、软红尘里。无言独对，青灯一点，神游天际。海水浮空，空中楼阁，万重苍翠。待骖鸾归去，层霄回首，又西风起。

这首词写志士不得施展报国之怀的无比压抑之感，喷薄纸上，感情激越，而又不率不露，深情大愤寄寓于悲凉凄怆的意象之中，自饶深韵。

又如《翠楼吟》：

岁暮江湖，百忧如捣，感时抚己，写之以声。

石马沉烟，银凫蔽海，击残哀筑谁和？旗亭沽酒处，看大艑、风樯轲峨。元龙高卧，便冷眼丹霄，难忘青琐。真无那、冷灰寒柝，笑谈江左。

一笴。能下聊城，算不如呵手，试拈梅朵。苕鸠栖未稳，更休说、山居清课。沉吟今我，只拂剑星寒，欹屏花妥。清辉堕，望穷烟浦，数星渔火。

这首词栩栩如生地刻画了一位进不能被容于朝廷，退不甘沉溺于草野的爱国志士形象，其情如怒涛翻腾，如闷雷滚动，沉郁中呈横放之势，足可代表《云起轩词钞》的主调。

文廷式有不少短章，截取生活片段，寄托身世，关联时事，虽通俗如话，信手拈来，却十分精辟，如《南乡子·病中戏笔》：

一室病维摩，且喜闲庭掩雀罗。煮药翻书浑无味，呵呵，老子无愁世则那？

莽莽旧山河，谁向新亭泪点多？惟有鹧鸪声解道，哥哥，行不得时可奈何？

这类词貌似闲散淡宕，毫不费力，实则是处处绵里藏针，或疏放中见沉痛，或谐趣中见辛辣，虽然情感内敛，语不直露，但愁恨却深，可称大哀无泪、大恸无声之作。其风格冷峭，高韵独标。

文廷式还有相当数量忧时伤世的词篇，是以屈骚遗意抒述自己情怀的，即借惜春伤别、男女离合以寄慨的，如《贺新郎》：

别拟西洲曲。有佳人、高楼窈窕，靓妆幽独。楼上春云千万叠，楼底春波如縠。梳洗罢、卷帘游目。采采芙蓉愁日暮，又天涯、芳草江南绿。看对对，文鸳浴。

侍儿料理裙腰幅。道带围、近日宽尽，眉峰长蹙。欲解明珰聊寄远，将解又还重束。须不羡、陈娇金屋。一霎长门辞翠辇，怨君王、已失苕华玉。为此意，更踯躅。

这首词托意美人香草，以寄其心系君国的情怀，全词写得忠爱缠绵，极为感人。

总之，文廷式强调词必须要有气势，赞扬“二百年来，不为笼绊”的曹贞吉“有俊爽之致”，蒋春霖“有沉深之思”，风格近于苏、辛一体，于清末词坛独树一帜。

第六节　桐城派的散文创作

桐城派在康熙年间由安徽桐城人方苞开创，同乡刘大櫆、姚鼐等继承发展，成为清代影响最大的散文派别。“桐城三祖”方苞、刘大櫆、姚鼐虽同属桐城派，但文风同中有异。他们同是继承了司马迁、韩愈、欧阳修、曾巩、归有光一脉相续的儒家散文艺术传统，都注重章法的严谨、用语的雅洁，叙事写人善于抓住典型细节渲染、摹画以传其神，偏于追求阴柔之美，但他们的不同还是很明显的。奠基者方苞主张言之有物而文有条理，他的古文选材精当，以凝练雅洁见长，开桐城派风气。刘大櫆上承方苞、下启姚鼐，对“义理”理论进行了丰富和拓展，是姚鼐“义理、考据、词章”说的先导。他的散文多抒发怀才不遇、指摘时弊，以“雄奇恣睢，铿锵绚烂”称胜。姚鼐是桐城派圭臬，他主张“道与艺合，天与人一”，“义理、考据、词章”合一，把文章的艺术要素提炼为“神、理、气、味”和“格、律、声、色”八字，使古文进入最高境地，细密、完善了刘大櫆因声求气说，影响甚广。下面将对方苞、刘大櫆、姚鼐的散文创作进行简要分析。

一、方苞的散文创作

方苞(1668—1749)，字凤九、一字灵皋，晚年自号望溪。康熙四十五年(1706)进士，因戴名世《南山集》案牵连，下狱论死，遇赦得免。以后历仕康、雍、乾三朝，达30年之久。方苞被视为清代桐城派散文的鼻祖，以文章道德名于当世，也是当时文坛公认的“一代正宗”。他尊奉程朱理学和唐宋散文，提倡为文要重“义法”和“清真雅正”，其散文创作即以此为旨归。他创作甚丰，多为经说、书序、碑传之类，其中以记事记人文为佳，主要代表作品有《左忠毅公逸事》《狱中杂记》《辕马说》等。其文选材精当，行文注意结构和修辞，风格凝练雅洁、气韵深厚，具备明白晓畅的特点，开桐城派风气。

《左忠毅公逸事》记述的是左光斗与权阉魏忠贤斗争的遗闻。文章以“逸事”命题，决定它不是传记人物一生的经历，而是选取主人公一生行事中的某一部分，借一斑而显示全貌。全文围绕着左光斗与学生史可法的师生交往线索选材，紧扣左光斗“忠毅”的特点，从他一生行事中，主要抓住京畿视学、狱中斥史及史公治兵三个典型片段，多方向地表现左光斗刚毅正直和以国家为重、不计个人生死荣辱的崇高品德。文章笔触之简洁、剪裁之精审，足见方苞散文之功力。

《狱中杂记》是方苞在刑部狱中近两年的生活实录。文章有条不紊、层次迥然地记述了狱中恐怖的瘟疫流行，记述了狱卒们对犯人触目惊心的敲诈勒索，记述了胥吏胆大妄为的贪赃枉法，还记述了屡犯与胥吏狼狈为奸的内外勾结。如此种种，揭露了清初狱中种种黑暗的内幕，触及封建司法制度的种种弊病，撕破了掩盖在封建法制上冠冕堂皇的外衣，使人们透过这座魔窟的窗户看清了国家机器的一些内幕。文章题为“杂记”，事繁而细，却围绕着治狱之弊这一主题来组织材料，事杂而意不杂，形散而意不散，章法谨严，记叙简洁，不失为一篇颇有特色的散文作品。难怪有的评论者将其誉为“桐城派散文的扛鼎之作”。

其他如读书札记《汉文帝论》、游记《游雁荡记》、赠序《送刘涵三序》、碑铭《先母行略》等，或简洁严整，或详略省致，均具有法随文变的特点。

二、刘大櫆的散文创作

刘大櫆(1698—1779)，字才甫，一字耕南，号海峰。副贡生，乾隆时举荐博学鸿词，不遇，官至黟县教谕，著有《海峰先生文集》。

刘大櫆一生郁郁不得志，文中自有一股不平之气，为文多显示其独特个性。其文才雄气肆、铿锵绚烂，感情色彩浓厚，风格清峻豪迈、富有文采，以气势而称胜。写得较好的是游记、亭台记之类的作品，如《游万柳堂记》《游三游洞记》《游晋祠记》等，借景抒情，讽世刺时，颇似昌黎之奇气。《送姚姬传南归序》《息争》《祭史秉中》等文章则巧妙洁净，可从中窥见其音节之美，体味其诗之韵味。

《游万柳堂记》看似游记，实为讽世之作。文章不在写景，意在借景寓意，所以写万柳堂及景致不过数语，更多的文字则是借万柳堂之兴衰慨叹富贵之不可恃。文章首先写“贵极富溢”之人大兴土木，建园林别馆自娱；进而实写冯溥所建的“万柳堂”；接着重点写别墅之兴衰变化：雍正之初，是好游者向往的胜地，作者第一次出游，亭榭尚存；第二次前往，已见水面上悬空修建的桥梁毁坏崩塌，倾倒水中；第三次前去，连种植的柳树都被砍得一无所有。眼前景物的荣枯牵动作者的情怀，目睹万柳堂的兴衰，他慨然叹道：“人世富贵之光荣，其与时升降，盖略与此园等。然则士苟有以自得，宜其不外慕乎富贵。彼身在富贵之中者，方殷忧之不暇，又何必腴之膏以为苑囿也哉！”慨叹人世之富贵、光荣犹如其园之兴废，此文结构别致，采用了以议论为主、以记叙为辅、以论带叙的方法突出主题思想，语言简洁而切实、平淡的冷峻，在不动声色、不冷不热中包含着尖锐犀利，可谓绵里藏针，具有强烈的艺术效果。

三、姚鼐的散文创作

姚鼐(1731—1815)，字姬传，室名惜抱轩，人称惜抱先生。他从小受到良好的家庭教育，曾跟随伯父学习经学，跟方泽学习理学，刘大櫆则是他的古文老师。乾隆二十八年(1763)进士，充任四库馆纂修官，后辞官告归，先后主讲于江南紫阳、钟山等书院40多年，弟子遍及大江南北。他虽然大体上仍然继承方、刘的衣钵，但是眼光十分通达，学习传统的眼界很宽，对古文艺术体会既广泛又深入，而且没有狭隘的门户之见，在博采众长的基础上超越了桐城古文的先驱，壮大了古文的声势，在桐城派中地位最高。

姚鼐的古文以韵味胜，偏于阴柔，在桐城派作家中成就最高。《登泰山记》《游灵岩记》《泰山道里记序》等文，虽寓考据于辞章，却文法考究，内容扎实，语言凝练简洁，刻画生动，颇有文采，如《登泰山记》写日出一段：

> 戊申晦，五鼓，与子颍坐日观亭，待日出。大风扬积雪击面。亭东自足下皆云漫。稍见云中白若樗蒱，数十立者，山也。极天云一线异色，须臾成五采。日上，正赤如丹，下有红光，动摇承之。或曰，此东海也。回视日观以西峰，或得日或否，绛皓驳色，而皆若偻。

这一段描写对红日喷薄而出那一刹那的光景变化勾勒得极为细致，仿佛处处都可以看到优美动人的画面。这篇文章完美地贯彻了他的理论主张，富有文采和意境，长期被作为中学教材使用。

又如《登泰山记》：

> 泰山正南面有三谷，中谷绕泰安城下，郦道元所谓环水也。余始循以入，道少半，越中岭，复循西谷，遂至其巅。古时登山，循东谷入，道有天门。东谷者，古谓之天门溪水，余所不至也。今所经中岭及山巅，崖限当道者，世皆谓之天门云。

这篇文章是考据和辞章的完美结合。作者对相关的历史、地理细节给予详细考证，然后加以加工提炼，将其自然地融入景物描写中，增加了文章的知识含量和艺术韵味，有利于唤起读者对祖国大好山河的热爱之情。

《游媚笔泉记》雅洁清畅而富有声色，《李斯论》笔法严谨兼婉转有序，《袁随园君墓志铭》《刘海峰先生八十寿序》《复鲁絜非书》等都是脍炙人口的作品。

姚鼐在散文创作上身体力行，影响和带动了一大批门生弟子，形成了纵贯清代文坛的蔚蔚大派。姚门之后有管同、梅曾亮、方东树、姚莹“四大弟子”，梅曾亮在姚鼐后“最为大师”，方东树继续鼓吹“义法”理论，使桐城派声势更甚，许多“文宗桐城者”并非桐城人，该派规模之大，时间之久，为我国文学史上所少见。

第七节　日益兴起的社会批判小说和世情小说

雍乾时期，在“盛世”繁荣景象的背后，清廷对文化的压制非常严酷，文字狱频繁发生，文人们处在苦闷、彷徨中。白话短篇小说开始衰亡，长篇小说虽然数量甚多，却走向芜杂、幽怪。在这种情况下，除以《儒林外史》为代表的社会批判小说和以《红楼梦》为代表的世情小说之外，多数文学价值不高。

一、社会批判小说的创作

满族入关后，能迅速地确立统治地位，原因就在于他们的满汉政策。清朝统治者对儒教的推崇和尊重，让不少汉族士人看到了一线光明，而其以八股文应试的科举制度更是在稳固其异族统治政权的同时，发挥了很强的收拢汉族士人之心的作用。然而，在对科举制的运用上，自康熙起，直到雍正、乾隆，满清统治者一方面指责八股文的空疏无用，另一方面毫不犹豫地承续了明代的八股取士制度，让无数士子埋首苦读，而有限的乡试、会试录取名额又让无数的士子徘徊在科场大门之外，随着青春年华的流逝，斗志渐渐消磨，最后一事无成，成为社会上的浮游一群（李明军等，2007）。同时，满清统治者又利用各种捐纳除去满族人占据的名额，汉族士子即使中举，真正能走上仕途的就更少了。因此，在雍乾时期，汉族的人文士子一方面对科举充满期盼，另一方面遭受了八股取士的弊端的伤害。因此，出现了一批具有讽刺意味的社会批判小说，其中最具代表性的当属吴敬梓的《儒林外史》。

吴敬梓(1701—1754),字敏轩,一字文木,号粒民,安徽全椒人。出生在一个科举世家,生性豪爽,急人之急,遇贫即施,有求必应,大有挥金如土之气概。13 岁时丧母,22 岁时生父吴雯延由于正直丢官,抑郁而死。此后,吴敬梓生活动荡不安,直到嗣于叔父吴霖起,遂成为族人觊觎谋夺的对象,暴露了封建家庭骨肉相侵的丑态。23 岁考取了秀才,此后为中举又多次赴乡试,却一直名落孙山。此时,自恃"文澜学海"之才的吴敬梓开始怀疑科举制度,并逐渐深化。33 岁时,吴敬梓作《移家赋》,以"逝将去汝"的愤激态度宣布与封建家族痛绝,与功名富贵决裂,毁家全椒,迁居南京,成就了他自毁富贵、自误功名的叛逆人生。不久,他就动笔写作《儒林外史》,而其后半部分当是辞避征辟之后所作,大约在乾隆十三年(1748)到十五年(1750)间已基本完成。1754 年,他带着妻儿寄寓扬州,12 月 11 日,在与友人王又曾饮酒消寒、纵谈今古之后,入夜突患痰涌,匆匆离开人世。著有《文木山房集》12 卷(今存四卷)、《文木山房诗说》七卷(今存 43 则)、小说《儒林外史》。

《儒林外史》是清代一部伟大的社会批判小说,主要描写封建社会后期知识分子及官绅的活动和精神面貌。全书故事情节虽然没有一个主干,可是有一个思想倾向贯穿其间,那就是反映科举制度和封建礼教对知识分子的毒害,对因热衷功名富贵而造成的极端虚伪与恶劣的社会风习进行无情的讽刺和批判。它那种批判的精神是对传统文化中那种超稳定体系的深层结构产生了怀疑和反思,这主要表现在以下方面:

首先,对科举制度的剖析,是对传统的政治型文化的反思。吴敬梓以他的深切体验,通过对几类典型人物心灵世界的剖析,批判科举制度,深刻反思政治型文化,以期唤醒人们认识自己的愚昧性,认识民族文化的真实性。小说写了三大类典型人物。一类是痴迷执着于科举制度的周进、范进,沿着童生、秀才、举人、进士的阶梯艰难攀登,但最终是头破血流也与科场无缘。一类是近似清醒明智的马二先生,没有迷醉于通过科举升官发财,而是十分精明能干,且对社会、人生有很实际了解的人,但他的躯壳里仍是一个卑微的灵魂，迂执地坚持“举业至上”的人生哲学，招呼、引诱更多的人一起朝着明知没有出路的死胡同里走。还有一类是受人引诱的蘧駪夫，他出身名门世族，风流俊逸、超然不群，瞧不起八股文，可妻子是一位有家学渊源、精通八股的鲁小姐，岳父是以八股文起家的鲁编修，他迫于生计又想做名士而不得，受马二先生的鼓吹，最终成为一个庸俗的八股文评选家。

其次，对封建礼教的揭露，是对道德型文化的反思。在进步思想家的影响下，吴敬梓一方面用小说形象揭露了礼教吃人的残酷现实，另一方面表现出对新道德精神的向往与歌颂。例如，王玉辉是一个受封建礼教毒害极深而几乎丧失了人性的迂拙夫子，对吃人的礼教不仅不惜以残年之力进行宣传，还身体力行，当女儿提出要以死守节这样悖逆情理的想法时，他不但没有劝阻，反而大加鼓励，听闻女儿自尽，他还心满意足地安慰妻子说：“只怕我将来不能像他这一个好题目死哩！”他已经在不自觉中成为封建阶级以礼教“杀”人的帮凶。封建道德型文化在一定程度上维护了当时社会的稳定，却扼杀了人性，压抑了个性，培养了奴性，助长了恶性，由此催生了一批伪君子、假名士，想慕洁士高人的潇洒风流，骨子里却又忘不了功名富贵。在揭露他们伪善的同时，作者也描写了一批闪耀着时代光芒的形象，如虽然婚姻不幸但敢于反抗逃到南京卖艺的沈琼枝；身为戏子，却能从人格上争取自己的独立的鲍文卿；操着为社会所轻视的职业，却又有着真实的能力、真实的人生的四个奇人等。这些形象预示着中国文化系统中尊重个人价值和个人自由发展的真正的人文主义的觉醒，从而唤起民族精神文化的内省与更新。这无疑是吴敬梓的期望和呼唤。

富有民族特色的讽刺艺术是《儒林外史》最主要的艺术成就。《儒林外史》为讽刺小说的创作提供了丰富的艺术经验。

第一，作者善于把握讽刺的分寸，针对不同人能予以不同程度、不同方式的讽刺。如对周进、范进、马二先生等腐儒形象的讽刺，往往是包含怜悯的；作者批判的矛头没有仅仅指向个人，而是指向整个封建礼教；对严贡生、王德、王仁、王惠、汤奉等贪官污吏与土豪劣绅，作者的讽刺则是愤怒的讽刺，是无情揭露与严厉鞭挞。

第二，讽刺的生命是真实的。《儒林外史》的讽刺，不仅能够面向社会，挖掘其社会根源，还将诙谐的讽刺与严肃的写实结合起来，显示出讽刺的客观真实性。如在周进撞号板、范进中举发疯、马二先生游西湖无心风景只是留意八股文选本的销路等，都使读者感觉到是当时社会环境的真实产物。也正因为如此，作者对这些被科举制度和社会追逐功名富贵风气所毒害的具体的讽刺对象，往往是饱含着怜悯的，其讽刺是一种带泪的讽刺。

第三，作品注意借助喜剧性的情节，揭示其悲剧性的内容，具有悲喜交融的美学风格，讽刺冷峻，振聋发聩，不仅显示出作品讽刺的深刻性，也表现了它独特的艺术品性。作品真实地展示出讽刺对象中悲喜交织的二重结构，显示出滑稽的现实背后所隐藏着的悲剧性内蕴。如严监生临死前为了两根灯草不肯咽气、范进中举后范母喜极一命呜呼、王玉辉劝女殉夫的大笑等瞬间的可笑又蕴含着深沉的悲哀，这最惹人发笑的片刻恰恰是内在悲剧性最强烈的地方。其中，王玉辉的形象更蕴含有深厚的悲剧意味。受封建礼教思想毒害，他怂恿女儿殉夫，但是作品又写了作为父亲人性化的一面，在神主入节孝祠那天，全县官绅公祭，王玉辉"转觉伤心，辞了不肯来"；在家看到妻子伤心悲痛，也觉"心下不忍"。作品通过真实细腻的描写，将一个实实在在的悲剧形象展现在读者面前。

作为社会批判小说，《儒林外史》在中国小说史上无疑具有很大的开创性。

第一，它以知识分子为题材，无传奇色彩和脂粉味。

第二，它的批判精神是"秉持公心，指摘时弊"，描写功力"烛幽索隐，物无遁形"，美学风格是"戚而能谐，婉而多讽"，由此奠定了讽刺小说在中国小说史上独立而崇高的地位。

第三，它以写实的创作精神，以凡人为主角、描写世俗的现实主义替代了中国古典小说的以英雄为主角、非奇不传的古典主义。

第四，从文学样式看，它不再以话本为创作素材，也不赖前人的现成的故事，可谓真正的原创小说。

《儒林外史》不仅在中国小说史上占有重要地位，对后代的小说创作也有深远的影响。

首先，对晚清谴责小说的影响。在内容上，谴责小说吸取了《儒林外史》的批判精神，对科举的腐蚀人心、名士的招摇撞骗、社会的道德堕落、官僚的贪黩无知等都有程度不同的揭露、批判。

其次，《儒林外史》对鲁迅的小说创作也有很大影响。鲁迅对知识分子题材的重视，对科举弊端和理学虚伪的批判，以及对讽刺艺术手法的运用，都与《儒林外史》有着一脉相承的联系，当然，鲁迅的批判更彻底，艺术更成熟。

目前，《儒林外史》有英、法、德、俄、越、日等译本，世界各大百科全书对《儒林外史》及其作者都有概括的介绍和评论。

二、世情小说的创作

清代中期，随着《红楼梦》的出现，世情小说在中国古代小说发展史上登上了顶峰，成为当时众多小说流派中成绩斐然的一派小说。

《红楼梦》以荣国府的日常生活为中心，以宝黛钗的爱情婚姻悲剧为主线，以四大封建贵族家族贾、史、王、薛由鼎盛走向衰亡的历史为暗线，展现了穷途末路的封建社会终将走向灭亡的必然趋势，是一部具有高度思想性和高度艺术性的伟大作品，代表古典小说艺术的最高成就之一，也是中国古代四大名著之一。小说凡一百二十回，前八十回的作者是曹雪芹。而后四十回的作者，仍众说纷纭，其中最普遍的一种说法为高鹗所作。

曹雪芹(1715？—1763?)，名霑，字梦阮，号雪芹、芹圃、芹溪；一说字芹圃，号梦阮。曹雪芹的祖先随清兵入关，得到宠幸，成为显赫一时的世家。康熙死后，雍正继位，新皇帝为了巩固自己的帝位，开始肃清其父亲的内外亲信，而曹家也由此开始失势。13岁后，随全家迁回北京，在一所皇族学堂"右翼宗学"里做掌管文墨的杂差，境遇潦倒，生活艰难窘迫。出身于诗礼簪缨之族的曹雪芹多才多艺，性格疏放，能说会道，人常比之阮籍、山简、王猛等有鲜明个性的人。他经历了曹家由盛而衰的过程，晚年移居北京西郊，生活更加穷苦，"蓬牖茅椽、绳床瓦灶""举家食粥"。穷困潦倒的贫困生活，精神上的压抑和苦闷，促使曹雪芹对郁结的情感进行宣泄，对苦难的人生进行解脱。他以坚忍的毅力，专心致志地从事《红楼梦》的写作与修订，大约用了10年时间。1763年，曹雪芹因幼子夭折，陷入过度的忧伤与悲痛，卧床不起，贫病交加，逝于除夕。

《红楼梦》写的就是一出悲剧，而这出悲剧具体表现在以下方面。

封建大家族的悲剧：在《红楼梦》中，以贾府为代表的封建贵族的衰落过程是全书的一条重要线索，围绕这一线索广泛而深刻地反映了封建末世复杂深刻的矛盾冲突，显示了封建贵族家族的本质特征及其必然衰败的历史命运。作为封建贵族世家的典型代表，贾府一方面和上层统治阶级密切相关，长女元春的进宫并册立为妃，成为贾府在政治上的靠山；另一方面众多的亲戚都使贾府与朝廷的军事、经济甚至外交活动都有了关联。这样的一个大家族实际上也是封建社会的一个缩影，作者冷眼旁观地写了这个显赫家族的衰败过程。具体来说，贾府败落的原因主要有以下四个。

第一，贾元春死后，贾府失去了政治上最重要的靠山。甄家的查抄治罪，更为贾府蒙上了一层阴影。

第二，贾府的经济入不敷出。贾府经济上的"入"，除了官俸以外，主要靠实物地租。但由于旱涝不定、盗贼蜂起等原因，地租的交纳并不能如意。同时，贾府习惯了奢侈，无法过节俭生活。虽然王熙凤、贾蓉等人都看出了这种经济危机，但是贾府为支撑起自身作为贵族的地位和尊严，必须要靠尽“内囊”撑着“架子”，内囊都尽，又加速了这个“架子”的倒塌，最终一败涂地。

第三，贾府下一代思想上的养尊处优和离心离德加剧了贾府的衰落。一方面，以王熙凤、贾探春为代表的贾府年轻一代虽然极力在“运筹谋画”、力图补台，本身也有一定的能力，但因是女流之辈，自身也有种种问题，终究不能成为封建大家庭的栋梁，造成了补台人物不能补台的情况。另一方面，以贾赦和贾琏为代表的贾府年轻一代倚财仗势，肆无忌惮，横行霸道，为非作歹，荒淫无耻，道德败坏，饱食终日而无所事事，坐吃山空而不思进取，显示着在这贵族之家重帘绣幕的背后堆积着淫乱与罪恶，充塞着令人窒息的霉烂，而这正不断腐蚀着这座封建大厦。此外，以贾宝玉为代表的青年一代更是不仅“不管事”，而且“行为偏僻性乖张，哪管世人诽谤”，表现出一种与本阶级离心离德的倾向。由这样三种人组成的下一代，显然无法承担起振兴这个封建大家庭的重任，而只能看着它日渐衰落。

第四，贾府大家庭内部矛盾重重，钩心斗角、尔虞我诈不断。例如，赵姨娘、贾环因惧怕王熙凤的权势，嫉妒贾宝玉集宠爱于一身，便联合马道婆暗中算计。对此，贾探春曾痛心疾首地说：“咱们可是一家子呢，一个个都像乌眼鸡似的，恨不得你吃了我，我吃了你！……可知这样大族人家，若从外头杀来，一时是杀不死的……必须先从自家里自杀自灭起来，才能一败涂地呢！”

总之，贾府是整个封建社会的一个缩影，以贾府为中心的四大家族的没落实际上揭示了整个封建社会走向衰亡的历史悲剧。

贾宝玉的人生悲剧：贾宝玉实际上是个半现实半意象化的人物，作者将自己对社会及人生的怨恨、企盼与思考全部熔铸到贾宝玉这个形象里。贾宝玉一生追求纯真、自由的爱情，并尊重一切生命。他欣赏所有少女的美丽、聪慧，同情她们不幸的命运，并对她们关怀备至，如平儿在受到贾琏与凤姐的打骂后来到怡红院，宝玉喜出望外，尽心服侍，甚至在平儿走后，还感叹不已。他既认定了与自己同样骨肉的林黛玉，便遵从自己的感觉，钟情于林黛玉，甚至装疯卖傻来保护二人的感情。可惜的是，绝大多数人并不理解贾宝玉的感情。而且，在现实生活中，他所珍视的女孩像花儿一样，无可挽回地枯萎下去，甚至被摧残而凋零。面对大观园日益冷落，女孩们一个个离他而去的现状，他感到无能为力，因而更加深了他的痛苦。他满怀着希望却找不到出路，因此，他感到了人生的痛苦。最终，他陷入了失望的深渊之中，进而悟透人生的真相，抛下现世中的一切远离尘嚣，这是他对生命的个体价值和人生理想的沉思后的毅然抉择。

宝黛钗的爱情婚姻悲剧：富贵闲人贾宝玉，是封建家族勇敢的叛逆者。他反对男尊女卑的世俗观念，弃绝功名富贵，并反对科举仕宦；他追求纯洁的感情与个性的自由发展，因此被王夫人看作"不肖的孽障""混世魔王"。而林黛玉聪慧无比，任情率性，孤高自许，保持了自然的性情与真实的自我。而且，她由于幼年丧母，体弱多病，在贾府过着寄人篱下的生活，因而显得曲高和寡，并将自己的希望、爱情甚至生命交付给她的知音——宝玉。但是，作为贾府的继承人，也是贾府兴旺的希望所在的贾宝玉，需要一个"德言工貌"俱全的女子做妻子，主持家政，继续家业。而这个人，便是容貌美丽、宽厚豁达、举止娴雅、有封建等级观念、对长辈奉行"悦亲"之道、注重"仕途经济"、自觉用"礼"约束自己、与封建标准相符合的"冷美人"薛宝钗。就这样，林黛玉、贾宝玉的爱情虽然是三生石畔的"木石前盟"，却因不符合封建家族的利益而受阻；贾宝玉和薛宝钗双方虽然没有共同的理想与志趣，却因他们的"金玉之说"关系到贾家的兴衰而得到赞成。小说就围绕宝黛钗三人的爱情婚姻关系，演绎了一出"悲金悼玉"的红楼大戏，正如《终身误》一曲所唱："都道是金玉奇缘，俺只念木石前盟。空对着山中高士晶莹雪，终不忘世外仙姝寂寞林。"

女儿国的悲剧：在小说中，作者还展现了"千红一哭""万艳同悲"的"女儿国"的悲剧。在当时的社会里，才选凤藻宫的元春一句"不得见人的去处"，倾诉了她内心的痛苦与哀怨，定义了封建社会里最高层皇帝妃嫔的宫廷生活。善良懦弱的迎春，对受别人摆布、控制和欺负的敏感度降低，纵容与姑息不合理的事情，但结果还是成了封建包办婚姻的牺牲品。探春虽然“才自精明志自高”，但是仍摆脱不了“生于末世运偏消”、远嫁他乡的命运。惜春则“勘破三春景不长”，出家为尼，“可怜绣户侯门女，独卧青灯古佛傍”。贾府“四春”免不了“元(原)迎(应)探(叹)惜(息)”的命运。此外，机关算尽的王熙凤，终究是“反误了卿卿性命”；青年守寡的“大菩萨”李纨难以摆脱“枉与他人作笑谈”的悲剧；爽朗乐观的史湘云，也没有逃出“云散高唐，水涸湘江”的命运；自幼遁入空门的妙玉，到头来也不过是“终陷淖泥中”。在大观园里，晴雯是曹雪芹所刻画的众多个性鲜明的女儿形象中较为突出的一个。尽管她对小丫头们言语尖酸，但也从不巴结讨好主子，更可贵没有像袭人一样，想给自己博个终身依靠，而一味想把宝玉拉入仕途之道，也正因如此，终是“霁月难逢，彩云易散。心比天高，身为下贱”，不过是被逐出大观园，“抱屈夭风流”。金钏儿因为被王夫人认为带坏了她的宝玉，一巴掌打在脸上后，被撵了出去，导致最后投井自杀，失去了年轻的生命。司棋殉情、巧姐流落烟花地、鸳鸯在贾母的庇护下暂保平安，贾赦终是要报仇的，鸳鸯如何逃得出他的手掌心等，无一不显示出贾府的女孩儿们的悲剧命运。

作为一部具有高度思想性和高度艺术性的伟大作品，《红楼梦》取得了极高的艺术成就，这主要表现在以下四方面。

第一，叙事方面。在叙事方式上，小说采用颇有现代意味的叙述人叙事，但在叙述语态上又多少保留了说书人叙事的痕迹。小说的叙述者是曹雪芹自觉创造的带假定性、神秘性的叙述者(石头)。作者与叙述者及主人公之间是若即若离关系：你中有我，我中有你；你不等于我，我不等于你。在绝大多数场合，石头都隐身幕后，置身局外，不受事件时空和个人视野的限制，比较放手地用第三人称叙述故事。但一旦这个石头在小说中暂时露迹，第三人称就自然转换为第一人称。在叙事语言方面，小说的语言是作者在北方口语的基础上提炼加工而成的，自然流畅，生动形象、新鲜传神，具有浓厚的生活气息和感染力，既神奇诡谲，又平淡朴实;既遵从法则,又恣肆畅酣;既生动形象、新鲜传神,具有浓厚的生活气息和感染力,又用词准确生动,富有立体感。

第二,结构方面。在结构上,《红楼梦》采取了多条线索齐头并进、交相联结又互相制约的网状结构,以梦开始,又以梦告终,形成了一个严密的、契合天地循环的圆形的结构,人生如梦、世事无常的旋律一直在字里行间回荡。小说以大观园为舞台,着重展开了宝玉、黛玉、宝钗婚姻爱情的产生、发展及其悲剧的结局,同时体现了贾府及整个封建社会从"烈火烹油,鲜花着锦"到"茫茫大地真干净"、由盛而衰的没落过程。贾府的衰败与没落促进了宝黛爱情的滋生,而宝黛爱情又加速了它的没落。在这个结构中,小说中众多的人物、事件如宝玉悟禅机、黛玉葬花、情悟梨香院、闷制风雨词、联诗悲寂寞等情节,一环又一环,环环相扣,互相影响、互相制约、纵横交错、层次分明、有条不紊,形成了一个立体的交叉重叠的宏大结构。

第三,人物塑造方面。在人物塑造方面,《红楼梦》塑造了成群的性格鲜明并富有社会内蕴的人物形象。小说中出现的有姓名的人物多达480多人,个个都令读者掩卷不忘。

在《红楼梦》中,着墨最多的当然是生长于"昌明隆盛之邦,诗礼簪缨之族,花柳繁华地,温柔富贵乡"却"行为偏僻性乖张",不肯"留意孔孟之间,委身于经济之道"的宝玉,风流袅娜、孤高自许、目无下尘又有些心胸狭窄的黛玉,以及品格端方、容貌丰美而又鲜艳妩媚、行为豁达而又城府极深的宝钗,此三人前文已详细介绍过,此处就不再赘述。除此三人外,小说中作者重点描写的主要人物首推王熙凤。作者对王熙凤的出场描写得极有特色:

> 一语未了,只听后院中有人笑声,说:"我来迟了,不曾迎接远客!"黛玉纳罕道:"这些人个个皆敛声屏气,恭肃严整如此,这来者系谁,这样放诞无礼?"心下想时,只见一群媳妇丫鬟围拥着一个人从后房门进来。这个人打扮与众姑娘不同,彩绣辉煌,恍若神妃仙子:头上戴着金丝八宝攒珠髻,绾着朝阳五凤挂珠钗;项上戴着赤金

盘螭璎珞圈；裙边系着豆绿宫绦双鱼比目玫瑰佩；身上穿着缕金百蝶穿花大红洋缎窄裉袄，外罩五彩刻丝石青银鼠褂；下着翡翠撒花洋绉裙。一双丹凤三角眼，两弯柳叶吊梢眉，身量苗条，体格风骚，粉面含春威不露，丹唇未启笑先闻。黛玉连忙起身接见。贾母笑道："你不认得他。他是我们这里有名的一个泼皮破落户儿，南省俗谓作'辣子'，你只叫他'凤辣子'就是了。"黛玉正不知以何称呼，只见众姊妹都忙告诉他道："这是琏嫂子。"黛玉虽不识，也曾听见母亲说过，大舅贾赦之子贾琏，娶的就是二舅母王氏之内侄女，自幼假充男儿教养的，学名王熙凤。黛玉忙赔笑见礼，以"嫂"呼之。这熙凤携着黛玉的手，上下细细打量了一回，仍送至贾母身边坐下，因笑道："天下真有这样标致的人物，我今儿才算见了！况且这通身的气派，竟不像老祖宗的外孙女儿，竟是个嫡亲的孙女，怨不得老祖宗天天口头心头一时不忘。只可怜我这妹妹这样命苦，怎么姑妈偏就去世了！"说着，便用帕拭泪。贾母笑道："我才好了，你倒来招我。你妹妹远路才来，身子又弱，也才劝住了，快再休提前话。"这熙凤听了，忙转悲为喜道："正是呢！我一见了妹妹，一心都在他身上了，又是喜欢，又是伤心，竟忘记了老祖宗。该打，该打！"又忙携黛玉之手，问："妹妹几岁了？可也上过学？现吃什么药？在这里不要想家，想要什么吃的、什么玩的，只管告诉我；丫头老婆们不好了，也只管告诉我。"

不管是从外貌装束上，还是从言辞反应上，都能看出王熙凤此人的性格特点和身份地位。她是荣国府年轻貌美且掌管府中大权的女主子，她机智善变，泼辣豪爽，言辞诙谐，是治家的能手，驾驭和管理着这繁杂的大家庭；她又虚伪做作，心狠手辣，是一个极端的利己主义者。她克扣、拖延发放各房的月例银，拿出去放债，还依恃家族权势，勾结官府，包办官司，是从内部蚀空贾府的大蛀虫。她表里不一，看碟下菜，对贾母、王夫人非常敬顺、刻意奉迎邀宠，巩固她自己的地位；对贾府的姐妹及妯娌，以利害关系为转移，远近亲疏各异；对贾琏貌合神离、同床异梦；对尤二姐嘴甜心苦，“外作贤良，内藏奸滑”；对贾府中的各等级的下人，恩威并施，采取了笼络与压制、怀柔与虐待并用的统治术，成了奴仆们最惧怕的主子；对贾府外部，表现为欺上瞒下，胡作非为；生前无限风光，死后却落了个草席裹尸、在雪地上拖行的下场。小说通过对比手法，从生活的多个侧面描写了一个极其复杂的美丽聪明、时善时恶、时而爽朗时而阴险、时而温良时而狠毒的管家奶奶的形象。

此外，小说还精心塑造了“俊眼修眉，顾盼神飞，文采精华，见之忘俗”却为庶出身份所累的三小姐探春；年老色衰、在家庭中地位低下、被正经主子歧视、暗地里用阴险卑劣手段害人的赵姨娘；“生得袅娜纤巧，行事又温柔和平”的秦可卿；“气质美如兰，才华复比仙”“风尘肮脏违心愿，无瑕白玉遭泥陷”的妙玉；聪明、机智、干练、赢得贾府上下各色人等普遍称赞的平儿；不慕虚华、以死来维护自己的高洁、“宁为玉碎，不为瓦全”的鸳鸯；对爱情忠贞不渝的司棋等女性人物形象。

小说中的男性形象也非常丰富，有贾赦、贾珍、贾琏、贾蓉等腐朽堕落的纨绔子弟形象；有贾政正经古板、庸碌无为的形象；有薛蟠为人骄横自负、好色无知，又没有心机的“呆霸王”形象；有柳湘莲性情豪爽，酷好耍枪舞剑，赌博吃酒，眠花宿柳，无所不为的“冷二郎”形象；有蒋玉菡妩媚温柔、擅唱小旦的戏子形象；以及贾雨村（假语存）和甄士隐（真事隐）的人物形象等。

这些人物是曹雪芹根据自己的生活体验和对现实世界的感受塑造出来真实的人物，改变了已往小说人物类型化及性格简单化的写法，运用比照，如林黛玉和薛宝钗、史湘云比照，贾府四小姐比照，晴雯和袭人的比照，刘姥姥和贾母的比照等，使人物之间相互映照，互为补充，生发出更为丰富、更为深刻的意思，使得小说中的人物都真实而鲜活。

第四，细节描写方面。在细节描写方面，作者采用了现实主义的真实描写，他取材于现实社会生活，以十年之功，通过自己独特的方式去感觉与把握现实人生，然后将自己的所见所感进行高度凝练，并以独特的方式表达出来，“如实描写，并无讳饰”，保持了现实生活的多样性、现象的丰富性，成为18世纪封建末期的一幅写真画卷。同时，作者大量使用象征手法来描写事物，如用千红一窟（哭）、万艳同杯（悲）、花谢花飞、红消香断来象征少女的离情伤感和红颜薄命；用“木石前盟”则象征宝、黛的“叛逆”爱情；用“金玉良缘”象征着宝、钗的“富贵”婚姻；用孤峭劲直、宁折不弯的竹子，清香雅洁、出污不染的芙蓉，斗霜傲艳、千古高风的菊花来象征林黛玉的品格；用垂檐绕柱、萦砌盘阶的藤蔓，清清冷冷、“雪洞一般”的闺房，大寒大冷并需雨露霜雪来合药的“冷香丸”来象征薛宝钗的品格；等等。这种独具匠心的象征手法使小说更加含蓄、朦胧，像诗一样。此外，小说借景抒情，移情于景，寓情于景，把作品所要歌颂的生命、青春、爱情加以诗化，把情与景、美与丑、人与人进行深刻的对比，产生了鲜明的爱憎情感。例如，一首含蓄委婉的《葬花吟》淋漓尽致地表现出林黛玉那种难以言传的苦情愁绪，使景物更添气韵、人物更添神采，叙事更优美、空灵、高雅。

《红楼梦》是章回小说的巅峰之作，问世之初就激起了极大的反响。乾隆、嘉庆年间，京城已“见人家案头必有一本《红楼梦》”（郝懿行《晒书堂笔录》）。光绪初，士大夫中已有了“红学”的说法（李放《八旗画录注》）。甚至有人宣称“开谈不讲《红楼梦》，纵读诗书亦枉然”（《京都竹枝词》）。从此，对《红楼梦》的研究形成了一种专门的学问——“红学”。“从早期的以评点、索引、题咏为代表的旧‘红学’，到以考证、评论为代表的新‘红学’，再到后来的新时期‘红学’，《红楼梦》的思想内涵、人物；形象、艺术特征等方面，都得到了日益深细的探讨、解析‘红学’发展呈现出一派生机勃勃、欣欣向荣的景象。”（赖振寅，2007）

正因为《红楼梦》影响极大，各种续书纷纷出现。这些续书大致不外乎两种动机：一种是被原著的悲剧故事打动，但又不能接受和理解其悲剧意义，于是通过撰写续书，改变悲剧结局，求得自我满足;另一种是借续书写心中块垒,与原著的关系仅仅是借其人物而已。计有《后红楼梦》三种、《续红楼梦》两种、《红楼圆梦》两种、《新石头记》两种,另有《红楼梦影》《红楼梦补》《补红楼梦》《增补红楼梦》《红楼补梦》《红楼重梦》《红楼复梦》《红楼演梦》《红楼后梦》《红楼再梦》《红楼续梦》《红楼圆梦》《红楼幻梦》《绮楼重梦》等不下二三十种。这些续书的出现,也从一个方面证明了《红楼梦》的魅力和影响。

此外,《红楼梦》已有英、日、法、俄等十几种语种的抄译本、节译本和全译本,并且在国外有不少学者对其进行研究,为《红楼梦》的广泛传播与红学的进一步发展做出了杰出的贡献。

参考文献

曹道衡，刘跃进．2005．先秦两汉文学史料学［M］．北京：中华书局．
陈瑞青．2013．燕赵文化史稿：魏晋北朝卷［M］．石家庄：河北教育出版社．
冯成金．2005．唐诗宋词研究［M］．北京：中国人民大学出版社．
高奇．2014．走进中国文学殿堂［M］．济南：山东大学出版社．
高玉昆．2014．中国古典诗歌艺术研究．北京：人民出版社．
葛晓音．2013．唐诗宋词十五讲（第二版）［M］．北京：北京大学出版社．
葛晓音．2011．唐宋散文［M］上海：上海古籍出版社．
郭英德，过常宝．2012．中国古代文学史［M］．北京：中国人民大学出版社．
郭英德．2011．明清传奇史［M］．北京：人民文学出版社．
胡国瑞．2004．魏晋南北朝文学史［M］．上海：上海文艺出版社．
胡益民．2012．清代小说史［M］．合肥：合肥工业大学出版社．
黄拔荆．2003．中国词史［M］．福州：福建人民出版社．
黄卉．2006．简明中国文学史：下册［M］．甘肃：兰州大学出版社．
荆立民．2004．中国文学史［M］．西安：太白文艺出版社．
赖振寅．2007．中国小说［M］．上海：同济大学出版社．
冷成金．2003．中国古代文学史［M］．北京：中国人民大学出版社．
李明军，高宏存．2007．康雍乾时期的文化政策与十八世纪的文学精神［J］．湖南科技学院学报（2）．
刘大杰．2011．中国文学发展史（下）［M］．上海：复旦大学出版社．
刘扬忠．2007．唐宋词流派史．北京：中国社会科学出版社．

马积高,黄钧.2011.中国古代文学史.北京:人民文学出版社.
毛芳烈,张向东.2002.
人文教育导读[M].昆明:云南科技出版社.
史仲文.2011.唐宋诗词史[M].北京:中国社会出版社.
谭邦和.2006.明清小说史[M].上海:上海古籍出版社.
谭佳.2010.断裂中的重构:《春秋》的神话隐喻[M].广州:南方日报出版社.
王承略,李笑岩.2014.楚辞[M].济南:山东画报出版社.
吴志达.2010.明代文学与文化[M].武汉:武汉大学出版社.
徐朔方,孙秋克.2006.明代文学史[M].杭州:浙江大学出版社.
许总.2008.唐宋诗体派论[M].南昌:江西人民出版社.
叶君远.2010.中国古代文学史.北京:中国人民大学出版社.
尹恭弘.2012.明代诗文发展史[M].北京:社会科学文献出版社.
余嘉锡.1993.世说新语笺疏[M].上海:上海古籍出版社.
余恕诚.2010.唐诗风貌[M].北京:中华书局.
袁行霈.2009.中国诗歌艺术研究(第3版)[M].北京:北京大学出版社.
袁行霈.2005.中国文学史(第二版)[M].北京:高等教育出版社.
张兵.2005.话本小说简史[M].太原:山西人民出版社.
张涤云.2006.中国诗歌通论.杭州:浙江大学出版社.
张国风.2003.中国古代文学史(三)[M].北京:中国人民大学出版社.
张俊,沈治钧.2005.清代小说简史[M].太原:山西人民出版社.
张庆利.2014.读赋通识[M].北京:中国和平出版社.
赵义山,李修生.2014.中国分体文学史(第三版)[M].上海:上海古籍出版社.
赵玉萍.2009.魏晋南北朝文学发展研究[M].成都:四川大学出版社.